A dama
das amêndoas

MARINA FIORATO

A dama das amêndoas

Tradução
Marcos Santarita

PRUMO
leia

Título original: The Madonna of the Almonds
Copyright © 2008 by Marina Fiorato
Imagens de Capa: DK Images, Getty Images, Photolibrary e Superstock

Todos os direitos reservados. Nenhuma parte desta obra pode ser reproduzida ou transmitida por qualquer forma ou meio eletrônico ou mecânico, inclusive fotocópia, gravação ou sistema de armazenagem e recuperação de informação, sem a permissão escrita do editor.

Direção editorial
Soraia Luana Reis

Editora
Luciana Paixão

Editora assistente
Valéria Braga Sanalios

Assistência editorial
Elisa Martins

Preparação de texto
Rosana Brandão

Revisão
Mariana Fusco Varella

Capa, criação e produção gráfica
Thiago Sousa

Assistente de criação
Marcos Gubiotti

CIP-Brasil. Catalogação-na-fonte
Sindicato Nacional dos Editores de Livros, RJ

F546d   Fiorato, Marina
            A dama das amêndoas / Marina Fiorato; tradução Marcos Santarrita. - São Paulo: Prumo, 2009.

            Tradução de: The Madonna of the Almonds

            ISBN 978-85-61618-94-0

            1. Ficção inglesa. I. Santarrita, Marcos. II. Título.

09-0747.
                                       CDD: 823
                                       CDU: 821.111-3

Direitos de edição para o Brasil: Editora Prumo Ltda.
Rua Júlio Diniz, 56 - 5º andar – São Paulo/SP – Cep: 04547-090
Tel: (11) 3729-0244 - Fax: (11) 3045-4100
E-mail: contato@editoraprumo.com.br / www.editoraprumo.com.br

1

A batalha final

Não adianta dizer meu nome, pois vou morrer em breve.

Permita-me dizer-lhe o dela, então — Simonetta di Saronno. Para mim, sempre soou como uma maravilhosa sequência musical, ou verso de poesia. Tem uma cadência agradável, e os pés das palavras, que avançam em passos coordenados como soldados, ostentam uma perfeição quase igual ao semblante da jovem.

Certamente devo declarar a data de minha morte. É o vigésimo quarto dia de fevereiro, no ano de Nosso Senhor de 1525, e me encontro estendido de costas num campo nas imediações de Pávia, na Lombardia.

Não posso mais virar a cabeça, apenas mover os olhos. A neve cai em meus globos oculares quentes e logo se derrete — pisco e a derramo como lágrimas. Por entre os flocos cadentes e os soldados vaporosos vejo Gregório — excelentíssimo escudeiro! —, que ainda luta. Ele se vira para mim e percebo medo em seus olhos — devo ser uma visão lamentável. Ele balbucia o meu nome, mas não ouço nada. Enquanto a batalha se enfurece ao redor, ouço apenas o sangue martelar-me os ouvidos.

Não consigo sequer ouvir o estrondo das nocivas armas novas a bradar, pois a voz que me derrubou ensurdeceu-me.

O adversário de Gregório exige a atenção dele — não há tempo para apiedar-se de mim se quiser salvar a pele, apesar de todo o bem que me queria. Brande a espada de um lado para outro com mais vigor que arte, e no entanto continua a resistir; eu, seu amo, não. Desejo que ele viva para ver outro amanhecer — talvez diga à minha dama que tive uma boa morte. Ainda veste minhas cores, só que cheias de sangue e quase arrancadas das costas. Olho atento o escudo azul e prateado — três ovais de argento na base azul-celeste. Alegra-me pensar que meus antepassados as imaginaram como símbolos de amêndoas, quando introduziram nossas armas nos cilindros. Quero que sejam as últimas coisas que vejo. Quando houver contado as três, fecharei os olhos para sempre.

Continuo a sentir, porém. Não me julguem morto ainda. Mexo a mão direita e apalpo o chão à procura da espada de meu pai. Ela ainda jaz onde caiu — bem gasta da batalha, e habituada ao meu aperto. Tomo o punho na mão. Como poderia saber que essa espada não me seria mais útil que uma pena? Tudo mudou. Esta é a batalha final. Os velhos costumes estão mortos como eu. E no entanto, ainda é adequado que um soldado morra de espada na mão.

Agora estou pronto. Mas sinto a mente deslocar-se de minha mão para as delas — mãos de grande beleza —, que ficam atrás apenas do rosto. Longas e brancas, lindas e estranhas — pois o terceiro e quarto dedos têm o mesmo comprimento. Sinto-as frias na fronte, onde a memória as põe então. Apenas um ano antes descansavam aqui, refrescando-me a testa quando eu contraíra a febre palustre. Ela a afagava e também beijava minha carne em chamas com os lábios frios; frios como a neve que a beija agora. Abro os lábios para saborear o beijo, e a neve penetra-os ao cair, refresca-me os últimos momentos.

Então lembro que ela pegou um limão, cortou-o em dois e espremeu o suco em minha boca, para restabelecer-me. Era amargo, mas adocicado pelo amor com que me tratava. Tinha gosto de metal, como o aço de minha lâmina, quando a beijei ainda esta manhã, ao conduzir meus homens à batalha. Sinto o gosto agora. Mas sei que não é suco de limão. É sangue, que me inunda boca. Agora estou liquidado. Permitam-me dizer o nome dela uma última vez:

Simonetta di Saronno.

2

A espada e a arma de fogo

Simonetta di Saronno sentara-se à janela do solar, e a alta moldura quadrada transformava-a num anjo dos *rererdos*. Os cidadãos de Saronno muitas vezes notavam que todo dia ela se instalava ali, fitando a rua com olhos vidrados. A vila Castello, essa casa quadrada e elegante, situava-se em solitária magnificência a pouca distância da cidade — como diziam: "*Passeggiata lunga ma cavalcata corta*", "caminhada longa, cavalgada curta". Ficava onde a terra da planície lombarda começava a subir em direção às montanhas; elevação suficiente apenas para dar à casa um aspecto superior em relação à cidadezinha, e aos habitantes da praça, a visão da casa. Com alvenaria que tinha a vermelhidão de sol de uma lagosta, brancos pórticos elegantes, janelas grandes e bonitas, a casa era muito admirada, e poderia ter sido objeto de inveja, não fosse pelo fato de os altos portões permanecerem sempre abertos aos que chegavam. Os mercadores e peticionários que faziam o longo e sinuoso caminho até a porta, por entre os luxuriantes jardins e parques, sempre podiam ter certeza da atenção dos criados — sinal, concordavam todos, de um senhor e senhora generosos. De fato, a vila simbolizava os próprios di Saronno;

bem próximos da cidade e das obrigações feudais, mas longe o suficiente para se isolarem.

Via-se o postigo da janela de Simonetta da estrada para Como, onde o caminho de terra serpeava até as montanhas encimadas pela neve e os lagos de aparência vítrea. Os fornecedores de alimentos e comerciantes, mascates e aguadeiros, todos viam a dama na janela, dia após dia, quando saíam para cuidar de seus afazeres. Antes daquele tempo talvez fizessem um gracejo, mas pouco se tinha do que rir agora. Muitos dos homens haviam partido para as guerras e não retornado. Guerras que pareciam não se relacionar muito com o estado da Lombardia, mas a interesses maiores e homens importantes com motivos vis — o papa, o rei francês e o ganancioso imperador. A próspera cidadezinha açafrão de Saronno, situada entre as glórias cívicas de Milão e o prateado esplendor das montanhas, fora danificada e exaurida pelo conflito. As botas dos soldados tinham arranhado o delicado calçamento da *piazza* e as ferraduras de aço arrancado nacos das tépidas pedras fundamentais das casas, quando a cavalaria da França e do Império a atravessavam num vendaval de farisaísmo deslocado. Assim, os bons burgueses de Saronno sabiam o que esperava Simonetta; e apesar de ser uma poderosa aristocrata, apiedavam-se dela pelos sentimentos humanos que partilhava com todas as mães, esposas e filhas da cidade. Todos notaram que, mesmo quando chegou o dia mais temido, a moça continuou sentada à janela, dia e noite, à espera de que ele voltasse para casa.

Na praça da cidade, falava-se muito da viúva de Vila Castello, pois era o que se tornara agora. As antigas pedras de ouro de Saronno, com a estrela de ruas que se irradiavam da *piazza* da igreja do Santuário, ouviam tudo que os cidadãos tinham a dizer. Falavam do dia em que Gregório di Puglia, escudeiro do senhor Lorenzo, cambaleara, ensanguentado e derrotado, rua acima até a vila. As amendoeiras ao lado do caminho agitavam-se e, à sua passagem, as folhas prateadas sussurravam que sabiam da pesada notícia trazida por ele. A dama deixou a janela afinal, apenas uma vez, e apareceu de novo na entrada da arcada aberta. Estreitou os olhos, desejando que o vulto fosse o senhor e não o escudeiro. Ao perceber o andar e a constituição física de Gregório, as lágrimas começaram a deslizar-lhe dos olhos, e quando ele se aproximou mais e ela viu a espada que trazia, tombou desfalecida ao chão. Tudo fora visto por Luca, filho de Luca, o ajudante de jardineiro da vila, e o jovem desfrutara dois dias de celebridade na cidade como a única testemunha de tal cena. Falava, como um pregador errante, a um pequeno grupo de habitantes reunidos à sombra do campanário da igreja, para abrigar-se do sol inclemente e ouvirem o mexerico. O público deslocava-se com a sombra, e passou-se uma hora até cessarem o interesse e a especulação. Conversaram durante tanto tempo sobre Simonetta que até o padre da igreja, alma bondosa, sentiu-se motivado a abrir as portas e acenou com a cabeça para Luca, da fria escuridão. O ajudante de jardineiro apressou o fim do relato quando as portas tornaram a fechar-se, pois não desejava omitir o mais fascinante e misterioso aspecto da tragédia: o escudeiro também trouxera consigo outra coisa do campo de batalha. Comprida e de metal; não, não uma espada... O narrador não sabia exatamente o que era. Tampouco soube que a dama e o escudeiro haviam passado duas horas em íntima e grave troca de ideias, tão logo ela recuperara a consciência; depois, a senhora aparecera mais uma vez na janela, para ali ficar, parecia, até o Dia do Juízo Final. Um dia, oravam todos, que a uniria novamente ao seu amo.

Simonetta di Saronno perguntava-se se existia um Deus. Chocara-se com essa ideia, que, tão logo lhe ocorrera, não conseguira afastá-la. Sentada, olhos enxutos, músculos enrijecidos, olhava as amendoeiras e a estrada abaixo, enquanto o céu se contundia em noite e as pedras esfriavam sob as mãos. A cidade de Saronno estendia-se abaixo desde as distantes montanhas, prateada ao crepúsculo como uma moeda caída. A sensação de distanciamento que em outros tempos valorizara era agora completa: a casa, hoje sua prisão, ficava afastada e ela como uma donzela de outrora presa na torre, sitiada por dragões, ou uma noviça em isolamento na cela. Rafaela, a cansada criada, pôs-lhe um manto de pele de esquilo macio ao redor dos ombros, mas ela mal o sentiu, e não percebeu o calor. Sentia em vez disso apenas o pesar que se instalou na cavidade do peito, como se houvesse engolido uma pedra. Não — uma amêndoa: pois quando recebeu pela primeira vez um dos frutos das árvores que lhe comprava a parte do casamento, engolira-o inteiro. Fora uma noiva de treze anos, e o próprio Lorenzo, de apenas quinze, dera-lhe uma amêndoa como parte da cerimônia realizada ali mesmo, no bosque que agora avistava dia e noite. Haviam-se casado na igreja do Santuário de Santa Maria dei Miracoli, em Saronno. A bonita igreja branca, com o batistério octogonal, o frio claustro margeado de árvores e a esguia torre recente ascendendo céu adentro nunca antes testemunhara tal pompa. O novo toque de sinos proclamou a notícia até o outro lado da planície — duas poderosas famílias unidas, com o povo a aclamar e banquetear-se na *piazza*, à sombra do campanário. E depois a cerimônia mais pagã no bosque, quando os noivos meninos puseram coroas de folhas de amêndoa prateadas e trocaram um dos frutos. O ato de presentear e comer números ímpares de amêndoas numa cerimônia de casamento, constituía, aparentemente, uma tradição antiga; destinada a dar sorte, boa colheita e fertilidade. Mas a cerimônia perigou quando Simonetta quase sufocou na tentativa de engolir inteira. Lorenzo rira dela, ao ver a mãe dar-lhe água e vinho para ajudá-la a engolir o fruto com o líquido.

— Você devia morder, triturar com os dentes! — gritara com carinho. — E só depois saborear a doçura.

Tinha razão, pois a moça sentira na boca apenas o gosto de madeira seca. Então ele a beijara, toda a doçura de que ela precisava, sempre.

A moça lembrava que se entalara com a amêndoa durante quase todo o banquete de casamento. A mãe, apreciadora de homilias e capaz de ver a mão de Deus em tudo, dissera-lhe com a carranca fechada que não se queixasse.

— Você deve lembrar esta lição, minha filha. Às vezes, devemos quebrar as coisas para provar os frutos como foram feitos para ser saboreados. Sua vida tem sido de facilidade e fortuna, e você uma criança bem-amada, abençoada com riqueza, beleza e um grande casamento, mas a vida de ninguém segue esse curso para sempre. Você vai sofrer um dia, e é melhor se lembrar disso. Só então sentirá a força total de seus humores e a vida como Deus designou que a viva; com sofrimento, mas também iluminação.

A filha calara-se e tomara mais vinho. Sabia da obediência e obrigação devidas à mãe, mas a amêndoa transferiu-se afinal para o estômago e ela sentiu a ardência da uva. Olhou o noivo e sentiu outra ardência: a excitação e prazer inebriantes de haver-se casado com aquele jovem deus, e logo chegaria a noite de núpcias... Fechou os ouvidos às palavras da mãe. Pretendia ser eternamente feliz com Lorenzo, e sabia que viveriam com toda felicidade. Além disso, achava que sabia a origem do descontentamento da velha dama — olhou o pai além dela. Bonito e corado, o senhor sempre adorara a filha, mas ela não era de modo algum a única jovem que ele adorava. Simonetta sabia que a mãe sofrera muito com os *amours* dele; criadas que se tornavam de repente insolentes, vendedoras de vinho que vinham com demasiada frequência à casa. Sabia que tal futuro não lhe servia. Agarrou a mão de Lorenzo e esqueceu a metáfora materna.

Até então.

Como poderia ter sabido que a vida se partiria *daquele* jeito, que se veria obrigada afinal a sentir tanta dor pela morte do homem que a fizera tão feliz por tanto tempo? Convencera-se de que conseguiria sobreviver a tudo, menos *àquilo*. Mesmo que Lorenzo houvesse olhado para outra mulher, o que nunca fizera, achava nesse momento que poderia ter resistido aos sofrimentos da infidelidade. Se ao menos ele ainda continuasse ali, ainda real, ainda quente, para rir e divertir-se com ela como sempre haviam feito. *Isso* ela sentia, o caroço do tumor no peito, o pesar que localizava em cada centímetro do tronco, iriam com certeza matá-la também. E seria uma bênção. Simonetta descansou as mãos brancas na espada — a espada dele, que Gregório trouxera do campo de batalha para casa. Então se voltou para a outra coisa também trazida pelo escudeiro, comprida e ameaçadora, feita de um tubo de metal e um cabo de madeira, com uma garra metálica curva projetada do lado. Mal conseguiria erguer o objeto, ainda que tivesse forças.

— Que é isso? — a voz dela soou como pouco mais que um sussurro.

Parado defronte, Gregório apertava o capuz aveludado na mão, os olhos marejados.

— Chamam de arcabuz, minha senhora. É uma das novas armas. Um tanto parecida com um canhão, mas a gente segura e dispara com uma pederneira.

Apontou o cordão carbonizado no cabo do objeto, e o tortuoso gatilho em forma de S à espera no pivô de metal.

— Por que trouxe isso para mim? — perguntou a senhora, agora com voz embargada.

— Porque foi um desses que levou meu amo. Tive de trazê-lo, para lhe mostrar que ele não teve sequer uma chance. Conhece meu amo. Era o melhor soldado que já existiu. O cavaleiro perfeito. Nenhum homem o igualava na esgrima.

Mas o espanhol Marchese de Peschara nos surpreendeu com mais de mil e quinhentos homens armados. Vi fileiras inteiras da cavalaria francesa caírem sob o fogo dos arcabuzeiros. Os homens não atingidos foram atirados ao chão quando os cavalos correram em disparada. E o barulho! Era como se o *Diavolo* em pessoa se misturasse entre nós e cantasse para pagar a própria ceia.

Gregório fez o sinal da cruz sobre seu casaco puído.

Simonetta engoliu em seco. Já não podia mais confiar na voz. Indicou com um aceno de cabeça a Gregório que se retirasse e levou as duas armas, a antiga e a nova, até a janela, para continuar a olhar.

Seu tolo, ela pensou, de repente brava com o marido morto. Pôs a mão em cada arma, onde o aço frio das duas lhe congelou os dedos. O passado e o futuro. Você era na verdade o cavaleiro perfeito. Mas não viu o que o esperava, não foi? De que servia seu código cavalheiresco e as elegantes regras de combate diante de tais coisas? Os estilos que dominava desapareceram, e um novo mundo começou. Um mundo onde tais regras são como palha. Não sabia ao certo se desejava viver nesse mundo. Perguntou-se, não pela primeira vez, se conseguiria de algum modo disparar o arcabuz contra si mesma e juntar-se a Lorenzo no Paraíso. Ou talvez pudesse enforcar-se no bosque, como a outra criada abandonada morta muito tempo atrás. Mas sabia ser esse o maior pecado de todos; o pecado do maior dos transgressores, Judas Iscariotes.

Simonetta fora criada pela mãe em rígida observância religiosa e lembrava bem o Juízo Final no batistério onde ia à missa na cidade de Pisa. Sentava-se lá todo dia, com o padre a entoar o conhecido latim, e vendo os diabos sombrios consumirem os suicidas, mordendo os membros dos infelizes e lambendo poças de sangue com línguas lascivas. Eram apavorantes e excitantes, e ela se afligia no banco da família, sentindo o rosto arder como se as chamas também a alcançassem, até a mãe beliscá-la com força no braço.

Não — não poderia tirar a própria vida. Mas a vida como a conhecia acabara. Não acreditava que o casamento pudesse ter sido tão feliz. Ela e Lorenzo haviam vivido como um só em vila Castello, banqueteavam-se, caçavam, viajavam a cortes e festivais, bebiam das vinhas e comiam das amendoeiras. Frequentavam a missa uma vez por semana em Santa Maria dei Miracoli, a igreja do casamento, mas levavam vidas mais mundanas nos prazeres da cama e mesa. Não tiveram filhos, mas não sentiam perda alguma na perfeita completude do afeto um pelo outro. Eram jovens — tinham todo o tempo do mundo. Quando a peste de 1523 levou as duas famílias, mal notaram, continuaram a viver e se amaram naquele castelo alto, sãos e salvos do cerco da doença. Riam durante a sucessão do ciclo das estações — Lorenzo era um rapaz jovial, e treinava a esposa no humor pela vida e em todas as coisas absurdas que continha, até ela tornar-se tão rápida quanto ele. No casamento, a beleza de Simonetta floresceu e ela perdeu a aparência rechonchuda de menina. Tornou-se uma famosa beldade, de semblante angelical, uma profusão de cabelos ruivos e mãos brancas peroladas. Não gostavam de indigência — as fortunas combinadas dos dois proporcionavam-lhes toda felicidade e satisfação. Tinham as paredes cobertas por ricas tapeçarias, patrocinavam os mais excelentes artistas plásticos e músicos. A mesa vergava sob as melhores carnes e massas, e as peles e veludos caros cobriam as belas formas físicas da castelã. Cordões de pérolas e as mais refinadas toucas de joias tecidas em fios de prata prendiam-lhe para cima a infinidade de mechas cor de cobre dos cabelos.

E então vieram as guerras — anos de tumulto e luta entre estado e estado, guelfos e gibelinos. Milão, Veneza, Gênova, as terras papais, todas se tornaram peças no jogo do acerto de contas entre potências estrangeiras e internas. Lorenzo, exercitado de nascença nas artes da guerra, conquistou a glória e logo a liderança. Suas atribuições afastavam-no de casa, e mais de uma vez a senhora realizou banquetes em honra do arcanjo Miguel ou de Natal, com a grande cadeira esculpida do amo vazia à cabeceira da mesa.

Nessas ocasiões, Simonetta sentia-se muito deprimida, mas voltava-se para os outros prazeres do arco e flecha ou o alaúde como passatempo. Às vezes, na ausência do marido, alimentava uma fantasia de ter consigo um filho para fazer-lhe companhia quando ele partia, para ter alguma ocupação, mas o desejo passava tão logo o via aproximar-se de casa cavalgando pela estrada entre as amendoeiras, e ela corria ao seu encontro. Lorenzo apertava-a contra a armadura, beijava-lhe a boca com vontade, e embora se retirassem imediatamente para o aposento, ela não mais desejava frutos dessa união.

Agora, esses frutos jamais nasceriam. Daquela última campanha, quando partira para lutar sob o comando do Marechal Jaques de la Palice, ele nunca retornaria. O grande general francês morrera, Lorenzo também, e afinal ela sentia ardentemente o reconforto que nesse momento talvez recebesse do filho ou filha do amado. Mas já fizera dezessete anos, e os melhores anos para a maternidade haviam terminado. A solidão era total.

Por isso Simonetta di Saronno desejava saber se não existia um Deus. Por que Ele a teria dilacerado daquela maneira? Teria separado com tanta violência dois seres humanos tão devotados, uma união abençoada em Sua casa como um dos sacramentos?

Então começou a sentir medo. Não rezara uma única vez desde que Gregório viera. Se desse as costas a Deus, com certeza afundaria no vazio e tomaria aquele outro caminho — o mais tenebroso de todos. E uma vez na danação eterna do inferno, nunca tornaria a ver o amado de novo. Seria uma sina pior do que a que suportava agora, pois só na esperança de um distante reencontro no paraíso poderia sorver o hausto seguinte.

Quando era feliz, sempre rezava ao pé do ouvido da Virgem, pois não conhecera a Santa Maria o amor de um homem, e a alegria do casamento com São José?

Simonetta decidiu: iria no dia seguinte ao Santuário de Santa Maria dei Miracoli, a Igreja dos Milagres, e oraria à Bendita Virgem em busca de consolação. Isso, sim, seria de fato um milagre, e não carecia de nada menos. Retirou as mãos da espada e da arma de fogo e deixou a janela afinal. Ajoelhou-se aos pés da cama para rezar o *pater noster*, agasalhou-se na pele de esquilo e desabou sobre a colcha do leito como lançada por terra.

3

Selvaggio

— Nonna, tem um selvagem no bosque.

— Amaria Sant'Ambrogio, você já vive nesta terra há vinte verões, e continua com menos juízo que um caroço de feijão. Que tolice é essa?

— Verdade, Nonna, juro pelo próprio Santo Ambrósio. Silvana e eu estávamos nos poços, e o vimos. Além disso, falam dele na cidade, chamam-no de *Selvaggio*, o selvagem!

Os olhos escuros de Amaria tinha olhos que se assemelhavam a um pires.

A idosa senhora sentou-se à humilde mesa da casa e examinou a neta. A própria mocinha parecia pouco mais que uma selvagem. Tinha os cabelos pretos, em geral caídos retos até a cintura, entrelaçados com flores de consola e urzes que se projetavam espetados da cabeça. A tez, quase sempre bronzeada, exibia um rubor avermelhado causado pelo esforço físico. Os olhos cor de azeitona preta expunham o branco em toda a volta, como o olhar fixo de um cavalo assustado. O corpete rasgara-se e revelava o peito mais do que seria decente, os fartos seios forçavam os cordões, e as saias, amarradas sob os joelhos para facilitar a corrida, mostravam as pernas robustas. Não se podia chamar

Amaria de gorda; isso nunca, pois a indigência da família jamais permitia glutonaria. Mas era uma moça de suaves contornos arredondados que se assemelhavam a uma pêra, toda feminilidade na compleição física e intensa, brilhante, personificação saudável da vida. Constituía uma imagem tentadora para qualquer cavalheiro de passagem, com aquela beleza rosada e exuberante, apesar das feições redondas e a silhueta encorpada em desacordo com a moda da época. As cortesãs ansiavam por uma pele branca como alabastro, e chegavam a esfregar pomada de chumbo no rosto para obter a tonalidade certa; o bronzeado de Amaria tinha a cor da areia quente. As nobres eram magras como açoites; Amaria, toda curvas e covinhas. As poderosas *signoras* recorriam a todo tipo de artes para clarear os cabelos em ruivos ou dourados; a cascata dos de Amaria tinha o brilho preto-azulado da asa de um corvo. Embora nenhuma mulher pudesse em tempo algum ter sido mais bonita para Nonna que a neta, a velha senhora desesperava-se por vê-la casar-se; pois quem ia querer uma donzela de vinte anos, muita carne nos ossos, mas sem juízo e fortuna alguma? Ainda mais quando circulava em Pávia assim — como as prostitutas que rondavam a praça ao entardecer.

Nonna suspirou e transferiu o tabaco que sempre mastigava de uma bochecha fina para a outra. Amava Amaria com intenso fervor, desejava o melhor para a neta, e era devido a esse amor tão imenso, a ponto de fazê-la sentir medo, que sempre falava de forma mais severa com ela do que pretendia.

— Eu devia saber que Silvana tinha alguma coisa a ver com o caso. Ela estimula em você toda essa tolice. Vá se arrumar, filha, e diga as ave-marias. Conte com Deus e não com sua amiga gorducha, e reze em vez de tagarelar como um papagaio.

Amaria alisou os cabelos e soltou as saias. Habituara-se a essas censuras, que não lhe diminuíam o afeto pela avó. Pegou um carretel e uma agulha no manto e sentou-se para costurar o corpete.

— Mas eu o vi, Nonna. Quando... olhávamos a água, vi o reflexo dele, antes de ver a pessoa. Tinha a pele vermelha, garras e pelos, mas olhos bondosos. Acha que é um espírito da floresta?
— Pele vermelha? Garras e pele! Espírito da floresta? De onde você tira essas ideias pagãs? É mais provável que seja um pobre fugitivo do combate terminado há pouco, um soldado que perdeu a sanidade mental. Talvez um espanhol, pois eles são muito insensatos. — (Pela leveza do tom da Nonna, ninguém adivinharia que os espanhóis lhe haviam destruído a vida.) — Que faziam vocês nos poços, aliás, preciso perguntar? Temos água em abundância e, além disso, uma boa fonte em perfeitas condições na praça da cidade, pelo que sei.

Amaria baixou a cabeça sobre a costura e ficou com as faces ainda mais rubras.

— Queríamos... isto é... Silvana queria... olhar o *pozzo di marito*.

Nonna bufou com desdém, mas suavizou os olhos cansados. Sabia que, segundo o folclore local, se uma pessoa fitasse dentro de um dos poços naturais no bosque além de Pávia, veria o rosto do futuro marido. Sabia que Amaria ansiava por um dia apaixonar-se e casar-se, mas também sabia que a idade avançada e a condição humilde da moça significavam a impossibilidade de um bom casamento, e o amor à avó a impedia de uma união ruim. A frustração que sentia pela neta tornou-a ainda mais azeda que de hábito.

— Tolice infantil! Fique contando com isso. Era algum ermitão, ou quem sabe um francês. Dizem que o rei francês foi aprisionado pelos espanhóis em Pávia... derrubado do cavalo por Cesare Hercolani... usava uma coroa, esse seu futuro marido?

Amaria sorriu. Nada sabia sobre a política da batalha recente, apenas que muitos homens partiram e poucos retornaram, diminuindo ainda mais suas chances de casamento. Mas pelo menos nenhum cuja perda lamentasse e chorasse, nem acendesse velas como as viúvas na basílica. Sabia que o rei francês Francisco era de fato prisioneiro dos vitoriosos espanhóis que agora dominavam Milão. Mas pouco sabia dos cidadãos deles, a não ser que tinham cauda e dizia-se que conversavam com os cavalos, de tão curiosa e resfolegante a língua deles. A moça deu um suspiro.

— Tem razão. Devia ser um louco. Ou algum soldado.

Continuou a costurar em silêncio, atenta ao trabalho, mas a conversa sobre a guerra e os franceses levou os olhos da avó à parede onde se achava pendurada a adaga de Filippo acima do consolo. Fazia mesmo mais de vinte anos que Nonna perdera o filho, o amado filho único, seu brilhante menino. Passara-se de fato todo esse tempo desde a grande batalha de Garigliano em 1503, quando ela e todas as outras mães haviam orado por notícias dos filhos? Mas o destino das outras, deixadas a conjeturar se eles tinham morrido, não seria o dela — os espanhóis não lhe deixaram dúvida alguma sobre a sorte de Filippo quando trouxeram centenas de cadáveres de volta a Pávia para exibir na praça. A avó e as outras mães haviam vasculhado a horrível pilha, enquanto as moscas e os urubus sobrevoavam em círculos, até ver o rosto amado, espancado e ensanguentado. A Comuna decretara que tinham de ser queimados para evitar a peste, assim a Nonna não pudera sequer levá-lo para casa e lavar-lhe o corpo como tantas vezes fizera quando ele era menino, nem prepará-lo para ser enterrado com orações, como devia. Teve tempo para fazer pouco mais que fechar-lhe os olhos e retirar do corpo a adaga que ele pusera na calça estreita — tudo que os saqueadores deixaram. Retornara à casa, achando que nunca esqueceria o fedor de carne humana quando a pira ardeu quente e alta e a fumaça deu afinal aos seus olhos as lágrimas que não vinham antes.

Poderia ter continuado assim para sempre, entorpecida de dor e sem nada sentir, não lhe houvesse Deus dado Amaria. Naquele mesmo poço, onde a menina fora essa manhã, encontrara-a, como Moisés em meio aos juncos. Muitas vezes bebês eram abandonados ali, e muito mais agora, com tantas órfãs de guerra que se haviam metido em apuros por soldados ausentes. Nonna fora lá em busca de água, pois os poços da cidade estavam poluídos com cadáveres. Quando se debruçara, ouvira um grito estrangulado, e ao separar o mato áspero encontrara uma criança nua, ensanguentada, que agitava as perninhas e bracinhos à desacostumada luz, e piscava os olhinhos escuros nas feições espremidas de recém-nascida. Nonna envolvera a bebê num pano e a levara para casa, sem saber se era menina ou um menino. Queria apenas ocupação, e a chance de *sentir* mais uma vez agora, após perder o filho que fora sua vida. Ficava sentada impassível quando a bebê chorava a noite toda devido às gengivas vermelhas, quando a pequerrucha gritava o dia todo à procura da teta de mel, quando protestava ao ser posta dentro do cueiro que ela costurara, pois já sabia que era uma menina. Nonna permaneceu entorpecida até o dia em que a bebê fixou os olhos cor de groselha nela e deu-lhe o primeiro sorriso sem dentes, tão sincero, tão inocente da guerra e de tudo que acontecera antes. Segurou-a junto ao coração dilacerado e chorou e chorou, pela primeira vez desde que fechara os olhos do Filippo.

Nonna salvara Amaria e Amaria a salvara. A avó tinha o coração tão cheio de amor e pesar que explodiria se não houvesse encontrado outra alma humana a quem se entregar. Deu o nome Amaria Sant'Ambrogio à menina, de *Amore* e do Santo local de Milão, Ambrósio. Os órfãos eram sempre chamados assim naquelas bandas, na esperança de conferir a bênção do santo àquelas vidas arruinadas. Dissera à menina ao crescer que a chamasse apenas de *Nonna* — avó —, pois se considerava velha demais aos quarenta anos para ser chamada de mãe. Amaria desabrochara numa mocinha linda e cheia de vida, que seria para sempre falastrona, ao mesmo tempo de coisas sensatas e bobagens. A beleza e boa natureza recomendavam-na a vários companheiros jovens, mas a condição de órfã e as circunstâncias pobres sempre lhes causaram o afastamento das afeições. Amaria agradecia a Deus por ter Nonna para amá-la. E Nonna agradecia ao mesmo Deus por haver encontrado alguém para amar. Ao ajudar a neta, tornara a viver. Agora, vinte anos depois, outra pessoa parecia precisar de ajuda, espanhol ou não. Deus levara Filippo, mas enviara-lhe Amaria, e ela fora abençoada. Pediria ele agora alguma coisa em troca? Olhou a amada neta, e de novo a adaga. Retirou-a da parede e colocou-a sob a calça estreita, no tornozelo direito, no lugar exato da perna de onde a tirara do filho morto. Amaria ergueu os olhos, surpresa, quando Nonna pediu:

— Mostre-me.

Caminharam durante quase uma hora entre as Vésperas e as Completas. Os sinos da basílica e a constante tagarelice de Amaria assinalavam a passagem das duas, e Nonna, como sempre, desviava os olhos da praça ao passar pela grande catedral. Não podia olhar a *piazza* sem ver a pira e sentir o cheiro da carne do filho. Por isso não via, e tampouco via Amaria, as súplicas a Deus e todos os santos pregadas na porta da igreja — centenas e centenas de pedaços de papel tremulantes, súplicas pelo retorno dos desaparecidos, os tidos como mortos.

Como o terreno começava a subir atrás da cidade, Amaria estendeu o braço à avó e assim continuaram em frente; Nonna ofegava tão forte que foi obrigada a cuspir o tabaco. Pararam um instante, viraram-se e olharam Pávia atrás, o lugar que chamavam de cidade das cem torres; a segunda da Lombardia, atrás apenas de Milão, situada próxima ao norte. Avó e neta recuperaram o fôlego, sentaram-se um momento na grama em tufos, braços passados nos ombros uma da outra. Viram as gralhas do pôr-do-sol alçarem voo e circularem em volta das altas rochas que perfuravam o céu ensanguentado. A saliência vermelha do *Duomo* curvava-se junto à linha do horizonte e as casas marrom dourado abraçavam o íngreme declive até à margem do rio, onde a cabana humilde delas se aninhava no cais apinhado. *Ponte Coperto*, a famosa ponte coberta, parecia uma nodosa serpente vermelha que lançara as espirais sobre o rio. As águas do Ticino tinham a cor de uma lâmina. Além do rio, em direção ao sul, estendia-se o imenso campo onde milhares haviam morrido pouco tempo atrás. Silencioso e vazio agora; uma escura e enlutada planície saqueada de todas as armas caídas e limpa da carne tombada por bicos de abutres. À medida que o sol mergulhava cada vez mais, os tijolos das casas e torres cintilavam vermelhos à luz do entardecer, como se houvessem absorvido o sangue do campo de batalha da mesma forma que uma flor absorve a água.

Ciente da hora tardia, Nonna pediu a Amaria que a ajudasse a levantar-se, e embrenharam-se no bosque escuro. Chegaram afinal ao lugar que procuravam, mas no silencioso crepúsculo viram apenas o charco azul-escuro, nenhum selvagem. Um graveto estalou, porém, e Nonna sacou de imediato a faca. Os tempos difíceis haviam-lhe aguçado a esperteza e ela muitas vezes entrava naquelas colinas a fim de atrair coelhos à armadilha para a panela. Tinha os velhos ouvidos mais afiados que os de Amaria, e conduziu-a pela vegetação rasteira até a folhuda boca de uma gruta preta.

Encontraram-no. Quando a velha e a jovem avançaram devagar escuridão adentro, Amaria gritou o nome que ouvira darem ao vago vulto.

— *Selvaggio*!

— Simplória — sibilou a avó. — Como pode ele responder a um nome que não sabe que tem?

Chamou em dialeto milanês:

— Não tenha medo! Estamos aqui para ajudá-lo em nome de Santo Ambrósio. — Seguiu-se uma pausa terrível, quando as duas contemplaram o que talvez houvessem feito surgir.

Nonna lembrou-se de Filippo e disse:

— Não somos espanholas, nem francesas, mas amigas.

Viram os olhos brilhantes quando o vulto arrastou os pés até a luz, mas ao mostrar-se, fez Amaria arquejar de horror. A criatura, dolorosamente magra, tinha todas as costelas expostas. A pele vermelha era uma crosta de sangue; o manto, um emaranhado de pelos, e a barba de muitos meses. As garras consistiam das unhas dos dedos dos pés e das mãos que haviam crescido desenfreadas até se enroscarem em volta de si mesmas. Ele poderia ter qualquer idade entre dezessete e setenta anos. Mas os olhos eram verde-folha e, como dissera a moça, exibiam a luz da bondade. Parecia não poder falar, mas ouvia — avançou, quase desabando a cada passo, para o céu aberto. Nonna sentiu-se à beira das lágrimas pela primeira vez em vinte anos, pois assim poderia estar Filippo se houvesse sobrevivido, e voltado para ela. Não era nenhum selvagem. Apenas um menino. Os que haviam feito aquilo sim, eram selvagens. Deteve a neta que já fugia com uma das mãos e estendeu a outra ao desconhecido. Mal percebeu o que proferiu, mas soube que era o certo.

— Venha para casa — disse.

4

Pintores e anjos

Na hora da morte de Filippo nos campos de batalha de Garigliano, um grande artista iniciava uma excelente obra. No instante mesmo em que o soldado exalava o último suspiro, o pincel do mestre tocava a tela do que ia se tornar sua obra-prima. Mas não é esse homem e sim seu discípulo que nos interessa — um jovem da idade exata do desafortunado morto. Um homem que um dia seria notável, mas não ainda, pois era preguiçoso, dissoluto e dado a prazeres fáceis, um homem de talento, mas sem moralidade, um homem que nunca se importou com qualquer coisa, sem dúvida não o suficiente para dar a vida por ela, como fizera Filippo. Nesse mesmo dia fatídico, quando Deus tirou um soldado de sua mãe e deu a um pintor o toque de divindade para inspirar-lhe a obra, essa criatura dada ao prazer na certa não merecia a sua atenção. Esse homem chamava-se:

— *Bernardino Luini*!
O grito, quase um berro, ecoou pelo *studiolo*. Bernardino reconheceu a voz no mesmo instante. Era a que ele e a amante haviam temido ouvir quando, na noite anterior, no quarto dela,

se divertiam à beça juntos, até a luz do amanhecer aquecer os telhados de Florença. Se fosse honesto consigo mesmo, tinha de reconhecer que o medo do retorno do marido acrescentara certo frêmito ao acasalamento, pois decerto a dama não chegava a ser nenhuma beldade; mas apesar disso se encontrara com ela, que posava para o mestre. Já se habituara à raiva de maridos, ou ao que os amigos chamavam rindo de "*male marito*", quando se reunia a eles com mais um olho roxo ou um corte no lábio que lhe desfigurava a impressionante beleza. Desprendia-se tanto veneno daquela voz, porém, que o pintor logo largou os pincéis e examinou o *studiolo* à procura de um lugar para esconder-se.

Em todos os lugares, viam-se telas oleadas ou esticadas, molduras construídas, ou aprendizes que rematavam a obra de Leonardo. Infelizmente, Bernardino não viu nenhum lugar ideal, até bater com os olhos, que se iluminaram, no estrado ao fim da longa sala. Lá se encontrava seu atual *amour*, as mãos cruzadas como uma virtuosa, mas os olhos um pouco sombreados pelos labores noturnos. Os cabelos da mulher caíam em cachos escuros ao redor do rosto, e o vestido verde comprido não ajudava de modo algum a tez empalidecida. Houvesse tido mais tempo, o artista talvez se perguntasse de novo por que o mestre Da Vinci desejava com tanta determinação pintá-la — como mãe de dois filhos não tinha nem o viço de juventude. Quando, afinal, recebesse a permissão de pintar a forma feminina inteira, ele escolheria uma moça de grande beleza — um anjo que refletisse a divindade da obra... mas não havia tempo para tal especulação. Já encontrara o esconderijo — uma tela inacabada atrás da cabeça da modelo, uma espécie de tríptico que ele próprio construíra. Era uma moldura de madeira forrada e o jovem artista pintara no tecido esticado, segundo a instrução do mestre, uma extravagância pastoral do campo toscano — árvores, colinas e um córrego. Empacara na tarefa — julgava-se pronto para pintar a figura humana, mas Leonardo, por algum motivo, parecia decidido a deixar ao discípulo a mais servil das tarefas. Quase nunca lhe dava permissão para pegar um pincel a não ser que se tratasse de pintar mãos. Mãos, mãos e mais mãos. Por alguma razão, Bernardino tinha um talento natural para esse tema, o mais difícil de todos, e via-se solicitado a pintá-las repetidas vezes. Jamais conseguia um cheirinho do trabalho mais interessante, a não ser esboçar a carvão desenhos nos imensos cartões que o mestre depois completava com gênio maior. Tivera esperanças de que ele reconhecesse seu talento para desenho e o recompensasse com uma encomenda. Mas agora o alegrava o fato de esse talento ter sido tão pouco reconhecido, pois a tela serviria de forma magnífica. Quando correu em direção ao estrado, a modelo arregalou os olhos assustada — também identificara a voz e temera que o confronto fosse inevitável. Mas não precisava — o jovem galã não passava de um covarde e levou rápido o dedo aos lábios, antes de enfiar-se atrás da tela, segundos antes de as portas duplas do *studiolo* se abrirem com estrondo e Francesco di Bartolomeo di Zanobi del Giocondo entrar na sala.

Bernardino colou o olho na fenda da dobradiça, onde um painel se juntava ao seguinte na tela improvisada. Uma olhada ao mestre disse-lhe que ele vira tudo — sempre via. Porém, embora a barba ocultasse a maioria das grandes emoções do gênio, a sobrancelha erguida nada escondia quando prosseguiu com a obra.

Da Vinci não era espiritual, e seu descaso pela religião beirava o herético, e assim comentava-se com ironia que, tendo aquela copiosa barba e os cabelos brancos, assemelhava-se muitíssimo à imagem de um Deus no qual não acreditava. O mestre não se importava com o fato de fazerem tais gracejos sobre ele; apreciava a loucura humana em todas as manifestações, e por isso se mostrava sobretudo tolerante com as aventuras amorosas do discípulo. Favorecera-o desde o início, e chegara a presenteá-lo com seu fabuloso álbum de recortes conhecido como o *Libricciolo*; cinquenta páginas dos mais excelentes grotescos já desenhados. As folhas exibiam uma rapariga com apenas dois buracos onde deviam ficar as narinas; um rapaz com bulbos tão grandes no pescoço que parecia ter três cabeças; e um infeliz indivíduo com a boca vedada pela natureza, de modo que só podia comer pelo nariz, com um dispositivo semelhante a um canudo inventado pelo próprio Leonardo. Bernardino passava horas debruçado sobre as imagens dessas monstruosidades, e o mestre aprovava-o com a cabeça.

— Isso apenas para que você saiba, Bernardino — ele observava —, quando desenhar as límpidas beldades da Lombardia, que nem tudo que a natureza cria é belo.

Mas, apesar de o *Libricciolo* mostrar a feiura em forma natural, o leitor era bonito o suficiente para dar início ao obsceno rumor de que a beleza do menino agradava ao mestre de maneira não apenas estética. Por que mais traria Leonardo consigo para a nativa Florença um menino que apenas empregara como aprendiz no estúdio de Milão, um menino que nunca antes deixara o disco plano da Lombardia, limitada por montanhas de um lado e lagos do outro?

O moço pintor viu Francesco atravessar a sala a passos largos, com um floreio do manto que derrubou mais de uma tela. Todos os alunos se voltaram para ver a cena, porém nenhum com mais curiosidade quanto à causa — todos sabiam que a raiz se originava em Bernardino. A perspectiva nesse caso não era promissora, pois Francesco vinha ladeado por dois de seus homens uniformizados, ostentando as armas com o brasão dos Giocondo, e as espadas causavam estrépito ao ritmo dos passos. Teria toda a ajuda da lei florentina, como um dos mais ricos cidadãos mercantis. O indignado homem parou diante de Leonardo, e o fato de moderar o tom assinalava apenas de leve o desprezo que sentia pelos artistas e todos da mesma laia.

— Perdoe a intrusão, *signor* Da Vinci — começou, de uma maneira que considerava o perdão já concedido. — Procuro seu pupilo Bernardino Luini, que me causou um grande dano.

O rapaz viu-o deslizar os olhos acima para encarar a esposa, que se sentava imóvel na cadeira. O marido traído lembrava-lhe o gato da avó — dissimulado, gordo e perigoso.

O *signor* Da Vinci deu mais algumas pinceladas decididas e largou os pincéis ao lado. Virou-se para olhar o intruso, mas antes de compor as feições, Bernardino captou o rápido brilho no olhar. O mestre pretendia divertir-se.

— Estou perplexo, *signor* Del Giocondo — disse. — Meu aluno é um homem de vinte e três anos, um estudante da arte da pintura. Que dano pode ter infligido a um mercador tão poderoso quanto o senhor?

Francesco parecia um pouco irritado. Bernardino sorriu. Sabia, como sabia Da Vinci, que o poderoso jamais admitiria ter sido corneado por um artesão humilde como ele. Também sabia que Leonardo só se interessaria pelo caso na medida em que atrapalhasse o trabalho — se Del Giocondo decidisse levar a esposa embora, e ele não pudesse concluir o retrato, ficaria muitíssimo contrariado. Por essa razão, protegeria a reputação da modelo, e por associação, também a do imprevisível aluno.

Francesco deslocou o considerável peso do corpo e respondeu à pergunta.

— É um assunto privado. Um... de negócio.

Da Vinci deu uma delicada tossida.

— Bem, s*ignor*, estou desolado por não poder ajudá-lo a concluir seu... *negócio*. — Nesse momento, arqueou mais uma vez a sobrancelha. — Mas receio que o *signor* Luini não se encontra mais aqui. Recebi uma encomenda de sua Eminência, o Doge de Veneza, e Bernardino partiu há pouco para esse estado, a fim de começar o trabalho.

Francesco estreitou os olhos, incrédulo, até o mestre retirar uma carta da manga do manto.

— Conhece, talvez, o brasão do Doge? — O cornudo pegou a carta oferecida e examinou o lacre de perto. Reconheceu com brusquidão as armas, e ia abrir a missiva, mas Leonardo pegou-a de volta. — Queira me perdoar, *signor* — disse em tom seco —, mas meus assuntos, também, são *privados*.

O homem pouco mais podia fazer. Tentou recuperar a compostura, dizendo:

— Bem, contanto que ele desapareça da minha vista; pois se tornar a vê-lo nas ruas de Florença, eu o desafiarei e ele morrerá.

Bernardino revirou os olhos sem ser visto. Pelo amor de Jesus, era 1503! Três anos já dentro do novo século, e o sujeito falava como um amante dos antigos dias das cortes medievais! Fixou o olho no rival e viu-o estender a mão à esposa sentada no estrado.

— Venha, madame.

O jovem viu o mestre enrijecer-se.

— Rogo-lhe, madame, permaneça imóvel — pediu, e virou-se para Francesco.

— Por certo, *signor*, não existe motivo para retirar sua esposa deste lugar. Agora que o homem que o ofendeu se foi, não pode haver nenhuma influência má. Por certo que sua esposa não tem culpa alguma nesse *caso*, não é? — Esta frase final, o outro não podia negar em público. Pareceu hesitar. E então Da Vinci recorreu à lisonja:

— Pense, *signor*, no que esse retrato fará por sua reputação como patrono, um amante das artes visuais.

Na verdade, Francesco não sentia amor algum pelas artes visuais, nem as entendia; mas sabia muito bem que a reputação de Florença se destacava com justiça entre as cidades-estado por sua arte e arquitetura, e reconhecia toda a importância de fazer parte disso. Parecia, porém, resistir.

— Isso é apenas um retrato — disse. — Não uma de suas grandes batalhas, nem uma cena das escrituras, e tampouco alguma coisa do gênero. Ninguém deverá vê-lo além de nosso círculo familiar, onde ficará pendurado em meu *palazzo*.

— Não, *signor*, engana-se. — Leonardo ficou animado pela paixão por sua obra. — Esse retrato será diferente. Será um mostruário de minhas técnicas mais recentes. Vê como misturei luz e sombra nesse maravilhoso *chiaroscuro*? E aqui na boca, como esfumaço com o pincel os cantos para tornar a expressão ambígua, de uma forma que chamo *sfumato*? Acredite, senhor, sua esposa será admirada no mundo todo, e nesse serviço a ela o senhor não apenas prova ser um grande patrono e amante da arte, mas também o maior dos *maridos*.

Foi o que bastou. Apesar do nome de família, Francesco não tinha o menor senso de humor, mas era muito orgulho. Que forma melhor de sanar algum boato de discórdia com a esposa que imortalizá-la naquele retrato? Deixou a mão estendida cair ao lado, fez uma mesura a Leonardo e saiu.

Aliviado, Bernardino inclinou a cabeça sobre a moldura de madeira da tela. Inalou os agradáveis aromas de óleo e álamo, e por baixo outra coisa... o doce perfume de sândalo que a dama usava, e ainda mais profundo, o penetrante cheiro picante do sexo dela emanado, e que tão bem lembrava a noite anterior. A lembrança disparou-lhe um frêmito nas virilhas e obrigou-o a passar os poucos instantes seguintes aconselhando-se contra tal loucura — acabara de escapar por um triz de ter a pele arrancada e precisava não permitir que a luxúria o enfraquecesse mais uma vez. Devia deixar *la signora* em paz. A voz do mestre chamou-o à razão:

— Pode sair agora, Bernardino.

O encabulado discípulo surgiu, sob as risadas e aplausos dispersos dos colegas. Curvou-se ao grupo reunido com um floreio teatral. Leonardo tornou a erguer uma sobrancelha, como colhido num anzol. Bernardino fez uma mesura a sério.

— Obrigado, *signor* — disse. — Posso retornar ao trabalho, com sua licença?

— Pode retornar ao trabalho, Bernardino. Mas não aqui.

— Como?

— Você teve a sorte do bisbilhoteiro que escuta escondido o seu próprio destino. Desejo que vá para Veneza e assuma essa encomenda, pois não se trata de um artifício que inventei para despachar seu rival, mas uma autêntica requisição do Doge.

Retirou mais uma vez a carta da manga e brandiu-a:

— Acho melhor que fique fora do alcance do *signor* Giocondo por algum tempo.

— Veneza?

— Decerto. Sua Eminência escreve que pagará trezentos ducados por um afresco a ser pintado na igreja dos Frari. Uma cena sagrada. A Virgem, anjos, o tipo de coisa habitual. Considero-o, afinal, pronto.

— Figuras? Uma cena inteira? Não mais mãos?

Leonardo deu um raro sorriso.

— Figuras, sim. Mas mãos com certeza devem ter, do contrário acho que o Doge não lhe pagará.

A cabeça do discípulo entrou num redemoinho. Veneza. O Vêneto. Ele sabia pouco do lugar, exceto que flutuava na água, e por isso as mulheres eram leprosas e os homens tinham pés palmados. Desfrutava seu tempo em Florença — fora a primeira vez que deixara a nativa Lombardia e tirava o maior proveito disso. Tinha amigos e… amantes ali. Amava Florença. E no entanto — não seria para sempre. Um ano ou dois dariam conta do recado. Ia ser incumbido de uma obra com figuras completas pela primeira vez, não da floresta de mãos que pintara — intermináveis dedos e juntas —, detestava a visão delas. E o dinheiro. Poderia fazer fortuna. E com certeza haveria mulheres bonitas também naquele estado.

Recebeu a carta do mestre com agradecimentos e despediu-se com afeto. Leonardo tomou o rosto dele nas mãos e olhou-o demorado nos olhos.

— Escute bem minhas palavras, Bernardino. Não se deixe subjugar pelo peso de seu gênio, pois você não tem nenhum. É um bom pintor e poderia ser excelente, mas só quando começar a *sentir*. Se tiver pontadas de dor pelo afastamento dessa dama, se o coração sangrar, tanto melhor. Seu trabalho refletirá as paixões que você sente e só *então* colocará essas emoções na tela. Vá com a minha bênção.

Calorosamente, o mestre beijou o aluno nas duas faces. Bernardino então se virou para a modelo, cujos olhos o acompanhavam atentos pela sala. Não, não era bonita, portanto pouco teria a lamentar. Porém, curvando-se mais para perto, sussurrou, por não poder evitar:

— Espero despedir-me mais tarde, senhora. Quando seu marido não estiver em casa.

Bernardino percorreu as ruas queridas sob um longo manto com capuz usado pelos monges — não desejava encontrar o rival antes de poder deixar o lugar em segurança. Mas no caminho de volta aos seus aposentos, foi aos lugares que tanto amava. Caminhava em sincronia com os vociferantes sinos que lhe sacudiam as costelas com aquela agradável cacofonia. Pela Florença que ele amava, a praça onde Savonarola fora queimado, e as vaidades também. O rapaz não ligava para espelhos, portanto não soube, ao dar um carinhoso *adieu* ao estatuário de luta livre que adornava a *Piazza della signoria*, que o mármore de Carrara tinha o mesmo estranho matiz prateado de seus olhos. Curvou-se sobre as mornas balaustradas de pedra do Arno e despediu-se dos perfeitos arcos da Ponte Vecchio. Do sol do fim da tarde — entre todas, sua luz preferida — que, na alquimia diária, tornava douradas as pedras âmbar. Mas tampouco sabia que tinha na própria pele o mesmo tom rosado. Ao vagar pelas jurisdições de Santa Croce e dar *arrivederci* aos monges dos *Misericordi*, não sabia que aqueles santos padres usavam capuzes presos aos mantos tão pretos quanto os próprios cabelos dele.

Ignorava o fato de que o mármore perolado da imensa abobadada basílica era do exato branco de seus dentes. Sabendo ou não, era tão bonito quanto a própria cidade. Por fim, bebeu da fonte do javali dourado e esfregou o nariz de *Il Porcellino,* para ter certeza de que um dia retornaria. Não era dado à introspecção. Sentiria saudade do lugar, na verdade, seu estado de espírito já subia em borbulhas à superfície. Ao dirigir-se de volta à casa, pensava no futuro, e entoava em voz baixa uma cantiga de Lorenzo de Medici, ele próprio *Il Magnifico*:

Quant' e bella giovinezza,
Che si fugge tuttavia!
Chi vuol esser lieto sia:
Di doman non c'e certezza.

Como é bela a juventude,
Que ainda assim se põe em fuga!
Quem quiser ser feliz, que seja.
Pois do amanhã não se tem certeza.

No *studiolo*, Leonardo ficou imóvel um instante, pensando em Bernardino. Melhor que se fosse, pois era bonito demais para ficar sob seus cuidados todo dia. Pensou nos lustrosos cachos pretos, nos olhos surpreendentes que transmitiam uma herança longe da Lombardia; nas pestanas pretas que pareciam haver sido pintadas uma a uma pelo mais perfeito pincel de não mais que três pelos. Bernardino até tinha todos os dentes — e brancos, além disso. O mestre suspirou em despedida e retornou à modelo. *Ela* não era nenhuma beldade, por mais que a lisonjeasse o marido, mas apesar disso tinha alguma coisa, quando nada uma refinada seriedade no semblante. Supôs que o apelido da dama, *La Gioconda*, lhe fora dado com tendência irônica — um trocadilho com o nome do marido, e sem indicação do humor geral dela. Mas espere... alguma coisa parecia diferente... em torno dos cantos da boca brincava — quase, mas não muito — um sorriso? A gravidade dissolvera-se num instante na expressão enigmática, inteiramente imprópria. Leonardo amaldiçoou sem rodeios Bernardino. Que lhe dissera ele? Pegou os pincéis e trabalhou sobre a boca mais uma vez. *Maldito* menino.

Quando Bernardino jurou que qualquer mulher por ele pintada teria de ser tão linda quanto um anjo, não sabia que ia precisar esperar mais de vinte anos para encontrá-la. Ao pintar a primeira encomenda para o Doge, os pais dessa modelo ideal acabavam de casar-se. Quando começou a *Pietà* em Chiaravalle, perto de Rogoredo, ela estava nascendo. Ao pintar uma de suas maiores obras, em 1522 — a magnífica "Coroação de Nosso Senhor", criada para a Irmandade da Coroa santa em Milão —, a jovem casava-se com outro e engasgava-se com uma amêndoa no banquete. A maestria de Bernardino floresceu, mas ele nunca encontrou em nenhuma modelo um rosto que considerasse merecedor de sua pintura. Só após aceitar, já reconhecido como grande mestre, a encomenda de um trabalho em 1525, compareceu ao mesmo lugar que o objeto de seus desejos estéticos. Por ordem do Cardeal de Milão, chegou à igreja de Santa Maria dei Miracoli em Saronno, na mesma manhã em que Simonetta di Saronno foi lá rezar por um milagre.

— Quem é *essa?*

Padre Anselmo virou-se para o visitante. Imaginou que o artista se igualasse em idade com ele, mais ou menos os anos médios da maturidade, mas a voz de Bernardino traía sensibilidades muito diferentes. Enquanto o sacerdote pensava em Deus e coisas celestiais, aquele bonito camarada parecia feito para buscar apenas prazeres terrenos. Já gostava do homem, apesar de terem se conhecido apenas um quarto de hora antes, talvez. Mas a resposta que deu continha uma advertência.

— *Signor* Luini, aquela é a *signora* Simonetta do Saronno.
— *Realmente*.

A voz de Luini saiu cheia de faminta fascinação.

Anselmo olhou o homem mais alto em cheio no rosto.

— *Signor*. Ela é uma mui grande dama destas partes.
— De quaisquer partes, garanto, padre. — Anselmo tentou mais uma vez.
— É uma viúva ainda muito recente, enviuvada pela guerra.
— Cada vez melhor.

Então o padre ficou chocado mesmo.

— *Signor*! Como pode dizer tal coisa? A guerra devastou toda a planície lombarda, não apenas essa coitada senhora, mas muitos outros continuam sofrendo a perda daqueles que amaram. Famílias poderosas e humildes sofrem da mesma forma. Essa recente batalha em Pávia levou embora o senhor daquela sofrida alma, e que homem! Cheio de juventude, vigor e correta devoção.

— Parece que também o senhor sente saudade dele.

Anselmo tentou pôr fim a tais tentativas de piadas impróprias.

— As guerras, como fazem todas as guerras, trazem apenas o mal.

Luini, camarada irresponsável, apenas deu de ombros.

— A guerra não é sempre uma coisa tão ruim. Centenas de anos de guerras nesta sua península indispuseram tanto as cidades-estado umas contra as outras que todas tentam e excedem as vizinhas em relação às artes. Temos os mais excelentes artistas do mundo; arquitetos e homens de letras também. Quantos artistas suíços pode o senhor citar pelo nome?

— Talvez Deus ame mais um país de paz.

— Paz! Talvez eles não tenham guerras internas para promover suas artes, mas dificilmente são uma nação amante de paz. Os suíços vangloriam-se dos melhores mercenários do mundo — exclamou Bernardino, o rosto animado com a discussão.

— Mas pelo menos matam os dois lados se lhes pagam o suficiente. Muito imparciais. Tenho certeza de que Deus está muito satisfeito com eles.

Anselmo não se importava com quantas ideias admitia no debate, desde que deixassem de lado o perigoso assunto da senhora de Saronno. Mas não conseguiu distrair a mente de Bernadino Luini por muito tempo.

— A Lombardia é coberta de sangue e tinta; o sangue se esgota, mas a pintura fica para sempre. Sobretudo com um tema desses. — Ele tornou a olhar a senhora. — Ela é devota, o senhor disse?

— De fato. Comparece à missa aqui toda semana. Eu mesmo a casei aqui e esta é a igreja mais próxima de sua casa.

— Que fica onde?

Anselmo balançou a cabeça tonsurada:

— Não lhe direi. O senhor deve deixá-la em paz.

Mas Luini já se encaminhara à nave e atravessava-a até a Capela da Dama. Precisava de um olhar mais perto. Anselmo seguiu-o e puxou-o pela manga:

— *Signor*, não deve abordá-la agora! Quando rezamos, conversamos com Deus.

Bernardino livrou-se da mão.

— Ela pode conversar com Ele depois.

Simonetta ajoelhara-se ao lado de uma mulher que ele supôs ser a criada. Vestida de preto, a senhora usava um véu, mas de material tão fino que lhe permitiu ver o brilho dos cabelos ruivos pela rede. Orava não com a cabeça curvada, porém com o rosto erguido para a estátua votiva da Virgem.

Tinha as mãos, cerradas uma na outra, compridas e brancas; mas o rosto! Acertara — a viúva exibia o semblante de um anjo que superava em muito qualquer coisa já criada por ele mesmo nas horas mais inspiradas. O rapaz sentiu o coração começar a martelar. *Tenho* de pintá-la. Sentou-se no banco em frente e sibilou com urgência:

— *Signora*!

Viu a criada saltar e persignou-se, mas a jovem ama apenas dirigiu os olhos aos dele. Eram azuis como as águas do lago Maggiore — onde ficava a aldeia da infância de Luini. Jamais ele amara tanto o lago como agora, quando podia compará-lo com os olhos dela. Embora o rosto não tivesse qualquer animação, e a expressão entorpecida, a serenidade do semblante nada fazia para diminuir-lhe a beleza.

— *Signor*? — ela o interpelou.

O tom era baixo e musical, a intenção, porém, gélida. Não podia ter mais de dezessete anos. Mas que presença, que compostura! Sem fazer nenhuma tentativa de baixar a voz, continuou Bernardino:

— *Signora*, desejo que pose para mim. Quero pintá-la.

Atraíra-lhe agora toda a atenção. Simonetta fora ali em busca de um milagre, e a Virgem enviara-lhe aquilo? Um homem, talvez de quarenta anos ou mais, alto, com uma beleza repugnante, e fazendo-lhe um pedido que ela não entendeu. Seria outro teste? Que poderia a Rainha do Céu querer dizer com isso?

— *Me*... pintar?

A essa altura, Anselmo alcançara-os, pois o cinturão e os paramentos haviam-lhe obstruído o avanço pela nave.

— Peço desculpas por este homem, minha senhora. É um artista...

— Um grande artista! — corrigiu Bernardino, ignorado por todos.

— ...recém-chegado para pintar as paredes desta igreja, e se entendo correto, seu impertinente pedido é que a senhora deve... servir de modelo... para uma das figuras.

— Não apenas *uma* das figuras — interpôs o pintor. — A *principal* figura. A própria Virgem.

Para enfatizar a afirmação, deu uma palmada amistosa no traseiro de uma estátua próxima da santa senhora.

Simonetta di Saronno já ouvira o bastante. Saiu apressada da igreja, seguida de perto por Rafaela. Não gostara do tom do homem, nem daquela irreverência com a Virgem, porém havia mais alguma coisa. Ela fizera a mortificante descoberta de que continuava, apesar do sofrimento, suscetível aos consideráveis encantos físicos dele. Nenhuma lembrança do longo tempo que ficara sem Lorenzo na cama poderia absolvê-la desse pecado. Sentia-se abalada, culpada, e resolveu expiar a falta durante longas horas diante do *prie dieu* em casa, onde ele não estava. Não ouviu as desculpas do padre Anselmo, mas ouviu, sim, o disparo de despedida do atormentador, que na verdade parou na escada da igreja e gritou às suas costas em retirada:

— Eu lhe pago!

Anselmo arrastou Luini do vão da porta.

— Não seja tolo! Ela é umas das mais ricas senhoras da Lombardia! Não precisa do seu dinheiro!

— Todo mundo precisa de dinheiro — disse Bernardino, com os olhos na figura que se retirava. — Por falar nisso...

Deixou o padre conduzi-lo de volta ao interior e explicar os termos da encomenda.

— Para cada figura individual dos santos, o senhor receberá vinte e dois francos por dia.

— Querem muitos santos, hein? — perguntou o rapaz, com uma cínica ondulação do lábio. — Acrescentam um pouco de drama, não? Corações, olhos e peitos rasgados do pio corpo como tantos mutilados canonizados.

— É verdade — respondeu o padre, impassível. — Mas os fiéis identificam-se com o sofrimento deles, sobretudo nessa época. Rezam para eles por intercessão, dão seus nomes aos filhos e até os invocam quando amaldiçoam, enredam-nos na tapeçaria de nossa vida. Na Lombardia, os santos caminham entre nós todo dia.

— Que *significa* isso na verdade?

Anselmo suspirou, virou-se de costas para o atormentador, e começou a atravessar o corredor.

— Se não sabe agora, um dia saberá.

Bernardino seguiu-o, os negócios não concluídos.

— E quanto à cama e mesa?

O padre tornou a virar-se.

— Instruíram-me a dizer que o vinho e o pão estão incluídos, e a acomodação é aqui na torre do sino da igreja. — A voz de Anselmo aqueceu-se com orgulho. — Ficará muito confortável. O campanário é razoavelmente novo, foi construído de um benefício eclesiástico concedido em 1516, além de ser considerado um dos melhores na área.

Bernardino não escutava.

— Ótimo. Por esse dinheiro, farei uma para vocês no Natal, de graça.

Anselmo tentou não sorrir. Concluiu que seria inútil mostrar ao outro seu orgulho e alegria, o fragmento da Cruz Verdadeira contido num grande relicário envidraçado de rubi na abside. Também não tolerava os modos irreverentes de Luini; mas não podia evitar gostar dele. E o homem sabia pintar. Anselmo vira seu *Cristo coroado com espinhos* enquanto participava de um seminário em Milão — na verdade reconhecera primeiro Bernardino, quando entrou na igreja esta manhã, porque o artista pintara, com a habitual arrogância, a figura de Cristo segundo a própria imagem. Bernardino talvez parecesse divino, mas Anselmo conhecia-lhe a fama de ser um homem de pouca fé e moral fraca.

Achou inspirado o trocadilho que o amigo e colega pintor Vasari fizera sobre o nome e local de nascimento de Luino ao apelidá-lo de *lupino* — o lobo. Luini chegou a assinar-se com a etiqueta latina "*lovinus*" na ocasião. O padre suspirou no íntimo e desejou que Bernardino não criasse problemas. Retornou ao tema:

— Quanto tempo levará a feitura de tantos afrescos?

Luini coçou o queixo.

— Trabalho rápido. Fiz o *Cristo coroado com espinhos* para o *Collegio* em trinta e oito dias, e havia cento e catorze figuras.

Ele circulou sob o teto abobadado, admirando a arquitetura do interior; era uma linda igreja, toda de gesso branco e delicadas cornijas. Algumas tentativas de pintar as pilastras e painéis com cenas bíblicas haviam sido feitas por pintores anônimos, mas não representariam nada para os afrescos que ele agora pintaria. Deitou a mão num frio pilar branco. Sempre gostou de pensar nas igrejas em que trabalhava como seres vivos. Essa sem a menor dúvida era fêmea, com o bonito interior branco gelado, delicada torre de sino e claustro contornado por árvores. A pedra do pilar aqueceu-se sob sua mão em acolhida e ele começou a comprimir a palma acima e abaixo, como se acariciasse a coxa de uma de suas conquistas dispostas.

— Prepare-se — disse num sussurro, como para uma mulher. Com uma súbita associação de ideias, olhou a imensa parede vazia no nártex da igreja. — Nesta ponta — disse — ficará uma grande cena da Adoração dos Magos. A cena será centralizada na Virgem, com Simonetta di Saronno posando de minha modelo.

Proferiu o nome que nunca esqueceria.

Anselmo balançou a cabeça diante da persistência de Luini:

— Ela jamais concordará com isso.

Ele sorriu, dentes brancos fulgindo como o lobo de seu apelido:

— Veremos.

5

A paisagem da Lombardia

Nonna e Amaria trabalhavam junto à luz de vela. Nisso eram afortunadas, pois a aparência do selvagem à luz do dia teria na verdade sido difícil de olhar. A luz de vela era misericordiosa. Tornava o sangue vermelho melaço-escuro. Ocultava as cores esverdeadas de pele gangrenosa, e dourara a doentia palidez amarela da carne sob os cabelos emaranhados. Transformava em ouro os piolhos e pulgas que rastejavam no couro cabeludo, e escondia o mapeamento venoso dos olhos injetados de sangue, deixando apenas o bondoso brilho de vida.

Mãe e avó haviam deitado o selvagem, ou *Selvaggio*, como o apelidaram, na humilde mesa que Amaria acolchoou com palha para dar-lhe conforto. Ela acendeu o fogo com o feixe de paus que trouxera da floresta, e aqueceu um balde d'água nas brasas. Depois começaram.

Foram obrigadas a cortar as roupas de sua carne com as tesouras de costura de Nonna. Selvaggio observava-as, sem articular um som, mas após um longo tempo, quando o pano colado aos ferimentos e a própria pele começaram a soltar-se, ele perdeu a consciência de tanta dor. Amaria umedecia as roupas com água para facilitar a descolagem. Jogou as pestilentas peças de roupa que o sufocavam no fogo. Mas ao redor de seu tronco recobria-o um fino tecido escuro — junto à luz de vela parecia de cor preta, embora desse a impressão de ser algum tipo de galhardete, por isso Nonna largou-o perto para ser limpo, para o caso de ele querer guardá-lo. O galhardete fora visivelmente usado para estancar o sangue do ferimento mais grave — um corte tão profundo que Amaria arquejou, e Nonna surpreendeu-se de que não o houvesse matado. Esse, porém, era o único corte profundo que ele sofrera — as outras perfurações na carne não eram talhos, mas buracos —, uma erupção cutânea de ferimentos redondos no tórax e ombros, tão redondos como furos de setas, com as flechas arrancadas, e menores, muito menores. Nonna persignou-se e apelou para São Sebastião, um santo que conhecia a perfuração de uma ou duas pontas de flecha. Examinou mais de perto, cobrindo o rosto com um pano de saco de levedo para que não passasse doença ao camarada. Espiando-a de uma das perfurações viu uma ervilha de metal redonda. Escavou-a e a pelota de metal saiu rolando da carne, caindo com um nítido estalo nas ripas de madeira nas quais jazia o selvagem. As duas curvaram-se para ver de perto.

— Que é isso? — sussurrou Amaria.

— Bala — respondeu Nonna, as próprias sílabas curtas e penetrantes como fogo de artilharia. — *Pallottola*. De fato, vivemos num novo mundo. — Ergueu o metal até a luz do fogo onde o projétil cintilou maligno, um pequeno olho de metal. Retribuiu-lhe o olhar. Aprendera muito sobre a guerra desde que assistira à incineração de Filippo... manteve os olhos e ouvidos abertos quando os mercenários e soldados haviam passado pela cidade. — Minúsculas balas disparadas de um canhão que um homem pode segurar. Chamada de bacamarte, ou arcabuz. Muitos, muitos morreram assim, dessa vez.

Nonna pegou o balde de Amaria e entornou a água às pressas. Não era apropriado uma donzela tocar a carne de um homem, mesmo em tal estado, portanto essa tarefa lhe coube. Ela aqueceu a lâmina da adaga de Filippo no fogo e começou a escavar.

Amaria arquejou.

— Que está fazendo?

Nonna não ergueu os olhos.

— Estas pelotas precisam ser tiradas da carne dele. São feitas de uma liga de chumbo e vão envenenar seus órgãos se deixadas.

Amaria girou a primeira bala na mão.

— É uma bola perfeita — maravilhou-se. — Como são inventadas coisas assim?

— São feitas em todos os lugares agora. Mesmo aqui em Pávia.

— Aqui?

— É. As duas torres vermelhas próximas à igreja de San Michele, sabe quais são?

Amaria assentiu com a cabeça.

— Sei. As pernas do Diabo. A gente precisa correr entre duas o mais rápido que puder com os olhos fechados, para que o Diabo não cague na nossa cabeça.

Nonna permitiu-se rir da tolice de Amaria, mesmo num momento como aquele.

— É, o *Gambi Diavolo*. Lá. Estas são feitas lá. O diabo caga balas agora.

— Verdade?

Amaria arregalou os olhos.

Nonna continuava cavando pela carne tenra. Algumas estavam perto da superfície, outras mais profundas.

— Não, filha. Como a maioria dos males, esses são feitos por homens. O chumbo quente é despejado do topo da torre ao pavimento abaixo. Quando cai, como ocorrem com as gotículas da água, torna-se perfeitamente redondo no ar. Ao atingirem o chão, as bolinhas já estão secas e duras como unhas de

Cristo. — Ela suspirou. — A maioria dos que morreram em Pávia foi fuzilada assim.

Ela caiu em silêncio ao puxar o metal do músculo dilacerado do selvagem. O ferimento aglomerava-se em cachos nos resíduos brancos destruídos da carne como os sítios da batalha juncados de um lado ao outro da Lombardia, por toda a península. Enquanto pesquisava a paisagem do corpo à procura de mais tiros insidiosos, Nonna citava o nome das batalhas como uma ladainha. Soltava as balas no prato com um esperado clique para cada. Começou com Garigliano, o lugar onde perdera Filippo. Clique. Agnadello. Clique. Cerignola. Clique. Bicocca, Fornovo, Ravenna. Clique, clique, clique. Marignano, Novara. O Cerco de Pádua. E por última de todas, a Batalha de Pávia. A guerra chegara à cidade de muito longe até a própria soleira da porta. Clique. As balas caíam no prato de cerâmica como as lágrimas da Virgem e ali se juntavam num cordão — as contas de um rosário sangrento. Nonna curvou a cabeça em um momento de pesar por todas as batalhas e todos os mortos.

Então pegou a tesoura e pediu à menina que se virasse de costas, enquanto ela retalhava a carne amarela morta dos lábios devido ao corte profundo — era uma bocarra cavernosa aberta por uma espada, com certeza. Entregou a tesoura a Amaria para limpar e a neta a usou depois para atacar os cabelos do Selvaggio. Cortou grandes tufos até deixar todos os fios rentes, do mesmo comprimento. Lavou-os então com água e limão para eliminar os piolhos, mas quando cortou a fruta para espremê-la no couro cabeludo, Selvaggio pareceu despertar-se. Ele esvoaçou de leve as pálpebras — talvez da dor lancinante causada pelo sumo, pois havia ferimentos no couro cabeludo — e ela se sentiu induzida a sussurrar uma desculpa quando os olhos dele tornaram a fechar-se. Nonna pegou a agulha de osso, enfiou o fio encerado e suturou o corte limpo o melhor que pôde. Soubera de tais remédios no campo de batalha, que lhe fizeram sentido. A costura era parte de seu léxico. Se alguma coisa se rasgava ou se descosia, ela costurava até fechá-la. Nonna agarrava-se à simples sensação dessa atividade caseira durante esses momentos de horror — precisava de alguma coisa para fazer sentido neste mundo enlouquecido —, um rapaz bombardeado com lâminas e disparos. Enquanto suturava, tentava imaginar que a pele dele era a cambraia da capa de uma almofada, e costurava-a para impedir os flocos de escaparem, não as vísceras de seu estômago.

Amaria teve uma tarefa mais fácil — afiou a faca de Filippo na pedra da lareira e cortou a barba que lhe cobria o rosto. Quando esfregou azeite de oliva na pele dele e começou a barbeá-lo rente, sentiu um choque no calor daquela pele e a aspereza dos pelos eriçados; jamais tocara um homem antes. Nunca recebera um beijo barbado de um pai para lembrar, nem o abraço forte de um irmão. Era tudo novo, tão novo e bom que seu rosto aquecia-se na luz do fogo, e o coração ressoava-lhe nos ouvidos.

Os cuidados de Amaria revelaram um rosto de feições regulares, agradáveis e uma aparência refinada muito distante da selvageria do nome do inválido. Nonna ergueu os olhos quando a barba desapareceu e viu que era jovem. Muito jovem. Imaginara que fosse outro Filippo, mas soube enquanto trabalhava que o selvagem era pouco mais que um menino — mais da idade de um neto que um filho para ela.

Por fim, Amaria começou a cortar as unhas de Selvaggio, semelhantes a garras. Depois de eliminá-las, lavou as mãos e esfregou-as com babosa para os ferimentos e bolhas. Notou que a mão esquerda — apesar das feridas — era fina e macia, mas a direita tinha a palma calosa de um soldado acostumado a portar uma espada todo dia. Nonna cobriu os ferimentos de Selvaggio com uma pomada curativa que ela fez de salva em gordura de porco, e despejou vinho nos mais profundos antes da aplicação do unguento. As duas trabalhavam em silêncio, murmurando uma à outra, de vez em quando, sobre o melhor a ser feito, circulando ao redor do corpo enquanto as horas passavam. As velas e o corpo estendido lembravam uma vigília a Nonna, que sabia que o trabalho das duas podia terminar como tal, pois com ferimentos tão pesados, e alguns infectados, ele talvez não continuasse vivo para ver o amanhecer. Sentiu pelo menos que, mesmo que o menino morresse, ela fizera o que não pôde fazer pelo filho. Limpara-lhe os ferimentos, ajeitara-lhe o corpo, e por fim cobriu o menino com colcha de linho limpa e deixou-o dormir, o sono de repouso e recuperação, ou da morte e desespero. Mas à medida que a luz cinzenta diminuía as forças das velas, ele tornou a esvoaçar as pálpebras, e um rubor facial que não estivera lá antes recobriu o magro e encovado rosto. À luz do dia, com todos os ferimentos ocultos, o caso não parecia tão sombrio quanto antes à de velas. Elas permitiram-se ter esperanças. Ele não delirou nem ficou febril, a pele não era quente ao toque, nem tinha um tom avermelhado. Agora puderam ver todo o rosto do rapaz; os olhos, quando se abriram, eram o verde de folhas de manjericão, e os cabelos o claro e exato castanho das penas de um esmerilhão. Como ele dormia, avó e neta abraçaram-se, enquanto o observavam, depois saíram de mansinho da sala e subiram a escada do chalé até a água-furtada que partilhavam, para dormir também. Antes de dormir, porém, as duas derramaram lágrimas; Nonna pelo que perdera, e Amaria pelo que encontrara.

6

O notário

Simonetta di Saronno cobrira a cabeça com as mãos. Aquelas longas mãos brancas, com todos os dedos do meio do mesmo comprimento, ocultavam-lhe completamente o rosto. Pensara que já havia chegado ao fundo do poço de seu desespero, mas agora fora mergulhada em novas profundidades pelo homem que se sentava defronte dela, do outro lado da maciça mesa vazia do grande salão.

Simonetta não chorava, porém. E o homem sentado com ela não era Bernardino Luini, quaisquer que fossem as aparências do pintor. Na verdade, ela tentara com esforço esquecer aquele homem impossível, e quase conseguira afastar-lhe o rosto das horas despertas. Nos sonhos, porém, ele penetrava contra os desejos dela, e suas orações eram ainda mais fervorosas de manhã.

Não, o cavalheiro era um notário — Oderigo Becceria, homem de meia-idade que administrava a fortuna dos Di Saronno em muitas horas de estreita assessoria uma vez por mês, fechado com Lorenzo. Simonetta não percebera a pequenez de sua própria situação difícil para os demais, portanto foi-lhe salutar notar que Oderigo apareceu no primeiro dia do mês, com a pena e o livro-razão, como se Lorenzo não houvesse morrido. Não soubera que ela, uma mulher que jamais tivera de pensar em nada, além da cor do vestido e o adereço dos cabelos, agora teria de passar a ter íntimo conhecimento das contas da própria casa.

Parecia que as despesas domésticas não se encontravam em bom estado. Oderigo disse-lhe que seus fornecedores não haviam sido pagos, nem os empregados, da provisão que lhe restara de Lorenzo; uma provisão que o senhor lhe deixara para negociar as contas, pois tinha certeza de que seria uma curta ausência. Simonetta, a esse estágio da conversa, não se sentia indevidamente preocupada. Ainda sofrendo a aguda dor de sua perda, fartou-se dessa conversa financeira e desejou do fundo do coração que Oderigo fosse embora para que ela pudesse lamentar sem restrições. Pegou as, três chaves de bronze no cinto e foi ao porão de amêndoas no andar de baixo. Como sempre, certificou-se de que ninguém a observava ao dirigir-se aos fundos do galpão, sentindo as cascas do fruto estalarem sob os pés, e apalpou na escuridão à procura dos três buracos de fechadura que destrancavam a sala que guardava o tesouro de Di Saronno. Sentia-se confiante, quando girou as chaves na ordem certa, que encontraria o que precisava dentro. Mesmo ao constatar que o primeiro cofre que ela destrancou — com o brasão das três amêndoas de prata no azul pintado na tampa — estava vazio, apenas passou para o seguinte. Só quando cada cofre revelou-se vazio, retornou ao andar de cima, sentou-se e deitou a cabeça nas mãos.

Fez isso porque sentiu que estava sendo punida. No pior de seu pesar, gritara em voz alta a Deus de que pouco adiantava ser rica, ter fortuna e posses quando a única pessoa a quem amou lhe fora arrancada. Bem, Deus a ouvira, e também lhe tirara o tesouro. E agora?

Oderigo esperava-a recompor-se. Não se surpreendeu de modo algum com a fisionomia da dona da casa após essa descoberta. Ouvira, entre os banqueiros e advogados em Saronno e Pávia, que Lorenzo di Saronno realizara suas ambições militares de tal modo que corria o perigo de arruinar a própria casa. Jovem soldado obstinado e exaltado, com um excessivo senso de honra, julgou mais necessário dar aos cavalos a melhor equipagem, e aos homens as mais refinadas fardas, do que empreender as exigências prudentes, enfadonhas, de uma renda e pensões duradouras para suas propriedades.

Oderigo expressou impaciência consigo mesmo. Tal imprudência era inacreditável para um homem de cuidadosas finanças como ele. Não era vilão, apenas indiferente à difícil situação de Simonetta. Em seu ramo de trabalho, e em momentos como esses, ele se habituara a lidar com clientes que se viam em reduzidas circunstâncias. Retirou o lenço que levava para essas ocasiões do bolso, mas quando a senhora ergueu a cabeça, aliviou-o ver que tinha os olhos secos. Pelos céus, ela era uma bela senhora! Pela primeira vez em sua longa carreira, ele sentiu um estranho tremor de compaixão descongelar-lhe o coração, pois jamais vira semelhante expressão de desesperança num rosto tão belo.

— Senhora — ele começou. — Não deve desesperar-se. Posso ganhar algum tempo. Tranquilizarei seus credores e retornarei em um mês. Até então, faça tudo que puder para reduzir os gastos. Venda qualquer coisa que puder, reduza o número de seus empregados; talvez ainda seja possível permanecer nesta casa. Mas não pode ser nenhum *pequeno* ajuste: a senhora precisa fazer tudo a seu alcance, só o essencial deve ser conservado.

Simonetta olhou-o nos olhos pela primeira vez. A casa! Nunca lhe ocorrera, nem no pior desses últimos momentos, que ela teria de partir da vila Castello. Não poderia, não se submeteria a deixar tudo que ela e Lorenzo haviam compartilhado, custasse-lhe o que custasse. Assentiu com a cabeça para o notário, que pediu licença ao retirar-se, e enquanto atravessava a alameda entre as amendoeiras ele reviveu a emoção do momento em que Simonetta di Saronno o olhara em cheio nos olhos.

Que mês ela teve então! Que redução, que desmoronamento de circunstâncias! Que diferença veria Oderigo quando percorresse da próxima vez o bosque de amendoeiras até o Castello! Todo homem e criados que trabalhavam na mansão foram dispensados, com exceção da querida Rafaela, de quem ela precisava mais como amiga que criada. Gregório foi mantido na casa por três razões — por caridade, devido aos ferimentos, pelo seu serviço e pela forte ligação com o amado amo morto. Havia pouco de Simonetta, e pela afeição que ela via aumentar entre o escudeiro e Rafaela após ter sido arrancada de seu amor, não podia separar dois amantes.

Um homem e uma empregada teriam que servir. Todo dia Simonetta percorria os aposentos da vila com Rafaela, determinando quais os baús, quais as finas tapeçarias, cortinas, e quais os quadros podiam ser vendidos. Juntas, vasculharam os armários de Simonetta. Todas as joias, as peles e os vestidos de tempos mais felizes deviam ser vendidos. Retirou-se de suas varas a grande tapeçaria que cobria uma parede inteira do solar de jantar, retratando em primorosos detalhes o amor condenado de Lancelot e Guinevere. Simonetta correu as mãos pelos refinados pontos bordados ao dobrar o tecido à venda. Adorava a cena; o apaixonado abraço da rainha culpada e seu resplandecente cavaleiro com a figura obscura de Arthur a observá-los, e as torres brancas cônicas de Camelot encimadas nas colinas atrás, como uma coroa brilhante. As roupas de Lorenzo, intactas desde que as usara, também iriam embora. Simonetta não se permitiu enterrar o rosto no odor daqueles linhos nem lembrar que sentira o músculo rígido, quente, dentro daquela manga de veludo quando se inclinava no braço dele, nem a largura de suas costas sob aquela pele, enquanto dançavam. De olhos secos, desfez-se de tudo, exceto do traje de caça castanho-avermelhado, que ela manteve para um propósito especial.

No momento, como não havia mais dinheiro para carne, Simonetta começou a aprimorar as aptidões com o arco. O esporte que ela gostava como uma diversão, um talento próprio para uma grande dama, agora se tornava tão necessário a ela quanto ao mais pobre dos servos. Hora após hora, ela passava na janela do quarto de dormir — não mais chorando, mas disparando flechas com precisão cada vez maior nas amendoeiras. Quando sua perícia melhorou, ela deixou os troncos em paz — a essa altura, tão farpado quanto São Sebastião — e pintou um único fruto com argila vermelha, que passou a ser seu alvo. Pintou as amêndoas que pendiam de árvores cada vez mais distantes da casa até se tornar uma verdadeira exímia. Aguçava-lhe a perícia a fantasia de que disparava em soldados espanhóis, e às vezes, em segredo, naquele camarada pintor de quem não conseguia se esquecer. *Esta* para os olhos prateados, *esta* para os cachos escuros, *esta* para o enlouquecedor sorriso branco dele que a perseguia — torturando-a com a lembrança que o sorriso a aquecera onde ela achara que seria fria para sempre.

Às vezes pensava nele ao caminhar pela floresta, vestida no roto traje de caça de Lorenzo, montando armadilhas e matando os coelhos que capturava. Sentia um brutal prazer quando encontrava as criaturas em luta para estrangular umas às outras. Retirava-lhes as peles e o estômago com a perícia recém-aprendida. Quando as gotas de sangue quente escorriam-lhe pelas mãos brancas, ela se deleitava com furioso prazer e seu coração endurecia-se dentro de si. Como os clarividentes pagãos, lia seu destino nas entranhas. Aquele coração que batera quente e forte era agora coagulado e frio. Simonetta empertigou-se, virou-se e olhou para trás o parque defronte com gramado e árvores ao redor de casa. A geada cintilante cobria as amendoeiras, como diamantes pulverizados, e o baixo sol de inverno dava à argamassa da vila um róseo rubor. Olhou o elegante prédio de construção quadrada com os últimos resquícios de sua afeição. Deus tirara-lhe o amor; não ia deixá-Lo tirar-lhe a casa também.

Passou a usar o traje de caça de Lorenzo em todas as ocasiões. Manteve apenas um vestido — o de *orefois* verde da cerimônia do casamento — e jamais o usou sequer uma vez. Parecia um menino quando caminhava a passos largos pelo bosque, mais ainda por causa de seu maior sacrifício. Pisando nas folhas vermelhas, mortas, do outono, lembrou a noite em que Rafaela lhe cortara os cabelos — a tesoura sussurrando-lhe nos ouvidos que ela jamais seria linda de novo. Juntou e recolheu as mechas vermelhas do chão e embrulhou-as em tecido para serem vendidas em Florença, onde os cabelos ruivos eram a moda para perucas e apliques. Ela não se importou. Reagiu contra a beleza que tinha, alegrou-se quando as mãos brancas tornaram-se calosas e regozijou-se quando sua glória coroada desaparecera. Deu uma última olhada no espelho emoldurado de prata na véspera de ser vendido, viu os obstinados cabelos que insistiam em encaracolar-se belamente acima dos ombros e ao redor do rosto, mas se alegrou ao pensar que *ele* nunca mais ia pedir para pintá-la de novo.

A mesa tinha pouco para recomendá-la agora. As refeições noturnas de coelho ou esquilo, com as poucas raízes que ela encontrava no bosque, proporcionavam seu conforto. Em dias melhores, quando os jardins de rosas ornamentais e as alamedas de teixo do Castello haviam sido plantados, jamais ocorreria, a Simonetta nem a Lorenzo, que talvez houvessem aproveitado melhor seus hectares de terra cultivando legumes. À noite ela sentava-se aninhada junto à parca lenha que Gregório cortava, e cantava à capela as árias que tocava em seu alaúde antes de mandá-lo embora para ser vendido. Quando sentia os olhos pesarem do exercício do dia, ia para o quarto e enrolava-se no único manto de pele que conservara. Dormia direto no piso de pedra, pois o excelente estrado de madeira de carvalho inglês da cama, onde passara a noite de núpcias, fora-se. Os ventos do outono assobiavam desenfreados pelas janelas, pois os vidros redondos venezianos que haviam fixado ali também se foram. Na maioria das noites ela dormia de pura exaustão, mas no último dia do mês ficou acordada, pois sabia que não tinha dinheiro suficiente para dar a Oderigo no dia seguinte.

Chocado com a mudança na vila e sua dona, Oderigo foi obrigado a sentar-se numa tora de madeira junto à lareira, pois a mesa e os bancos haviam sumido. Simonetta não estava sozinha nesse dia, mas ladeada por Rafaela e Gregório, prontos a apelar pela ama ou protegê-la se o notário se enfurecesse. Ele contou as moedas que ela lhe deu em silêncio. Não precisava dizer-lhe que não bastavam. Satisfez-se com um olhar ao rosto dela. Mais magra, endurecida, porém não menos linda. A mudança na atitude era grande, mais do que a mudança pela perda dos cabelos e a de trajes haviam acarretado. Se ele a achou bela quando a deixou na última vez, suas reflexões não seriam em nada menores hoje. Foi ela quem falou primeiro.

— *Signor* — disse com sua nova confiança. — Não deixarei este lugar. Que posso fazer mais? Diga-me, onde devo procurar ajuda? Que devo fazer? Estou pronta.

Oderigo abriu a boca, mas então pensou melhor. Conhecia alguém que a ajudaria, embora ficasse relutante, como cristão, a enviá-la ao encontro desse homem. Balançou a cabeça para si mesmo, porém ela viu tudo.

— Como? Quem? — indagou com urgência. Aproximou-se do notário e tomou-lhe o braço. — Sei que pode me ajudar. Diga-me onde posso encontrar socorro, pelo amor de Deus!

Ele suspirou.

— Senhora. Tenho de fato conhecimento de alguém que pode ajudá-la. Mas não fará isso pelo amor de seu Deus, nem do meu, nem de ninguém que conhecemos. Ele se chama Manadorata.

Simonetta ouviu Rafaela arquejar, e viu a criada afundar no chão e lançar o avental sobre a cabeça. Ela virou-se para Gregório, que logo fez o sinal da cruz no peito enquanto murmurava com os lábios uma oração. Perplexa, sem entender, Simonetta dirigiu-se de novo a Oderigo.

— Manadorata? Quem é? Ele pode me ajudar?

— Ele pode ajudá-la, senhora.

— Então por que todos vocês se encolheram? Que tipo de homem é ele? Devo pedir ao próprio Diabo?

Oderigo não lhe receberia os olhos desta vez.

— Muito semelhante, minha senhora. Ele é judeu.

7

Manadorata

Havia uma estrela entalhada na porta. Uma curiosa estrela de seis pontas, desenhada como se dois triângulos houvessem sido sobrepostos e girados para deixar as pontas expostas. Simonetta nunca vira coisa igual, e por um momento seus temores abandonaram-na e foram substituídos por curiosidade quando desenhou com os dedos as profundas ranhuras na porta pesada de carvalho. Talvez houvesse sentido muito medo nesse momento, pois desde a entrevista com Oderigo Beccheria naquela mesma manhã recebera muitas informações nas quais pensar. Tivera de suportar as vozes da criada e do escudeiro, combinadas em coro para condenar o homem que morava nessa casa, e toda a raça dele.

Simonetta sempre fora uma menina religiosa — fora devota até o último mês quando se mantivera afastada de Santa Maria dei Miracoli. Dizia a si mesma que se ausentara da igreja porque sofria demais a perda de Lorenzo, que estava ocupada demais com as economias da casa, até que detestava Deus por tirar-lhe o marido. Nunca admitiu, nem para si mesma, que temia tornar a *vê-lo*.

Simonetta não tinha a menor intenção de dar as costas a Deus para sempre. Era só que não tinha condições de pensar

Nele, nem de louvá-Lo, nesse momento. Sentia que tinha muito pouco pelo que agradecer, e muito pelo que orar, mas achava que o Senhor deixara de escutá-la. Mas de acordo com os criados, ela agora corria o perigo de perder sua alma cristã para sempre, apenas por se associar a um judeu.

Jamais na vida ouvira tanta condenação, tanta censura. E tampouco jamais ouvira palavras tão ressentidas saírem dos lábios de sua amada criada, e de seu escudeiro amável e conciliatório. Parecera a ela que os judeus eram demônios. Os homens feiticeiros, as mulheres bruxas. E também tinham hediondas deformações, como uma punição pela morte de Cristo, pela qual eram os responsáveis diretos. Os órgãos genitais dos homens e das mulheres eram os mesmos — eles não podiam acasalar-se como Deus planejara, nem dar à luz da forma natural; mas cuspiam os bebês da boca em sacos cheios de sangue. Bebiam o sangue e banqueteavam-se na carne de bebês cristãos. Não podiam sentir o calor do sol e andavam na escuridão, mas nunca à luz do dia. Eram peritos nas artes de magia negra e sabiam enfeitiçar e amaldiçoar bons cristãos até estes adoecerem e morrerem. Usavam suas artes para amealhar grande riqueza, que sangravam da boa gente temente a Deus.

Isso, então, era o que Simonetta devia esperar. Mas tinha mais. O homem quem ela ia visitar, para implorar dinheiro, era do pior tipo. Na verdade, uma criatura das trevas. Tinha o rosto de um diabo e o corpo de um urso. Falou numa língua do mal e tirava os sustentos de bons trabalhadores, homens e mulheres. E usava literalmente a riqueza na manga, pois tinha uma mão dourada ("ouro maciço!", disse Rafaela) que tinha o poder de matar a um toque. Esse membro dera-lhe o nome pelo qual era conhecido; "*Manadorata*" ou "mão dourada". Era melhor abandonar a casa toda que alimentar o Castello com o ouro ensanguentado dele. Mesmo se os ajudasse, a propriedade seria arruinada em questão de meses, por causa das práticas usurárias dos judeus, que eram estritamente proibidas na bíblia. Os juros seriam estropiantes.

Assim disseram Rafaela e Gregório ao implorarem à ama que não se pusesse no controle dos judeus. E no entanto ela viu que tinha de ir. Não saberia como partir do Castello, para começar mais uma vez. Aonde poderia ir? Que poderia fazer? A peste levara-lhe a família, e a de Lorenzo também. Além disso, ao dirigir-se à rua dos judeus em Saronno começou a ter a forte sensação de que, por mais desafortunadas que fossem suas circunstâncias, a luta era o que a fazia continuar em frente. Esse instinto de sobrevivência, que não soubera que tinha, era a única oposição à sua outra tentação, terminar tudo caindo na espada de Lorenzo. Se o judeu quisesse comê-la viva, que o fizesse. Se seu Deus cristão não podia ajudá-la, muito bem. Que o outro lado tentasse.

Retirou os dedos da estrela e bateu à porta — com força suficiente para esfolar os nós. Esperou, e depois temeu que não houvesse ninguém dentro. Mas, por fim, a pequena grade ornamental embutida na porta acima da estrela se abriu e surgiram dois olhos. Simonetta pigarreou e disse o que lhe haviam instruído.

— Meu nome é Simonetta di Saronno, e estou aqui para tratar de negócios relacionados a Oderigo Beccheria.

A grade fechou-se e ela ia desesperar-se por não entrar, quando se abriu uma fresta na porta. Foi recebida pela dona dos olhos, uma senhora que usava uma túnica roxa e joias de ouro mais caras do que as que ela própria vendera. Simonetta tomou-a pela senhora da casa até a mulher conduzi-la para dentro. Maravilhou-se ao seguir a criada por pátios frescos, onde fontes brincavam, por arcos ornamentais e por entre colunas altas e finas. Tudo era colorido e desenhado com formas estranhas, mas regulares, embora tivesse um efeito de bom gosto e nada ostentoso. A casa tinha um ambiente cordial, apesar de toda aquela grandiosidade, e um incenso aromático pairava no ar. Era tudo muito desconhecido, opulento e sedutor. Ela fora conduzida para uma coisa rica e na verdade estranha.

Simonetta começou a temer mais uma vez, quando as histórias de seus empregados retornaram, e ela sentiu que entrava na boca do leão. Mas uma visão restabeleceu-lhe o ânimo — por uma arcada à esquerda, ela viu dois meninos louros brincando com a ama-seca. A senhora usava três compridas tranças escuras e uma túnica escarlate, e rolava uma bola prateada entre os meninos. A bola tinha um sino dentro, e a risada dos meninos repercurtia-lhe o som musical. Simonetta sorriu com a cena. O riso das crianças e a terna expressão no rosto da ama-seca deram-lhe coragem. Parecia que os judeus também amavam os filhos.

O medo retornou quando a conduziram mais para os fundos da casa, e ela viu uma figura sentada a uma escrivaninha escrevendo com uma pena. A ideia de Simonetta de que entrara de fato em outro mundo apenas se agravou quando registrou com o cérebro nervoso que a figura escrevia num livro-razão da direita para a esquerda, não da esquerda para a direita, à maneira cristã. Nem os caracteres pretos assemelhavam-se a nada que lhe fora ensinado pelas boas irmãs do convento pisano que dirigiram sua educação.

O corpanzil do sujeito parecia volumoso quando se debruçava sobre o trabalho, e ele usava um *beretto all'antica* no estilo milanês, o veludo do chapéu obscurecendo-lhe o rosto. Era esse, então, o diabo com quem ela viera dançar? Sim, pois a criada a conduziu até uma cadeira bordada com fios dourados defronte à figura. Ele continuou a manejar a pena com uma mão que parecia igual à da maioria dos homens — e o corpanzil não passou de uma ilusão criada pelo fato de que usava um pesado capote de pele dentro de casa. Simonetta começou a recear o que veria quando ele erguesse os olhos. Por fim,

Manadorata largou a pena ao lado e levantou a cabeça para a visitante. Não tinha, afinal, o rosto do Diabo, embora tivesse alguma coisa a temer. Os olhos, de um frio tom acinzentado, lampejavam uma assustadora inteligência. Os lábios eram singularmente cheios, mas cerrados numa perigosa linha. Numa época em que a moda pedia um rosto todo barbeado, ele usava uma barba besuntada e cortada numa ponta tão afiada quanto uma faca. Embora tivesse barba e cabelos escuros, o rosto parecia envelhecido — podia beirar os cinquenta anos ou mais. Quando ele falou era em fluente milanês, mas com uma pronúncia de uma língua acostumada também a outro idioma.

— A senhora tem negócios para tratar em nome de meu amigo Beccheria? Mas não posso chamá-lo de amigo; nem ainda de inimigo. É muito provável que cuspa em mim quando me pede dinheiro. Ele ainda não decidiu em que posição se encontra comigo. Mas, como a maioria dos cristãos, acha que "negócio" é uma palavra suja. Portanto, desconfio que tenha vindo por conta própria.

Simonetta ficou desconcertada ao ser logo identificada. Viu que de pouco adiantava ser leviana com o judeu.

— Eu vim para pedir ajuda — ela disse, apenas.

— Então perdeu seu tempo. E o meu. Manadorata segurou novamente a pena e indicou à criada que acompanhasse a visitante até a saída. Simonetta levantou-se e, quando ouviu a pena recomeçar a arranhar o papel, falou com urgência.

— Por favor. Posso perder minha casa.

— Vejo que não está habituada a implorar. O truque é apelar por alguma coisa com que eu me importo de verdade. Tente mais uma vez.

— Eu perdi meu marido.

— Melhor, mas não bom o suficiente.

Simonetta baixou a cabeça e suspirou profundamente, como se fosse o último. Falou num tom baixo, quase para si mesma.

— Então está decidido. Eu me rendo. Era melhor que os espanhóis também tivessem me matado.

A pena parou.

— Os espanhóis?

— Sim. Em Pávia.

— Os espanhóis liquidaram seu marido?

— Sim.

Manadorata apontou a pena para a cadeira.

— Sente-se.

Simonetta sentou-se, o coração martelando de esperança.

— Entenda, *signora* Di Saronno, a senhora pegou o truque disso. Seu problema não me comove, mas disse alguma coisa que despertou meu interesse. Veja, temos algo em comum. Eu também detesto os espanhóis. E gosto de me julgar qualificado para falar do assunto, visto que minha opinião não se baseia em boato nem em conjetura.

Olhou-a com aqueles iluminados olhos cinza e ela teve a desconfortável sensação de que adivinhara exatamente o que lhe haviam dito sobre ele.

Simonetta encontrou sua voz:

— Conhece bem essa nação?

— Devia. Entenda, *eu* sou espanhol.

A cabeça de Simonetta rodopiou.

— Verdade?

— Sim. Não fui sempre conhecido como Manadorata. Nasci Zaqueu Abravanel, em Castela. Mas apesar disso, ainda os odeio. Eles também me tiraram uma coisa que eu amava. No meu caso, a mão.

Estendeu no alto a mão que estivera escondida sob a escrivaninha, e nada restou a Simonetta, senão fitá-la. Na verdade, era uma mão dourada. Brilhava sob a luz das janelas ornamentais. Olhou-a, curiosa. Notando-lhe o interesse ele estendeu-a para ela. Era xmaciça, os dedos definidos por engenhosa modelagem. Tinham até unhas e as linhas cruzavam a palma quando Manadorata virou-a para cima. Na palma também, bem no centro onde se poderia acomodar uma moeda, o desenho da mesma estrela que ela vira na porta.

— Que acha dela?
— É maravilhosamente bem modelada.
— É, sim. Talvez muito mais que a sua, pois vejo que tem três dedos todos do mesmo comprimento, um engano que um artesão não cometeria. Essa não foi feita por Deus, mas por alguns de meus irmãos florentinos. Tem-me servido bem. E é a única história que contam de mim que é verdadeira.

Simonetta sentiu um rubor espalhar-se pelas faces acima.
— Que mais disseram? Que eu devoro bebês?
Ela baixou os olhos.
— O resto é facilmente explicado para a mente racional. Talvez eu pareça um urso, mas apenas porque uso um capote de pele em todas as ocasiões, pois estou habituado a climas mais quentes. Não sinto gosto algum por carne humana. Tenho uma esposa e dois filhos a quem amo com todo afeto. Talvez os tenha notado brincando.

— Sua esposa?
— Rebecca. E meus filhos, Evangelista e Giovanni Pietro. Ficou surpresa?
— Só por vê-los brincarem tão unidos. Nas grandes famílias cristãs, são as amas-secas que cuidam o tempo todo das crianças. Eu mal conhecia minha mãe.

Ele surpreendeu-se com tal admissão.
— Então talvez essas famílias não sejam tão grandes assim. Sei que até o cristão rei Francisco, que foi feito prisioneiro em Pávia, ofereceu os dois filhos como reféns em seu lugar.
— Uma fastidiosa fungada bastava para reprovar a conduta de um rei. — Quanto à minha riqueza, acumulei-a por meios honrados, apenas por conseguir entender os princípios das

atividades bancárias e os preceitos de matemática árabe. O que me traz de volta às suas dificuldades financeiras.

Simonetta sentiu-se encorajada por tanta franqueza e explicou-lhe seu apuro. Manadorata alisava a barba com a mão de ouro, enquanto ouvia, como se de fato sentisse as fibras com as pontas do dedo falsas. Quando ela terminou, ele se calou por um período, e Simonetta perguntava-se o que ia responder. Ele a surpreendeu:

— Acho que devo visitar sua propriedade. Em primeiro lugar, a senhora tem de me oferecê-la como garantia para o caso de não ter condições de me pagar. — Ergueu a mão para silenciar-lhe os protestos. — Essa prática é normal. Mas em segundo lugar, eu talvez consiga pensar numa forma de fazer a propriedade pagar. Entenda, a fim de mantê-la, talvez precise fazer a terra trabalhar para a senhora, e eu vou verificar se há algum meio de pôr isso em prática. Vou visitá-la daqui a uma semana, mas com uma condição. Antes desse prazo, a senhora precisa ganhar algum dinheiro. Também é prática comum me oferecer uma soma, ou capital, por minha ajuda. Percebo que é nobre, e não habituada a trabalhar, mas precisa trabalhar se quiser que eu a ajude.

— Mas como? O que pede é impossível! Se eu pudesse ganhar dinheiro, não estaria aqui.

— Reflita profundamente. Não lhe ocorre nenhum meio possível, nenhuma oportunidade lhe foi apresentada? Use a inteligência, pois só ajudo àqueles que ajudam a si mesmos.

Claro que ela lembrava. O disparo de despedida com que *ele* a atacara, aquela ocasião que lhe fora tão repugnante; aquela menção de pagamento tão ofensiva para uma grande senhora, poderia agora ser sua salvação.

— Teve... um homem, que queria me pintar. Para a igreja, aqui em Saronno. Mas isso foi algum tempo atrás. Eu... mudei. Ele talvez não queira mais me pintar agora.

Ela julgou haver visto um lampejo de diversão nos olhos do judeu, apesar de a boca ter permanecido impassível.

— Não sou dado a galantaria, *signora*, mas permita-me garantir-lhe que qualquer homem que a viu gostaria de pintá-la, se ao menos pudesse.

Manadorata levantou-se bruscamente; a entrevista estava concluída.

— Deixarei isso aos seus melhores critérios para decidir. Venha me ver em uma semana, com o dinheiro para seu capital, ou caso contrário não venha de modo algum. — Ele estendeu-lhe a mão dourada, e viu-a hesitar antes de tomá-la. Surpreendentemente quente ao toque, ficou claro que os metais haviam sido aquecidos pelo membro ao qual se prendia. Simonetta olhou-o nos olhos e viu de imediato que naquele momento de hesitação ele adivinhara o que lhe haviam dito. Pela primeira vez na conversa dos dois, o judeu sorriu com vontade e seu rosto transformou-se. — Não receie, *signora* — disse o homem a quem chamavam de Manadorata —, ela não vai matá-la.

8

Amaria desperta

Quando Selvaggio abriu afinal os olhos, viu apenas madeira.

A princípio ele não conseguiu movê-los — a madeira ficava a dois centímetros da ponta do nariz, aplainada, gasta e alisada pela idade — nem olhar à esquerda nem à direita durante alguns instantes, por isso fitou direto em frente, piscando. Devia estar no caixão. Devia estar morto.

Não esperava que a morte fosse assim. Se ele estava morto, por que continuava a sentir? Por que a dor brutal aguilhoava-lhe o peito e o estômago? Tentou mexer-se, não conseguiu. Melhor ficar imóvel e olhar o caixão. Descanse. Acompanhou o veio da madeira com os olhos, as belas linhas que fluíam como uma paisagem no microcosmo. Delicadas inclinações e longas planícies de uma terra pacífica e frutífera. Ou as ondas de um mar tranquilo, elevando-se e caindo em uníssono, de vez em quando pontuadas com peixes escuros que eram os nós.

Sentia o veio atraí-lo, abraçá-lo. Ele se tornava um só integrado à paisagem. Pó de volta ao pó. A madeira era *linda*, por que não vira isso antes? Por que via apenas agora, agora ali dentro do caixão, talvez enterrado na terra?

Não; não podia estar abaixo do chão, pois a luz vinha de algum lugar, a luz que lhe machucava os olhos. E em algum lugar também, acima da paisagem ou do outro lado do mar, em algum lugar uma furiosa mosca zumbia e saltava numa janela, tentando sair, também presa.

Com um esforço hercúleo, Selvaggio moveu os olhos da esquerda para a direita enquanto a cabeça marcava o compasso. Apesar do doloroso martelar da enxaqueca, ele agora conseguia encontrar suas orientações: estava deitado numa mesa comprida, acolchoada com palha. A palha fazia-lhe cócegas no nariz — aqui a forragem era dourada, ali era preta de sangue. Seu sangue. Deitava-se de lado, com o rosto a centímetros da parede; a madeira que ele vira primeiro era o suporte principal da estacada de vimes, entrecruzada ao redor dos painéis de gesso da taipa. Tentou gritar, para chamar alguém que o ajudasse, mas nenhum som saiu-lhe da boca seca do deserto. O suor de pânico cobriu-lhe o lábio superior de gotas e esfriou-lhe a testa. Não conseguia lembrar-se de nada, de uma única coisa; de como chegou ali ou o que acontecera com ele, tampouco de onde era ou de alguma coisa sobre sua vida. Nada se encontrava na memória antes da madeira que viu quando despertou — ele era como a lousa de escola apagada; um bebê recém-nascido. Sabia que a primeira impressão do caixão era um erro; a madeira era um início, não um fim para ele. No princípio, era a madeira. E, no entanto, deve ter havido alguma coisa antes disso; assim como a madeira que formou a parede fora outrora uma árvore que se erguia numa floresta, em outra vida e outro lugar.

Como podia saber dos mares, peixes, caixões e coisas assim, se não sabia seu próprio nome? Como podia saber as palavras para tudo que via e sentia, mas não conseguir falar uma única sílaba?

Sabia tudo, entretanto nada sabia. Via tudo, mas nada podia dizer. A vasilha de sua consciência, inchando-se a cada momento como vidro recém-soprado, já se enchia até a borda de perguntas. Como chegara ali? Por que estava deitado? Por que se deitava de lado? Selvaggio virou-se de costas e soube o motivo; foi logo perfurado por um milhão de lâminas, como se houvesse rolado sobre uma cama de pregos. Tornou a rolar, de agonia, para longe da dor como um peixe arpoado, e desabou no chão. O ruído trouxe Amaria correndo.

Quando ela pôs a mão na testa de Selvaggio, soube que ele estava fora de perigo. Por um dia e uma noite o rapaz dormiu na mesa de jantar delas, sobre a forragem de palha; avó e neta haviam empurrado a mesa contra a parede para diminuir a chance de que ele rolasse para fora se despertasse. E ele não despertou; por todo o tempo que os sinos do *Duomo* repicaram seu ciclo de nove vezes. O desacordado não sentiu a troca dos curativos nem o ardor do penoso unguento que Nonna lhe esfregava nos ferimentos. Não ouviu Amaria preparar a polenta no fogo, não, nem sequer quando a jogou na panela. Mas quando ela pôs os dedos na testa dele, ali no chão onde se estendia, soube que viveria.

Disse a si mesma que desejava verificar se o enfermo tinha febre. Mas na verdade queria sentir mais uma vez aquela pele quente. Quando ele a olhou dentro dos olhos ela se sobressaltou culpada, e então sorriu. Embora Selvaggio não lhe retribuísse o sorriso com a boca, sorriu com os olhos. Amaria foi correndo buscar Nonna.

Encontrou-a no quintal espantando as galinhas com a vara. Grunhiu à notícia de que o selvagem despertara, mas em segredo o coração desmanchou-se dentro de si. Desde aquele primeiro breve despertar quando o haviam trazido para casa, ela não se permitiu sentir, para o caso de ele vir a afundar e ser levado delas. Mantivera-se em silêncio e fechada. Mas agora mal conseguia simular a indiferença ao apressar-se casa adentro atrás da neta que não parava de tagarelar. Encontrou o rapaz já erguido num cotovelo e as duas levantaram um braço cada sob as axilas dele para ajudá-lo a pô-lo de volta na cama improvisada. Amaria enrolou uma pele de ovelha atrás dos ombros do jovem como apoio, e ergueu a polenta da lareira, falando o tempo todo.

— Nonna, segure a cabeça dele. Consegue manter a cabeça imóvel? — perguntou ao rapaz. — Consegue abrir a boca? Tome um pouco disto. Vai lhe fazer bem. Nonna, enxugue o queixo dele. É só polenta, mas fiz rala com um pouco de leite de cabra, azeite de oliva e bom parmesão. Temos um pequeno bloco de *reggiano* enrolado em lona na despensa, apenas para ocasiões especiais como a *Pasqua*, festa de Natal, e dia de Santo Ambrósio. Ele é nosso santo, você sabe, quer dizer o santo da Lombardia; o santo de Milão também. E meu santo especial, porque compartilho o nome dele. Mas o parmesão… Achei que poderia lhe fazer bem. Afinal, quando alguma coisa tem um sabor tão bom, deve fazer bem a pessoa, não deve? Esta noite acho que mataremos uma galinha. Nonna, podíamos, não é? Acho que fará bem à sua saúde, porque nossas galinhas são as melhores em Pávia, não são, Nonna?

— Iguais, não há.

— De qualquer modo, acho que um bom caldo de galinha colocará você de pé. E talvez amanhã eu vá procurar algumas raízes na floresta, talvez um pouco de alecrim para a polenta. Alecrim é uma grande erva curativa, e conheço um pouco dessas coisas. Nonna sempre diz que sou na verdade o *medico*, ela tem uma excelente opinião sobre meus medicamentos.

— Eu nunca disse nada semelhante.

— Ou então pergunte a Silvana. É minha amiga, sabe? Ela teve cólicas tão terríveis na última primavera que achamos que ia morrer delas, mas minha água de folhas secas salvou-a da condenação certa. É verdade que a pele ficou com um tom meio amarelado durante uma semana, e a língua inchou um pouco, mas depois ela se sentiu melhor que nova.

— Só é lamentável que não tenha ficado com a língua incapacitada para sempre. Isso, sim, teria sido uma cura na verdade, pois ela só perde para você como falastrona, Amaria.

— Por todos os santos, esqueci de lhe dizer meu nome! Nós não nos apresentamos da forma apropriada. Sou Amaria Sant'Ambrogio, e esta é minha Nonna. Encontramos você no bosque. Num estado péssimo, mas cuidamos de você e agora parece muitíssimo melhor. Não acha que ele melhorou, Nonna?

— Ainda existe algum perigo, serei obrigada a dizer.

— Pode nos dizer como se chama? É milanês?

Nonna já ouvira o bastante.

— Abençoado Santo Ambrósio, criança! Como pode o camarada falar com uma colher de polenta na boca e a sua tagarelice nos ouvidos? Faça uma pausa... espaço e silêncio ajudarão mais que toda a sua agitação.

Ávidas, as duas mulheres olhavam o paciente. Selvaggio ingerira um pouco de comida, e observara-as com muita atenção durante toda a conversa. Os olhos pareciam divertidos. Davam a impressão de que o rapaz compreendia, e ele abriu um pouco os lábios para falar, mas não saiu som algum. Pareceu desesperá-lo a ideia de ficar mudo, e ele começou a esforçar-se muito para falar, mas Nonna disse:

— Não se preocupe. É cedo demais para pensar em tais coisas. Quando você estiver alimentado e recuperado veremos o que vai aparecer.

Amaria não aguentou permanecer calada por muito tempo. Olhou-o nos olhos, e falou mais devagar.

— Mas você consegue nos entender? — perguntou. — Fala milanês? Pode dizer que sim com a cabeça?

Selvaggio fez que sim com a cabeça, fraco, e pareceu recostar-se um pouco na pele de ovelha. Nonna observou tudo.

— Deixe-o em paz, criança. Vá estrangular uma das aves, a galinha vermelha serve. Este menino precisa descansar durante algum tempo e faremos um caldo para ele mais tarde.

Depois que Amaria foi embora Nonna alisou a colcha do selvagem quando ele tornou a adormecer. Ela também faria tudo ao seu alcance para curá-lo, mas agora que sabia que o rapaz viveria não tinha a menor pressa. Quanto a ficar bem, e falar, haverá decerto perguntas, respostas, planos e esquemas; e, afinal, ele sem dúvida voltaria para casa, qualquer que fosse o lugar de onde era. Nonna prestou atenção nos passos retrocedendo de Amaria e então pegou a mão de Selvaggio. Envolveu a calosa mão da espada em seus dedos velhos, nodosos, e segurou-a apertada como fizera com a de Filippo antes de ele partir para a batalha. Nonna pouco sabia do selvagem, mas de uma coisa estava certa — que ela não queria que ele fosse embora.

Amaria ficou feliz por sair — tinha o coração cheio, e a forte determinação de fazer seu Selvaggio melhorar. Começou a perseguir a galinha vermelha ao redor do quintal, segurando as saias no alto, gritando e vociferando como uma criança. Então parou de repente. Não devia gritar: poderia perturbar o descanso de Selvaggio. Baixou as saias a um nível decente e diminuiu a velocidade dos passos. Alisou os cabelos e enfiou as mechas desgarradas atrás das orelhas. Tinha um trabalho a fazer: uma responsabilidade, e devia ficar à altura. Amaria jamais tivera alguém para cuidar antes; fora o projeto de Nonna, a queridíssima neta, além de ser criada e nutrida como uma flor em botão. Apesar da pobreza, Nonna cuidara para que nunca faltassem a Amaria as coisas de que ela precisava: sempre lhe dando os melhores cortes da pouca carne que tinham, a maior parte do pão, ou o resto do vinho. Nonna até tentara abrir mão da própria cama para Amaria quando a menina ficou grande demais para a caminha baixa de rodinhas; o único aposento no segundo andar era um pequeno dormitório acima de uma escada espiralada, aquecido pelo fogo abaixo — mas isso Amaria recusara, respeitando a idade da avó e a necessidade do conforto da cama, e enroscou-se numa pele de ovelha no chão.

Amaria crescera como filha única, sem jamais ter de fazer concessões a um irmão exigente, ou se haver sozinha. Nunca fora responsável por cuidar de nada mais merecedor que aquelas galinhas, que agora bicavam e arranhavam seus pés.

Ela as transformara em crianças, haviam sido suas bonecas numa casa pobre demais para brinquedos. Sempre ficara de costas quando Nonna estrangulava uma para a panela. E agora a galinha vermelha, a específica de estimação, precisava partir; e ela devia despachá-la. Sem se alvoroçar, ela encurralou a ave tola, ignorante, e prendeu-a nas saias. Nonna jamais lhe pedira para matar uma das aves antes, mas esse dia era diferente; outra pessoa se achava necessitada, e Nonna precisava que Amaria ficasse à altura da ocasião. E ela ficaria. Pegou a galinha vermelha nas mãos e quebrou-lhe o pescoço.

No caminho de volta à casa, com a ave quente pendendo-lhe das mãos, ela ergueu a cabeça um pouco mais alta. Naqueles breves momentos no quintal amadurecera. Nonna cuidara da neta; bem. Ela, Amaria Sant'Ambrogio, cuidaria de Selvaggio.

9

Os milagres dos infiéis

Quando padre Anselmo via Bernardino trabalhar achava que testemunhava um milagre. Seus deveres nesses tempos conturbados eram muitas vezes dolorosos e onerosos; portanto, quando não oferecia esmolas aos pobres, confortava os enlutados ou rezava missas fúnebres para os soldados mortos, refrescava os ânimos vendo Bernardino atacar as paredes brancas de sua igreja e dar-lhes vida. O padre observava Luini limpando as paredes de cima a baixo com água e vinagre tão assiduamente quanto qualquer lavadeira. Anselmo estava lá quando Bernardino circulava ao redor da igreja com uma corda e uma vara, tirando medidas que ele marcava direto nas paredes. Estava lá quando Bernardino misturava o gesso de base com giz e têmpera de ovo. Ele estava lá quando começou o primeiro dos milagres — o desenho das pinturas a fresco com grandes traços de carvão —; das extensas linhas pretas saltavam prodigiosa descrição monocromática de santos e pecadores, anjos e demônios, apóstolos e hereges. E após um longo tempo, à medida que ele ia acrescentando as cores, que maravilhas Anselmo via então! Viu quando Bernardino esboçou as sombras com cor pura assentada com espessura. Que fortes vermelhos, que azuis, que verdes e dourados cuja existência Anselmo até então desconhecera no espectro de Deus! Bernardino fazia sozinho as pinturas como lhe ensinara Da Vinci, empregando os frutos da natureza, mas com certeza a natureza jamais vira tão vívidas cores! Mesmo a flor mais brilhante ou o mais vistoso papagaio desvaneciam-se sob a obra de Bernardino! E depois, para a definição, os claros da mesma cor eram finamente usados e misturados com um pouco de branco. Então, que tons delicados, emudecidos, de puro pastel surgiam: suaves azuis de um céu de verão, o esmaecido rubor de uma rosa e o tremeluzente amarelo de uma gema de ovo. Nunca Anselmo vira cenas como aquelas, tão primorosamente rematadas, de cor tão quente. Bernardino pintava tais maravilhas, ali equilibrado precariamente num andaime dilapidado de tábuas e cordas, os pincéis e palhetas pendurados à sua volta num engenhoso sistema de cintos e correias. Trabalhava apenas de camisa e calça de malha justa, a camisa logo ia se tornando tão multicolorida quanto o vitral, pois ele limpava os dedos com impaciência no tecido. Em dias quentes, arrancava irritadamente a camisa do corpo quando ficava cheio de calor do trabalho. Nessas ocasiões sua própria carne adquiria as marcas tribais, os músculos dando-lhes animação como se ele usasse as penas de uma ave do paraíso.

Quando a missa era rezada todo dia, Bernardino remexia-se nervoso nos fundos da igreja, enquanto a congregação boquiaberta apreciava as obras semiacabadas que começavam a surgir. Luini nunca participava dessas cerimônias religiosas, nunca proferia uma resposta nem se ajoelhava em oração; ficava apenas ansioso para que terminasse o ritual de modo a permitir-lhe continuar. Era uma fonte de grande assombro para Anselmo o fato de Luini saber pintar aquelas cenas de tanta santidade, e dar às figuras rostos de tão grande doçura com tão intenso fervor de devoção, sem ele mesmo ter qualquer crença.

Na verdade, suas noções eram, em termos caridosos, clássicas, e em severos, pagãs. Anselmo juntava-se com tanta frequência a Luini enquanto ele trabalhava, e os dois conversavam tanto, que o padre começou a acreditar que talvez conseguisse exercer e incutir uma pequena influência no novo amigo. Sentia-se atraído pelo homem — tão talentoso, mas tão perdido, uma criatura de Deus, embora um estranho para Ele. Desejava, em suma, salvar a alma de Bernardino, e dar-lhe, pelos seus ensinamentos, alguma compreensão da divindade do homem e sua obra. Nisso, ele se destinava a ficar totalmente decepcionado.

— Bernardino, São Jerônimo afirmou que as artes pictóricas são as mais divinas de todas, no sentido em que atraem os olhos do fiel acima, em direção a Deus.

Bernardino sorria e continuava a pintar. Conhecia bem o jogo a essa altura, e sabia como devia responder. Anselmo tentaria guiar Luini, e Luini tentaria chocar Anselmo, e os dois malograriam por completo.

— Na Roma antiga, os pintores de César capturavam a essência da orgia para os frisos do imperador mandando os escravos copular diante deles.

Anselmo tentava mais uma vez.

— No Vaticano, tem uma pintura da Virgem imbuída de tanta divindade que ela chora lágrimas reais pelos pecados do homem. Esse é apenas um exemplo de como um talento como o seu pode transformar a vida dos fiéis, se tais obras forem pintadas com um coração religioso.

— Os antigos povos maias confinavam entre paredes virgens vivas nas fundações de seus templos. Derramavam-se copiosas lágrimas naquela época.

— Em Constantinopla existe uma pintura das Bodas de Canaã de onde corre vinho de verdade. Foi pintada por um monge que atribuiu o milagre aos seus próprios flagelos e orações penitentes.

Bernardino deu meia-volta no andaime que cambaleava precariamente. Enfiou o pincel atrás da orelha e tomou água de um recipiente de couro preso à cintura. Olhou com afeto o redondo padre embaixo, que lhe fazia companhia durante muitos dias e horas.

— Quer dizer, padre, que se eu me tornasse devoto, minha pintura seria melhor?

Anselmo sentou-se nos degraus da capela-mor, e o círculo tonsurado desapareceu quando ele ergueu a cabeça para o amigo que pendia suspenso acima.

— Com toda sinceridade, meu filho, você é prodigiosamente talentoso. Mas é por sua própria alma que temo. E talvez possa haver *algum* aperfeiçoamento até em *sua* obra, pois apenas Deus cria a perfeição.

— Lixo. Minha obra já é perfeita. Está perdendo seu tempo — rebateu Bernardino, curto e grosso. — A pintura é mais próxima da ciência que a religião. Um pintor sem perspectiva é um doutor em ensino sem gramática. Entendo em medidas e equações; não preciso de nenhuma muleta espiritual. Encontro conforto num bom vinho e o céu nos braços de uma mulher devassa. — Estalou os lábios com deleite. — É esse o propósito de seus catecismos? Converter-me?

Anselmo sorriu:

— Por que mais viria eu? Não pela sua companhia, com certeza.

Bernardino virou-se de volta para a figura de Santa Ágata.

— Suponho que ficasse aqui para fitar a forma feminina, como é o hábito do padre obsceno. Mas será trapaceado... amanhã Santa Ágata será vestida e não haverá mais carne para sua licenciosidade.

Anselmo balançou a cabeça. Jamais poderia confiar a Bernardino que, em sua opinião, a forma masculina continha muito mais encanto que a feminina. Mas para ele, essas comparações eram apenas estéticas, excluídas como ele era por suas ordens de quaisquer prazeres da carne. Sentia-se feliz em seu estado celibatário, mas sabia que Bernardino não. Tais divagações trouxeram-lhe à mente Simonetta di Saronno, e sua preocupante ausência da missa. Esperava que isso não tivesse nada a ver com a impropriedade de Bernardino na última visita dela. Talvez ele devesse viajar até vila Castello, e ouvir-lhe a confissão em casa se ela quisesse dá-la.

Bernardino notou o silêncio.

— Que houve, acabou a escritura por hoje? Estou liberado da sala de aula?

Anselmo não sentia nenhum desejo de reacender o interesse de Luini pela viúva, admitindo para onde tendiam seus pensamentos, por isso ficou meditando à procura de alguma coisa para dizer.

— Estava apenas admirando o trabalho — respondeu. Então seu olhar foi atraído por um imenso espaço no presbitério da *Cappella Maggiore*, virgem branca e intacta por carvão. Nem uma única marca ali, nem os pregos e cordas que Bernardino colocava na parede para orientação, e tampouco os desenhos de base em carvão. Nada. — A que se destina aquele espaço, Bernardino? Você ficou sem materiais? Porque fui instruído pelo cardeal a adiantar seu dinheiro caso você precise.

Bernardino saltou ao chão de seu poleiro, limpou os dedos no peito e tornou cor de cinabre os pelos que brotavam dali. Olhou fixo para o vazio ao lado do padre.

— Não, aquele é o espaço para a *Adoração dos Magos*.

— E você não tem nenhum desejo de começar logo?

— A Virgem é essencial para a obra. No nascimento de seu filho, ela se acha em sua mais gloriosa forma e mais linda. Por isso, estou esperando Simonetta.

Bernardino contemplou a parede, como se visse a grandeza que iria um dia ficar ali.

Anselmo suspirou, e quando falou, foi em tons ponderados, como se a uma criança.

— *Signora* di Saronno não vai servir de modelo para você. Ela nem chegou perto desta igreja desde que a insultou na última vez.

— Porque ela está apaixonada por mim.

O padre bufou de escárnio. — Você com certeza se dá ares de muita importância. Infla seus próprios encantos, insulta aquela senhora e a memória do marido dela. Aconselho-o a tirá-la da mente.

Bernardino começou a limpar as mãos num trapo. Presenteou Anselmo com seu sorriso de lobo.

— Ela sem dúvida poderia inflar meus encantos. Voltará. E vai posar para mim. Você verá.

Nesse mesmo momento, as grandes portas na frente da nave se abriram e a própria senhora entrou. Usava traje de luto masculino e tinha os cabelos cacheados acima dos ombros. Embora dolorosamente mudada, a beleza em nada diminuíra. Parecia um anjo vingador ao encaminhar-se a passos largos em direção a eles.

A arrogância de Simonetta era uma ilusão. Mantinha o queixo erguido para dar-lhe coragem. E os olhos fixos nos dois homens imensamente diferentes que a aguardavam. Um, digno, diminuto, com um rosto bondoso que transmitia muita surpresa. E o outro, alto, melancólico, sem camisa — que os santos nos preservem —, pintado como um selvagem e sem revelar nenhuma surpresa no rosto que ela não conseguia esquecer. Dirigiu-se ao último com uma pergunta simples e ensaiada.

— Quanto?

10

Cinco sentidos e duas dimensões

Simonetta sentava-se o mais imóvel possível. Adquirira experiência na arte, durante todos aqueles dias e noites que passara à janela lamentando por Lorenzo. Bem, agora podia pensar nele quando e o quanto quisesse, com o conforto de ser paga pelo privilégio. Mas não pensava em Lorenzo tanto quanto desejava. Agora, contra sua vontade, ela pensava em outro.

Parecia que o passado a liquidara. Vivia no mundo e sua vida continuara, por mais que talvez houvesse desejado que não. Vivia e respirava num mundo de quatro elementos. Tinha o uso de seus cinco sentidos, e empregava todos eles no tempo que passava na Igreja dos Milagres. Sentia o frio da igreja, pois o tecido azul envolto ao seu redor oferecia pouco conforto contra o inverno. Sentia o cheiro do óleo das tintas e da fumaça de madeira do braseiro que o bondoso padre pusera perto. Sentia a pedra sob os pés e pernas, sugando-lhe o calor da carne para os blocos gelados. Sentia na língua o gosto do conhecido sabor amargo de perpétua fome. Mas o que via sobrepujava tudo, e seus outros sentidos recuavam.

Que incrível era o trabalho dele, desse grosseiro e insolente homem! Que talento divino, tão angelical, tão celestial!

Como podia um homem, qualquer homem, não apenas um como ele, criar tais coisas? Santos bruxuleantes com os sofrimentos ampliados, anjos com asas que pareciam suportar todo o peso deles, de tão delicado era cada filamento de toda pena descrita. Simonetta não podia acreditar que também ela ia ser transformada, transcendida em tão sublime expressão, transformada de três dimensões em duas, imortalizada em tanta cor e forma. Uma apoteose, na verdade.

E, no entanto, era o aspecto humano, não o santificado, que lhe subjugava a visão. Apesar das maravilhas que a circundavam, por que não retornava o olhar ao criador delas?

Por que, com tudo que existia para ocupar-lhe a visão, não conseguia ela desviar os olhos do rosto do pintor? Ele trabalhava com uma paixão, tão grande rapidez e precisão, examinando-lhe o rosto e forma com olhos que não pareciam vê-la de verdade. Quantos cálculos e equações ocorriam naquele cérebro veloz, quantas equações matemáticas, que o levavam a estender o pincel ao nariz dela, marcar de uma distância com o dedo polegar, e depois fazê-lo aparecer na parede branca. E, no entanto, não era nenhuma ciência que ele praticava, mas uma arte da mais alta sofisticação. Simonetta podia apenas admirar a obra, por mais que detestasse o homem. Enquanto Luini pintava-lhe a forma, ela examinava a dele. Alto, mas um tanto mais baixo que Lorenzo, sua altura era inquietantemente semelhante à dela própria, de modo que quando eles ficavam defronte um ao outro, os olhos nivelavam-se. Aqueles olhos, estranho prateado como o de um lobo, arrepiavam-lhe os pelos no pescoço com um ferrão de perigo. Embora os olhos dela fossem serenos e calmos como o céu que refletia o lago e o lago que refletia o céu, num eterno espelhamento, os dele não. Estes eram cheios de vida, inteligentes e ávidos. O olhar nunca permanecia imóvel, nem pousava em lugar algum. Fitava o tempo todo, mas nunca via. Ele calculava, e registrava. Pensava, mas não sentia. Assim acreditava Simonetta. Mas se enganava.

Bernardino olhava Simonetta e sabia que nascera para pintá-la. Não havia falsos começos, vacilações e tampouco rasuras. Ele não conseguia despregar os olhos dela. Da silhueta, a modelagem dos ombros, a suave musculatura dos braços, o rosto incomparável. O comprimento da perna, os pés arqueados e a macia inchação dos seios sob o manto azul, tudo o enfeitiçava. Até os cabelos haviam conservado a beleza — mais curtos agora —, formavam cachos na altura dos ombros e emolduravam-lhe o rosto, como haviam feito as longas tranças. Ela era a perfeição. Mas, mesmo assim, nem tanto: pois o Criador dera-lhe aquelas mãos, aquelas mãos de tão agradável assimetria. Aquelas mãos: erradas, mas ao mesmo tempo certas, esquisitas, porém mais bonitas do que as de qualquer outra mulher. Para o artista, essa brincadeira do Criador, essa simbólica imperfeição, significava que quando os dedos eram separados como compassos de calibre, para cartografar um mapa, pareciam, entretanto, do mesmo comprimento. Falhas assim, os árabes entrelaçavam na trama dos tapetes ou nos desenhos mouros pelas mesmas razões que, como dissera Anselmo, só Deus pode criar a perfeição. Mas se Deus, ou Alá, podiam criar a perfeição, ele decidira deixar Simonetta imperfeita e o incrédulo Bernardino dava graças por isso. Não pensava nela como a Rainha do Céu, ela era de carne e osso para ele. Apesar da postura etérea. Pela primeira vez olhava uma mulher e verdadeiramente a via, não como um modelo de beleza empírico, mas como uma mulher viva que respirava. O marido morrera, mas ela vivia. E agora Bernardino também.

— Que quer dizer com quanto?

Bernardino tomara a ofensiva, embora soubesse muito bem por que Simonetta viera, e a esperara tanto tempo.

— Quero dizer que farei. Você disse que pagaria. Bem, agora eu preciso de dinheiro. Então, quanto?

Bernardino circulou ao redor dela, os olhos cheios de vida. Simonetta excitava-o, e ele decidira importuná-la a fim de ver o fogo em seus olhos.

— Bem, o preço talvez tenha reduzido um pouco. Você está usando... como eu descreveria isto?... O traje de caça de um homem, além de parecer deliciosamente suja. E sabe Deus o que fez nos cabelos.

Simonetta segurou a língua, odiando-o. Anselmo acabou por encontrar o uso da boca, suspensa até então com um "O" de surpresa.

— *Signora* di Saronno! Que alegria vê-la aqui! Tenho andado perturbado por sua ausência. Mas está tudo bem com a senhora? Essas roupas! Os cabelos? Alguma... penitência privada, talvez?

Simonetta fez que não com a cabeça, os cabelos esvoaçando em volta do pescoço, recém-cortados de uma forma com a qual não conseguia habituar-se.

— Não penitência, padre, pois pelo que tenho de expiar? — ela afastou da mente o pensamento de Bernardino. — Apenas necessidade, a mesma necessidade que me traz aqui. Não vim em busca de compaixão, apenas de trabalho, pelo qual preciso ser paga.

Bernardino coçou o queixo.

— Huum. — Então ergueu os olhos, decidido. — Quatro meses, três horas por semana, dois francos por hora.

— *Como?*

Simonetta habituara-se a gastar três francos numa fita para o sapato. E mais três pelo outro pé.

— É pegar ou largar. O cardeal não paga para modelos, por mais nobres que sejam, portanto vai sair tudo de meu próprio bolso.

— *Signor* Luini… — interveio Anselmo. — Não pode fazer esta proposta à *signora*. Ela deve ser tratada de acordo com sua posição social.

— *Padre, padre.* — Bernardino divertia-se consigo mesmo. — Deixe-me negociar esta transação da única forma que sei. Ela deixa de ser uma aristocrata se trabalha para mim, é uma modelo e eu o empregador. Sou seu superior. E como tal posso estipular essas taxas, que são mais que justas. Porém, dito isso, não sou um monstro; a *signora* pode aumentar seu salário se concordar… com empreender serviços além e acima de posar como modelo.

Simonetta fechou os olhos, e o moderado Anselmo explodiu.

— *Signor* Luini! Respeite esta senhora como lhe é devido, ou saia desta igreja. *Signora* Di Saronno é uma nobre, uma viúva e acima de tudo, esta é a casa de Deus.

— Oh, tudo bem. Três francos, então.

— Não se trata disso. *Signora*. — Anselmo aproximou-se de Simonetta. — Não tem de aceitar tal coisa. Os tempos estão terrivelmente difíceis, mas talvez eu possa oferecer-lhe esmolas…

Ela fez que não com a cabeça.

— Não, padre. Eu tenho uma casa, estou vestida, e tenho o suficiente para comer. Existem aqueles mais necessitados que eu; guarde sua esmola para eles. Posso fazer este trabalho, e não importa como este homem me trata, preciso suportá-lo o melhor que puder. Deus nos testa de muitas formas. Parece que esses últimos meses, e também esses futuros, devem ser meu teste.

Bernardino coçou a cabeça. Uma devota. Isso ia ser mais difícil do que ele pensou. Atravessou a nave a passos rápidos, e fez-lhe sinal para que ela o seguisse. Anselmo, sentindo que era necessário um acompanhante, seguiu-os logo atrás. Quando chegaram à abside, o pintor lançou a Simonetta uma volumosa capa azul.

— Tire as roupas — ordenou, sem cerimônia. — Enrole-se nisso. Pés descalços também, por favor.
Simonetta segurou a capa como se a queimasse.
— Mas não é decente. E vou congelar.
— Pare de reclamar. Eu preciso ver a forma de sua carne sob as dobras, como o material cai e drapeja. Preciso ver as cores que o matiz de azul desprende da sua pele. E preciso que pare de reclamar. Este é meu tempo agora. Sente-se aqui, sob esse grande espaço.
— Agora?
— Tempo algum é melhor que o presente.
Anselmo suspirou.
— Vou buscar um braseiro. — Apontou o dedo a Bernardino.
— Uma hora apenas para começar. Não mais. E seja respeitoso.
Bernardino não respondeu, mas esperou o padre ir embora. Começou a misturar a palheta, embora fitasse sob as pestanas Simonetta contorcer-se para tirar as roupas embaixo da cobertura do manto. Ela era a perfeição, e a cor azul fazia-lhe os olhos cantarem e destacava-lhe o arco-íris na pele; ele via cada cor naquela carne como o interior de uma ostra. A modelo olhou-o, desafiadora. Ele se aproximou mais até ficarem olho no olho.
— Agora, Simonetta — disse —, vou apenas arrumar o manto sobre você. Mas não se preocupe. Nós não vamos fornicar hoje. Essas coisas podem vir depois.
Simonetta ia dar-lhe um tapa na cara, mas ele segurou-lhe o pulso como um louco e riu.
— É *signora* Di Saronno, seu monstro — ela cuspiu. — E se me tocar de novo, eu o matarei.
Bernardino expressou impaciência como se a uma criança.
— Ora, ora, Simonetta. Não fique assim. — Puxou-a para perto e ela achou que ele ia beijá-la. Mas Luini curvou-se até deixá-la sentir o calor de seu hálito, e apenas disse: — Você precisa do dinheiro, eu preciso de uma modelo. Vamos começar.

A primeira sessão passou em pétreo silêncio por parte de Simonetta. Bernardino falava apenas para corrigir a inclinação da cabeça ou a colocação de uma mão. Ela fazia os ajustes precisos calada. Era a melhor modelo que ele já tivera. Quando os sinos tocaram para as preces da terça, a terceira das horas canônicas, Simonetta vestiu-se, pegou o dinheiro e saiu portas a fora, sem uma palavra. Depois que ela foi embora, Bernardino subiu exausto para a torre do sino. Sentia-se exaurido e esgotado da forma que em geral se sentia apenas após haver estado com uma mulher. Acendeu a vela, desabou no colchão de palha e puxou a pele sobre a cabeça. Partiu o pão e serviu o vinho, mas largou-os de lado. Um instante depois, levantou-se e foi até a janela ver Simonetta afastar-se montada. A viúva saltou no cavalo como um homem, cavalgando em pelo — ele desconfiou que ela vendera a sela. Que desastre, que exigências haviam-na feito procurá-lo, apesar do que ele sabia que ela sentia? Viu-a chutar o animal com os saltos dos sapatos — cavalgava como se para fugir, como se tentasse correr mais que o Diabo. Olhou-a até sair do seu campo de visão, então apertou a cabeça na fria parede da igreja e fechou os olhos. Que foi que houve com ele?

11

Simonetta transpõe um limiar

As amêndoas verdes amadureciam. Os frutos carnudos balançavam, as duras cascas maduras começavam a dividir-se e revelar as sementes. Pendiam dos ramos, à espera. As folhas verdes, em forma de lança e denteadas, deslocavam-se na brisa do outono. Uma mão passava pelos frutos, a senti-lhes o peso, perturbando-lhes as folhas, soltando-os mais uma vez, e eles retornavam ao lugar e balançavam nos galhos como um círculo de sinos. A mão captava a luz do sol baixo, e cintilava dourada.

Manadorata dirigiu-se a Simonetta.

— E isso é tudo? Nada de oliveiras, nem de vinhas? Nem de gado?

Simonetta fez que não com a cabeça. Só agora percebia como Lorenzo e ela haviam sido dissipadores com sua riqueza. Pensavam apenas no aspecto ornamental, não no prático — no que era bonito, não no que era útil. As próprias árvores achavam-se ali por um feliz acaso — uma árvore fora trazida para casa da Terra Santa por um Di Saronno morto muito tempo antes, ao retornar de Jerusalém, e procriara várias outras para abastecer os suspirosos pomares onde agora se encontravam.

Manadorata deixou a mão dourada cair do lado e balançou a cabeça. Formava uma incongruente imagem ali entre as árvores — pois parecia uma criatura urbana, mais à vontade nos claustros de treliça de sua casa ou no preto e dourado de seu templo. No cenário rural tornava-se o urso feiticeiro que todos temiam — as enormes peles roçando as folhas caídas quando ele se deslocava. As alamedas de amêndoa estavam vazias, pois não havia criados para cuidar dos atalhos. Rafaela e Gregório, quando souberam que o judeu ia visitá-la, foram para a feira. Não podiam ficar enquanto o Diabo permanecesse na propriedade.

Manadorata continuou a caminhar por algum tempo e depois se virou de frente para Simonetta.

— *Shakad* — disse, e antes que ela pudesse perguntar —, amêndoas.

O tom depreciativo rejeitou o pomar com a única palavra.

— Conhece esses frutos? — Simonetta registrou surpresa. Então se amaldiçoou. Por que um homem desses ignoraria uma colheita tão simples?

— Claro. Eu não tinha imaginado que dessem aqui no norte gelado.

— Trata-se de um acidente de topografia. Os ancestrais de Lorenzo... meus antepassados os trouxeram da Cruzada, e esta planície amena a sotavento das montanhas parece servir muito bem à variedade amarga.

Ele balançou a cabeça, e ela não soube ao certo se a ouvira ou não.

— Em hebraico chamamos de *shakad*. O nome é muito expressivo: significa "despertar apressado" ou "esperar a chegada", daí "apressar-se"; uma adequada homília para sua situação, não acha?

Ela não respondeu, frustrada com o espinhoso humor dele.

Manadorata continuou num tom mais suave, quase para si mesmo:

— Na Palestina as flores aparecem em janeiro, anunciam o despertar da Criação. Bonitas flores, brancas e rosadas.

Ela notou que o estranho salvador saíra do seu lado e estava muito distante, no Oriente.

— O cajado de Aarão era um galho de amêndoa, e o fruto da amêndoa um dos temas selecionado para a decoração do castiçal dourado empregado no tabernáculo. Os judeus ainda levam ramos de flor de amêndoa para as sinagogas em grandes festas religiosas.

Simonetta não conseguiu pensar em nada a dizer, desesperada como ficou para não trair a total ignorância de tais ritos. Quase toda palavra era-lhe estranha; essas cerimônias incompreensíveis. Mas Manadorata continuou, e adotou um modo mais metódico.

— E vocês colhem estas *amêndoas?* Servem para alguma coisa?

Simonetta encolheu os ombros.

— Os empregados e as criadas colhiam todo outono e as armazenavam no porão onde guardávamos nosso tesouro — ela sorriu. — Conta uma antiga história que, anos atrás, dois empregados desta mesma casa se apaixonaram durante a colheita de amêndoa. Chamavam-se Orsolina e Giuseppe. Eles selecionavam os frutos e faziam alguns biscoitos doces, chamados *amaretti*, como um presente para homenagear o cardeal de Milão, e deram-lhe os biscoitos na igreja do santuário em Saronno, para que ele abençoasse a união dos dois.

O sorriso dela desfez-se quando ela pensou em sua festa de casamento naquele mesmo lugar, uma feliz união agora transformada em pó. Ergueu os olhos a Manadorata para ver se ele lera seus pensamentos, mas o judeu exibia uma distante expressão e um sorriso torto.

— Sim, bem, é improvável que alguém faça comidas doces para o atual cardeal, com certeza.

— Que quer dizer?

Manadorata recompôs-se:

— Nada. Falei fora de hora. Por favor, continue com seu conhecimento.

Ela dirigiu os pensamentos estritamente de volta ao mérito da questão.

— As as amêndoas podem ser postas em conserva, ou usadas para dar um sabor especial à carne e massas. Os ingleses fazem uma iguaria chamada marzipã. Ou podem até ser comidas puras.

— E são nutritivas? Têm um gosto bom ou propriedades medicinais?

Simonetta ergueu a mão e arrancou uma das amêndoas. Com perícia repuxou a cobertura verde com a faca de caça e ofereceu-a a Manadorata.

— Experimente por si mesmo, *signore*.

Manadorata examinou a amêndoa por alguns instantes e pegou-a com a mão humana. Colocou-a na boca, mastigou-a por algum tempo, e então, quando mudou a expressão, retirou um lenço de seda e delicadamente cuspiu-a dentro.

— Ossos de Jacó! Tem gosto de madeira.

Simonetta sorriu.

— Também achei a mesma coisa quando provei uma a primeira vez. Mas elas têm uma textura adocicada que pode ser muito agradável.

Manadorata tirou a luva com os dentes. Cheirou-a de forma meticulosa, como se duvidasse dos encantos dessa iguaria.

— Leve-me até a casa, disse em tom de comando. — Quero olhar suas contas e mapas.

Simonetta baixou os olhos. Prometera a Rafaela que receberia o judeu nos jardins e não lhe permitiria transpor o limiar para que a casa não se tornasse amaldiçoada. Fizera a promessa mais para manter a paz que dar credibilidade às superstições da criada, porém tinha o hábito de cumprir a palavra. Tentou mudar de assunto em vez de enfurecer o convidado.

— Então essas árvores e seus frutos são verdadeiramente inúteis?

— Tudo indica que sim — respondeu Manadorata —, mas há boa área medida em acres aqui. Se limparmos essas terras e plantarmos oliveiras talvez se possa ganhar dinheiro. As uvas levarão tempo demais para responder, pois são necessários muitos anos de cultivo antes de obter algum retorno. Esta madeira, porém, parece sólida, pode ser vendida para lenha, ou para as máquinas de guerra, que parecem ter esmorecido no momento, mas logo retornarão como o rodopio de uma moeda.

Simonetta olhou com tristeza as árvores condenadas. Estendeu os longos dedos e acariciou a casca da mais próxima, que fragmentou-se um pouco sob o toque e derramou-lhe lágrimas de orvalho na mão. Ela sentiria grande pesar vê-las tombarem sob o machado, pois se achavam tão enredadas na herança de Castello. Pareciam fazer parte do nome Di Saronno — até o brasão com as armas da família exibiam três amêndoas. E então, lembrou-se. Lorenzo usara essa heráldica ao morrer. A dor a fez agarrar o tronco até a casca machucar-lhe as pontas dos dedos. *Lorenzo. Que diria você se soubesse da proposta oferecida?*

Quando ela falou, foi com uma leveza de tom para desmentir o que sentia.

— Os gregos antigos contavam uma lenda da bela princesa Fílis, que se apaixonou por um soldado chamado Demofonte. Ela foi deixada à espera no altar no dia do casamento pelo pretendente, e aguardou-o durante anos com a esperança de o amado regressar das guerras, mas acabou por se enforcar em uma amendoeira. — Simonetta lembrou quando também pensara no caminho do suicídio. — Por compaixão, os deuses transformaram Fílis no próprio galho do qual se enforcara. Quando o arrependido Demofonte retornou, encontrou Fílis na forma de uma árvore desfolhada e sem flores. Abraçou-a e a árvore de repente se cobriu de flores, demonstrando que o amor e a fé não podem ser vencidos pela morte. Até hoje, na terra da Grécia, a amendoeira é um símbolo de esperança.

Manadorata examinou-a com atenção e seus estranhos olhos cinzentos suavizaram-se.

— Percebo ao mesmo tempo uma mentira e uma verdade nessa lenda. Seu marido jamais retornará, mas o amor e a fé não podem ser vencidos pela morte. Meu povo sabe disso mais que a maioria. — Ele pareceu perdido em pensamentos, depois retomou a alameda de amêndoa em direção à casa. — Venha, caminhe comigo. Em troca dessa história contarei outra.

Simonetta acompanhou-o, lado a lado, enquanto ele falava.

— Há muito tempo e em terras muito distantes, havia um lugar chamado Massada. Foi construído por um rei chamado Herodes — aquele que, em suas escrituras, exigiu a morte do homem que vocês chamam Jesus. Era uma fortaleza de grande resistência, mas também de grande beleza, pois se localizava num monte rochoso com uma vista panorâmica de um oceano cercado por terra que se chama Mar Morto. Foi, por muitos anos, um acampamento militar romano até ser capturado por um povo conhecido como os zelotes.

— Judeus? — indagou Simonetta.

— Judeus. Quando sua cidade de Jerusalém caiu sob o domínio romano, os zelotes refugiaram-se em Massada. Os romanos reagiram cercando a fortaleza. Os zelotes lutaram bravamente, mas nada puderam fazer contra o poder de Roma. Constataram que a derrota se aproximava, com a iminência do ataque das legiões romanas. O líder deles, Eleazar ben Yair, ordenou que todos os zelotes deviam ser mortos. Designaram-se dez homens para matar os outros, depois um dos restantes devia matar os outros nove, e em seguida suicidar-se.

Simonetta parou atônita, muito chocada. Mas Manadorata caminhou em frente e continuou.

— Com a queda de Massada, o estado de Israel, a terra que nos tinha sido prometida, chegou ao fim. E desde então temos sido dispersados pelo mundo todo, odiados e ridicularizados, porém ainda existindo. Nossa morte, e a morte de nossos irmãos através dos séculos, tornaram-se um testamento para a duradoura natureza de nosso amor e fé. Pois não terminou com Massada. Em York, os judeus foram encurralados na torre de Clifford e queimados, todos. Em Mainz, após a primeira Cruzada, nossa comunidade local foi conduzida à praça da cidade e cada judeu decapitado. Na Espanha, ainda mais recente, eu mesmo... — ele interrompeu-se como se lembrasse de alguma coisa, e tomou outra direção na conversa. — Bem, você sabe o que dizem da minha espécie mesmo aqui nesta justa e *civilizada* cidade.

Ele lhe deu um sorriso enviesado, e ela desviou o olhar, o pensamento em Rafaela e Gregório.

— Mas *por que* os odeiam tanto?

Manadorata encolheu os ombros.

— Alguns cristãos culpam os judeus pela morte de Cristo. Um desses foi Santo Agostinho de Hippo, cujos ossos estão na igreja de Pedro, em Pávia.

Simonetta assentiu devagar com a cabeça.

— Eu vi a tumba dele lá. É venerado como um grande mestre.

Manadorata ergueu as sobrancelhas escuras.

— É. Em geral o retratam com um coração perfurado por uma flecha em chamas na mão, simbolizando a intensidade de sua devoção. E, no entanto, para meu povo, é um provedor de grande ignorância, pois o próprio Cristo era *judeu*, e foi morto pelos *romanos* sob Pilatos, como registra claramente a escritura cristã. Talvez se pudesse dizer que *seus* ancestrais foram mais culpados que os *meus*. A acusação, porém, tem nos perseguido através dos séculos. Aqui nesta cidade sou odiado por uma acusação semelhante de assassinato.

Simonetta gelou, e de repente lamentou seu isolamento.

— Assassinato?

Saiu pouco mais que um coaxo.

— Matei a esposa de um homem.

Simonetta rodopiou numa meia-volta e examinou o rosto de Manadorata, em busca de sinais de uma piada de humor negro. Lá estavam eles, pois o judeu ergueu mais uma vez os lábios finos.

— Meu crime não passou de atravessar a praça nas mesmas vésperas que ela, caminhando no sentido contrário, numa noite em que a lua era gorda e cheia. A senhora contraiu a febre de leite, adoeceu e morreu. O marido agora atira pedras em meus filhos na rua.

Simonetta tentou falar, mas ele continuou:

— Eu não busco compaixão. O fardo de minha história é o seguinte: alguns dos mais antigos do meu povo, os zelotes, foram perseguidos pelos mais antigos do seu, os romanos. E, contudo, aqui estamos. Vivemos, respiramos. Você tinha um marido, e eu — os olhos suavizaram-se de novo — tenho uma esposa. E, perdoe-me, mas ainda é jovem. Pode ser que ainda torne a amar.

— Isso nunca acontecerá — rebateu Simonetta, de chofre, e avançou um pouco adiante.

Manadorata sorriu um pouco, pois viu mais do que disse. Seguiu-a, tomou-lhe o braço e virou-a de frente para ele.

— Diga-me, *signora*, a senhora reza?

— Rezar?

— É cristã. Reza e vai à missa?

— Sim...quer dizer, eu ia.

— Mas agora recorre a lendas clássicas para seu conforto? Talvez não fosse melhor recorrer ao seu Deus?

— *O senhor* pode dizer isso? O senhor que foi tão perseguido por cristãos através dos tempos? E continua sendo?

Manadorata balançou a cabeça.

— Os crimes cometidos contra mim foram cometidos pelo homem, não por Deus. Sua fé a ajudará se a senhora retornar a ela. Não guardo nenhum ódio pelo seu Cristo, apenas por aqueles que fazem o mal em nome dele.

Simonetta ficou estupefata. Jamais conhecera tamanha clemência, e sabia bem que Gregório, Rafaela e os cidadãos de Saronno que odiavam os judeus, jamais mostrariam tal compaixão ou compreensão de outra religião. Sentiu que precisava reparar as injustiças contra aquele homem e seu povo, mas que poderia fazer? Manadorata dirigiu-lhe o olhar, os olhos cinzentos penetrando-lhe os pensamentos.

— Pode fazer muito fazendo pouco. Se me tratar com civilidade, me convidar à sua casa, esses pequenos passos mudarão mundos.

Ofereceu-lhe o braço como a desafiá-la a mostrar sua boa vontade. Ela o aceitou alegremente quando entraram na casa. Rafaela e Gregório talvez houvessem retornado àquela altura e vigiassem das janelas, ela pouco se importava. Ao atravessar a arcada aberta e conduzir Manadorata além da soleira da porta, sentiu uma gratidão interior. Num coração que sentia em intervalos o frio mortal da perda de Lorenzo, ou o ardente calor do olhar de Bernardino, enquanto a pintava, ela agora sentia nova ternura; encontrara um amigo.

12

Selvaggio fala e Amaria vê

Amaria lembrava sempre o primeiro som que Selvaggio emitiu. Já morava com elas havia algumas semanas, e designara-se, quando a saúde melhorou, algumas pequenas tarefas na casa e quintal que poderiam ajudar àquelas que o haviam ajudado. Embora nunca articulasse uma palavra, suas ações falavam por um bom coração, enquanto ele cortava madeira, tratava das galinhas ou dava de comer ao porco. Encaixou-se na vida das duas mulheres de uma forma muito reservada, mas tão adequada, que elas mal conseguiam comentar a mudança, ainda que fossem sentir imensamente sua falta se ele estivesse ausente. Já a sentiam intensa quando ele saía para buscar água, ou ia à feira, e deixava-as mesmo por poucas horas. Viviam olhando-o; Nonna para tornar a ver o filho, e Amaria por uma fascinação que ela não sabia definir. Vestiram-no com as antigas roupas de Filippo, alimentaram-no e cuidaram de suas necessidades como as de um filho, no entanto Selvaggio começou a cuidar delas como haviam cuidado dele. Parecia que não tinha tanto mais condições de escrever do que falar, pois as duas haviam feito uma experiência com ele usando um pedaço de madeira e um graveto carbonizado. Seu único som era o da respiração, e às vezes, quando se sentavam junto à lareira, Amaria ouvia a entrada e saída de ar do corpo do rapaz, como as marés do mar que ela nunca vira. Sempre nessas ocasiões, ele tinha nas mãos danificadas um pedaço de madeira e a faca de Filippo. Parecia fascinado pela textura do veio, a sensação do material nas mãos. Agarrava-se aos gravetos e à lenha que cortava como se segurasse uma coisa fundamental, elementar; trabalhava com a madeira de forma tão obsessiva, que Nonna e Amaria pensavam, secretamente, que devia ter alguma coisa a ver com carpintaria na vida anterior. Elas não sabiam, então, que a madeira nada tinha a ver com a antiga vida de Selvaggio, mas fora sua primeira visão nesse novo mundo. Esculpia formas desajeitadas de madeira a princípio, que lançava no fogo. Mas com o passar dos dias, ele começou a desenvolver suas aptidões, e modelar pequenos manequins para deleite de Amaria. No fim de toda noite, ela escondia nas saias o que ele fizera e guardava todos; povoando em segredo o armário com uma multidão sempre crescente de objetos de madeira. Podia olhar Selvaggio durante horas, e assim o fazia. Conversava com ele quase sem parar, e quando ele ria, como passou a fazer, era uma estranha visão; pois agitava o rosto e o corpo, como faz a maioria dos homens ao se alegrar, porém sem emitir som algum.

Mas o som chegou, afinal. Selvaggio assumira a responsabilidade de tapar o buraco na porta onde um nó da madeira caíra e o vento varava-o com um forte assobio. Enquanto martelava uma nova tábua no lugar, atingiu a mão e soltou um grito. Amaria correu para seu lado quando ele largou o martelo, e tomou-lhe a mão machucada, os dois se entreolharam, incrédulos, e riram — a risada dela musical e a dele calada como sempre. Amaria conduziu-o pela mão machucada até o lado da lareira, sentou-o e foi buscar pomada e curativo para estancar o sangue.

— Tente de novo! — disse, excitada —, talvez você consiga falar conosco. Tente de novo!

Ele pareceu esquecer a dor da mão enquanto contorcia a boca e tentava reproduzir o grito. Após algumas tentativas, começou a emitir um som, um "o" desafinado, gutural como o chamado de uma marmota. Amaria riu e bateu palmas. Selvaggio levantou-se da cadeira, incapaz de ficar imóvel em sua excitação, e saiu dançando ao redor da sala acenando com as mãos, a atadura solta voando de uma delas. A moça rodopiava como um pião, as saias voando, também entoando "o o o" e foi assim que Nonna os encontrou quando retornou. Ao ouvir o som que Selvaggio emitia quase se comoveu a juntar-se à cantoria, mas a idade e a dignidade impediram-na — somadas a pequena voz em seu coração a sussurrar-lhe que aquilo representava o início da partida do rapaz.

Amaria Sant'Ambrogio agora entrava na tarefa de toda uma vida — a de ensinar um selvagem a falar. Todo o entusiasmo, efusão e a feliz natureza de sua personalidade receberam pleno domínio e a moça mergulhou na empreitada com paciência e prazer. Ela própria, uma eterna tagarela, maravilhava-se ouvindo as sílabas proferidas de forma dolorosa e lenta. Do "o" foi apenas um curto passo para o "i", e daí para o "e" até todas as vogais já funcionarem. A falastrona agora ouvia com toda paciência sua réplica, ela que fazia barulho calava-se enquanto ele lutava; a faladora se tornava a ouvinte. Nonna observava Amaria ensinar Selvaggio e notava a nova maturidade da menina; amadurecera, na verdade, devido ao trabalho que se impusera; não era mais a adolescente que tagarelava ofegante, ela vinha exibindo uma nova qualidade; um cuidado e atenção nutridores quase maternais, que lhe complementavam a beleza feminina. Nonna via como a nova postura de Amaria ficava-lhe bem, mesmo com o olho crítico, amoroso, de uma avó. Assim, só o céu sabia que devastação essa nova Amaria poderia causar no coração de um rapaz perdido, um homem sem nome nem família.

Em Amaria ele encontrava, ao mesmo tempo, uma mãe e uma amante, um coração apaixonado e dois braços reconfortantes. Ela era toda vida, saúde e calor humano, onde ele conhecera a fria morte. Nonna observava a neta ensinar Selvaggio com alegria e pressentimento.

Mesmo assim, a idosa pôde apenas regozijar quando Selvaggio falou as primeiras palavras. Nonna retornara de uma saída para juntar lenha e encontrou os dois jovens explodindo de excitação reprimida. Haviam ensaiado alguma coisa para ela, que se sentou perto da lareira para vê-los representá-la como a pessoa que se senta para divertir-se com uma *Commedia*. Eles se ajoelharam defronte um do outro, como se fossem prometer fidelidade, e Amaria apontou sua mão.

— *Mano* — disse Selvaggio.

Nonna já ia levantar-se da cadeira diante do milagre, porém tinha mais. Amaria apontou o coração.

— *Cuore* — disse o selvagem.

Por último, mas com muita nitidez, ele disse *bocca* quando Amaria apontou a própria boca. Nonna abraçou os dois, agradeceu a Deus, e guardou seu conselho.

Daquele momento em diante Amaria ensinou-lhe com muita paciência os nomes de todas as partes do corpo, todas as coisas na casa, e mandava-o repeti-los várias vezes até ele conseguir expressar com perfeição a palavra para azeitona, ou caldeirão, ou fogo. Então eles avançaram para o campo. Ela o levou a Pávia e o fez dizer o nome de cada uma das centenas de torres da cidade. Entraram na penumbra perfumada de incenso do grande *Duomo* vermelho, e citaram pelo nome todos os santos que resplandeciam à luz de velas da catedral, os rostos fiéis fechados e as mãos direitas erguidas ao céu. Ali, entre todos, estava o próprio protetor pessoal dela, Santo Ambrósio, que pareceu particularmente benevolente naquele dia, quando sua filha apresentou-lhe o selvagem. Percorreram a Via Cavallotti juntos, evitando os gansos e bois que iam para a feira, e entraram na igreja de San Michele. Aí o conhecimento de Amaria foi derrotado, pois nem ela sabia o nome das estranhas semiferas e peixes-dragão que enxameavam e se enroscavam nos frisos e capitéis, travando guerra com seres humanos pelas suas almas. Atravessaram a *Ponte Coperto* e pararam para urinar nas oficinas ou ver o tráfego da água. Olhando os exóticos e carregados barcos de especiarias percorrerem as águas das Ticino, Amaria perguntou-se de qual dos quatro pontos da bússola Selvaggio era. Então o levou ao bosque para dar o nome dos pássaros, flores, árvores e ervas. Uma vez foram ao lugar onde o encontrara pela primeira vez, o *pozzo di marito*, e sorriu das moças solteiras matando o tempo ali, ostensivamente, para puxar água. Riram como crianças ao prenderem novas rãs verdes numa garrafa para a famosa especialidade paviana de Nonna, *risotto con rane*. Amaria sentia imensa alegria quando Selvaggio falava com ela, começava a unir as frases como um bebê, depois uma criança, e mais adiante um rapaz. O tom era baixo e a voz tinha uma falha áspera, como se a garganta houvesse sido ferida por fosse o que fosse que caíra sobre ele. Mas era uma aspereza agradável, e o sotaque tornou-se puro milanês, embora permanecessem uma hesitação e gagueira, que nunca desapareciam.

Selvaggio sentava-se junto ao fogão falando com Amaria quando ela preparava a comida simples deles, e todos os três conversavam às noites quando dividiam um guisado e uma xícara de vinho perto da lareira. Ele não lembrava nada de seu nome, destino, nem de onde viera. Nonna perguntava-lhe com detalhes, porém, por mais que tentasse, o rapaz não lembrava como sofrera os ferimentos nem dos horrores que deve ter visto. Selvaggio retornava, quando indagado, à metáfora da madeira, que fora seu primeiro pensamento nesse estado consciente.

— Um pedaço de madeira sabe que foi antes uma árvore? — ele perguntou, escolhendo uma lenha de corte tosco da pilha de madeira e girando-a na mão. — Não; não se lembra de onde ficava, na planície ou na floresta, nem dos ventos que a balançavam, as chuvas que a ensopavam; e tampouco do sol que a aquecia. Não se lembra que derramava folhas no inverno e brotava-as mais uma vez com a primavera, durante o ciclo de muitas e muitas estações, à medida que lhe nasciam os anéis na barriga. E, no entanto, sabemos que ela viveu, sim, essa vida, e agora aqui, contudo, não passa de um pedaço de lenha. Também eu estou aqui, e outrora estive em outro lugar, mas que lugar era esse não sei. Não sei nem quantos verões vi, nem onde no mundo morava quando eu era vivo.

Nonna assentiu com a cabeça e começou a sentir-se segura de que Selvaggio era verdadeiramente delas e não partiria.

Amaria, em sua ensolarada aceitação do estranho, jamais duvidou que ele ficasse, e com certeza desejava que nunca saísse de seu lado. Quando começou a conversar com ela, a moça achou-o exatamente de acordo com o próprio coração; os gostos e preferências do selvagem eram os dela. Ele gostava muito mais da floresta e dos poços que das maravilhas da cidade; sentia mais prazer vendo a virada prateada de um peixe no rio que as fantásticas criaturas do mar pintadas a fresco de San Michele. Amava a natureza e não se interessava por arte; gostava do simples ato de esculpir madeira, ou o gosto simples de vinho caseiro. Sentia enorme satisfação apertando os excelentes legumes polpudos na feira, escolhendo os melhores para a panela com a pequena moeda que elas tinham; admirando o brilho purpúreo de uma *melanzane*, tomates com brilho de sangue ou o verde granulado das azeitonas. Esses legumes, nascidos da terra que seu sangue nutrira, eram-lhe mais bonitos que o mais primoroso mosaico de vidro colorido que deixava entrar a luz na penumbra da catedral. Nada das artes mais elevadas tocava-lhe — a música mal lhe penetrava os ouvidos; mas ele adorava a canção do vento no rio. O assombroso tamanho do *Duomo* não o impressionava; no entanto, inclinava a cabeça para trás até o pescoço doer para admirar as árvores mais altas na floresta. E Selvaggio virava a cabeça dos ícones femininos de San Pietro, para dar um furtivo e demorado olhar no extasiado rosto de Amaria. Os santos exibiam expressões fechadas, os olhos e os ossos eram mortos, mas Amaria vivia, e resplandecia mais com beleza madura a cada dia que passava. O coração de Selvaggio agora batia nos ritmos terrenos, nada de medida elegante.

O par caminhava por toda a cidade, mais tranquilo agora, conversando sobre todos os assuntos, sempre em companhia um do outro. Silvana, a amiga íntima de Amaria, ficou bastante irritada; a companheira de antes e o selvagem andavam tanto juntos que a língua de Selvaggio não foi a única que aprendeu a falar. Mas os dois não sabiam de nada disso, e eram apenas descontração e amizade, até o dia em que a irmã começou a ver o irmão de uma nova forma.

Ela o viu no quintal uma manhã, sem camisa, enquanto ele se curvava para a pia e enconchava a água gelada no rosto e no corpo. Molhou os cabelos e ela viu as formas do músculo sob a pele, as cicatrizes recém-curadas, e o mapeamento das veias destacar-se nos braços como os vasos de uma folha. Como se sentisse os olhos dela, ele ergueu a cabeça gotejante e varou-a com um olhar, ao mesmo tempo afetuoso e interrogativo. O sol de inverno transformou-se em primavera nos olhos do rapaz, que eram verde-grama como novos brotos. Ela recuou de volta ao acolhedor abraço da sombra preta da soleira, e mordeu o lábio. O rosto aqueceu-se, o coração martelou-lhe a garganta, e Amaria sentiu que mal conseguia manter-se em pé.

13

Elijah Abravanel captura uma pomba

— Talvez pudéssemos falar um pouco, *signora*, pois temos passado muitas dessas sessões agora em silêncio.

Bernardino disse a verdade. Já era a terceira vez que Simonetta posava e ficava tão calada como um molusco; e ele achava o olhar dela tão lindo e frio como o de um falcão, um tanto perturbador. Passara do frenético estágio de desenho, e do entusiasmado arroubo da coloração do bloco durante os quais exigia total silêncio — agora estava acrescentando luzes baixas, luzes fortes, claros, escuros, sutilezas, enfim, e era seu estilo conversar com os modelos nesse estágio. Agora era a hora de manter conversas e troca de ideias que ele nunca permitia antes. Claro, quando continuasse e fosse completar o rosto (o último de tudo) ela precisava ficar calada. Jamais conseguiria capturar aqueles lábios ou aqueles olhos se o rosto estivesse animado. Mas no momento, uma prosinha leve enquanto ele pintava-lhe o manto relaxaria consideravelmente as horas de trabalho. Mas à sugestão, Simonetta fixou o olhar nele, incapaz de esconder seu desprezo.

Bernardino suspirou e largou o pincel. Obteve a resposta, mas não seria derrotado com tanta facilidade. Espreguiçou-se e bocejou, revelando a língua rosa-forte e os dentes brancos. Como um vira-lata, ela pensou.

— Bem, irei à taberna por algum tempo, então. Se não vai falar comigo, procurarei aqueles que vão falar. Não se mexa, sim? Enquanto eu ficar fora.

Ele começou a atravessar a nave, fazendo tinir as moedas na bolsa. As moedas *dela*. Simonetta quase se levantou, surpreendida, e quebrou o silêncio.

— Que quer dizer? E a sessão de pose?

Ele virou-se enquanto andava, mas não parou. Andava para trás ao falar. "Que isso o fizesse tropeçar e esmagar o crânio", pensou ela.

— Voltarei mais tarde depois de ter-me confraternizado um pouco. Deve esperar que essas sessões levem mais tempo se persistir em se manter calada. Não se preocupe, faremos com que esteja em casa por volta da meia-noite.

Ele chegara às portas.

— Espere! — gritou Simonetta. — Embora por dentro se enfurecesse, de modo algum permitiria que sua tortura se prolongasse dessa forma. — Conversaremos se você quiser — resmungou num tom baixo.

Ele inclinou a mão atrás de sua orelha.

— Como?

Luini berrou pela nave.

Ela suspirou em rajadas e ergueu a voz:

— Eu disse que conversaremos se você quiser.

Bernardino voltou, sentou-se e pegou os pincéis.

— Excelente.

Olhou-a e ergueu uma sobrancelha, à espera.

— Sobre o que gostaria de conversar? — perguntou Simonetta em tom calculado.

Ele apoiou o queixo na mão.

— Huum. Trata-se de uma questão espinhosa, pois a conversa deve afetar pessoas como nós.

— Significando?

— As que têm esses sentimentos uma pela outra.
— Que pode você querer dizer?
— Quero dizer ódio, claro. Você me odeia, não é? Que mais poderia eu querer dizer?

Dificilmente poderia odiá-lo mais que naquele momento, porém os bons modos fizeram-na desistir de franqueza.

Ele sorriu.

— Talvez seja melhor agir assim. Você me faz uma pergunta... mas tem de ser interessante, preste atenção! E então eu faço uma a você do mesmo modo. Cada parte deve responder com sinceridade.

— Você é louco.
— Vou ter de ir à taverna?
— Não, não. Quem deve começar esse catecismo peculiar?
— Você, por favor. As senhoras têm precedência, mesmo as meras modelos de pintores.

Ela se recusou a rebelar-se, e vasculhou a mente, que a decepcionou.

— Onde você nasceu?
— Oh. Simonetta. Tão sem graça. Eu disse que a pergunta devia ser interessante. Mas visto que perguntou, em Luino, em Lago Maggiore. E agora, minha vez. Por que você precisa tanto de dinheiro?

Simonetta olhou para as mãos.

— Porque, meu... nós... ficamos empobrecidos pelas guerras.
— Por que você precisa tanto de dinheiro?
— Acabei de dizer por quê.
— Não muito. Vou continuar perguntando até minha pergunta ser respondida. Por que você precisa tanto de dinheiro?

Simonetta suspirou com impaciência.

— Tínhamos muitas despesas, criados, muitas reformas em nossa propriedade, entretenimentos próprios de nossa posição social...

— Por que você precisa tanto de dinheiro?

Já era demais. Simonetta aumentou a voz.

— Por que alguém precisa de dinheiro? Porque a despesa excede sua renda, e…

— Por que você precisa tanto de dinheiro?

— Porque Lorenzo gastou todo o nosso dinheiro nas guerras! — explodiu Simonetta, furiosa por responder ao implacável interrogatório. — Ele o esbanjou em cavalos de guerra, homens, fardas e armas, e quando eu fui ao porão do tesouro buscar dinheiro para nosso auditor, tinha desaparecido. Está satisfeito?

Ele viu lágrimas nos olhos dela e lamentou. Pressionara-a tanto assim porque adivinhou que o marido a decepcionara. Alguma coisa em seu íntimo precisava saber que Lorenzo era indigno, mas não necessitava engrandecer a si mesmo insultando a memória daquele infeliz patife morto. Ele perdera a vida e Simonetta também. Agora Bernardino se arrependia do ignóbil impulso que tanto a transtornara — ela fora obrigada a compreender que a perfeição conferida pela morte é uma ilusão, e ele sentia muito por isso. Não chegou a expressar o sentimento em palavras, mas suavizou o tom.

— Sim. Sua vez agora. E faça uma interessante — alguma coisa que eu não esperaria.

— Muito bem. Já ouviu falar de Massada?

Simonetta tinha a cabeça no relato que ouvira na véspera, e tal pergunta ele nunca poderia esperar.

Luini foi suave demais para expressar surpresa, maldito seja.

— Não — ele respondeu apenas. — Minha vez. — Ele deu tratos à bola, mas ela o intrigara, deixando curioso. — Continue, então. Que é Massada?

— Onde, não quê.

Simonetta apreciou esse pequeno triunfo, mas seu estado de espírito afundou mais uma vez quando ela contou a história que não conseguia tirar da mente. Ele continuava pintando, com aparente impassibilidade, enquanto ela falava, e quando terminou, Bernardino encolheu os ombros.

— Não se importa? — ela perguntou, incrédula.

— É esta sua pergunta? Não, na verdade, não. Aqui vai a minha para você: por que deveria me importar?

— Porque eram pessoas. Viviam, respiravam e sentiam.

— Demasiados combates foram travados em nome da religião. Por isso é que não me importo com nada desse tipo de coisas. Não tem a mínima importância para mim.

— Com que de fato se importa?

— Não é a sua vez. Minha pergunta é a seguinte: quem lhe contou tais coisas?

— Um judeu que eu conheço. Ele está... me ajudando, onde muitos cristãos não ajudariam.

Bernardino parou de pintar e olhou-a nos olhos.

— Eu não me associaria com judeus se fosse você. São pessoas más, e nada além de problema.

— Não me interessa sua opinião.

Ele tornou a encolher os ombros.

— Sua vez.

— Tudo bem; com o que de fato se importa?

— Com que me deixem em paz e me permitam pintar. Nada mais é importante para mim.

Simonetta bufou de raiva e desprezo, e quando os sinos tocaram a Sexta, anunciando as preces da tarde, ela juntou suas roupas e saiu caminhando com arrogância. Luini, o que odeia judeus. Apenas mais uma razão para detestá-lo.

Bernardino observou-a ir embora. Desviara-se das regras do jogo, pois dissera muitas inverdades na conversa deles. Sobretudo a última declaração, uma mentira completa. Embora antes fosse verdade, deixara de ser.

Num estado de espírito de furiosa retidão, Simonetta retornou a Castello e contou a Manadorata o que se passara. Ele examinava com toda atenção os inventários dela no grande salão desnudado. Mas largou a pena enquanto Simonetta falava. Quando ela terminou, esperava ver raiva e ouvir alguns sermões sobre a ignorância dos cristãos, mas ele na verdade sorriu.

— Como pode um homem desses diverti-lo? — ela perguntou, incrédula.

— Porque ele fala contra o próprio coração. Deixe-me lhe contar uma coisa que aconteceu com meu filho.

* * *

— Elijah Abravanel, que tem aí na sua mão?

Rebecca Abravanel notou o comportamento sem graça do filho mais velho. Ele deu o sorriso brejeiro que lhe suavizava o coração.

— Pensei que meu nome ia ser Evangelista, desde que fui *batizado* há pouco.

Rebecca retribuiu o sorriso, embora a história desse acontecimento não a agradasse.

— Você tem razão, mas esse é o nome cristão que usamos para você fora destas paredes. Dentro de casa continua sendo meu Elijah. Agora, me mostre a sua mão.

Rebecca foi até o primogênito e obrigou-o a estender a palma da mão. Não saberia explicar o que encontrou ali. Uma pomba branca; belamente pintada na carne, expressa em traços maravilhosos e muito bem finalizada. A pomba alçava pleno voo, mas levava no bico um ramo de oliveira. O trabalho era tão lindo que as penas pareciam agitar-se no vento, e o cinza prateado das folhas de oliveira pareciam captar a luz do sol. A plumagem do pássaro era cor de neve, porém um olhar mais atento revelou um arco-íris de cores formando as penas para expressar o mais branco dos brancos. E o conjunto era tão pequeno quanto perfeitamente encaixado na mão de uma criança.

Rebecca ajoelhou-se. Sabia que não era trabalho do filho, e tampouco de Sarah, a criada. Jovaphet era muito pequeno para fazer tal obra e até o pai dos meninos, por mais talentoso que fosse em muitos aspectos, não tinha aptidão alguma com o pincel.

— Quem fez isso, Elijah?

Elijah soube que era sua última chance desde o horário de recolher-se e optou pela verdade.

— O pintor. O que colore... na igreja.

Elijah sabia que não devia deixar a casa sem a mãe ou Sarah, mas ouvira o grito do mascate e percebeu que se quisesse comprar a bola de gude preta que vira no dia de *Yom Rishon* precisava ser naquele instante. Era uma coisa fabulosa, essa bola de gude, feita do vidro expelido por vulcões, aquelas montanhas ígneas de que o pai lhe falava. Elijah pegou seu ducado de um lugar secreto entre as tábuas do piso — nem sequer o irmão Jovaphet sabia onde ficava — e saiu pela porta estrelada.

Acompanhou o ululante grito do mascate pela multidão, evitando os vira-latas e as poças de urina. Afinal viu o variegado do manto do mascate, enfunado como uma vela no vento, e seguiu o tecido brilhante até desaparecer ao redor de uma esquina com o estalo de uma bandeira esfarrapada. Elijah seguiu-o entusiasmado até uma rua secundária. Mas ali encontrou não o mascate, porém muito pior.

Um grupo de crianças cristãs, um pouco mais velhas que ele e muito mais numerosas. Jogavam dados na rua e ergueram os olhos à aproximação dele. Elijah sabia que seu traje e o penteado dos cabelos o destacavam, e começou a recuar quase antes de saber por quê. Mas seus instintos foram corretos. As crianças vieram em sua direção, e ele se pôs a correr.

Corria pelas ruas em busca do conforto da porta com a estrela, mas os outros também pensaram nisso e bloquearam-lhe o caminho. Ele deu meia-volta e correu até o os pulmões explodirem. As lágrimas que lhe enchiam os olhos quase o cegavam para as contorcidas feições de doninha dos outros, mas não muito. O martelar do coração nos ouvidos quase o ensurdecia para o que diziam dele, do pai e da amada mãe, mas não muito. Não sabia para onde ia até a igreja surgir gigantesca adiante. Sabia que não devia entrar nesses lugares, mas como a escura bocarra aberta oferecia salvação precipitou-se por ela, direto nos braços de Bernardino Luini.

Bernardino manteve o menino à distância dos braços.

— Que é que..?

— Por favor, *signor* — arquejou Elijah, a respiração queimando. — Eles estão vindo. Preciso me esconder.

Bernardino não hesitou, mas lançou o volumoso manto azul de Simonetta sobre o rapazola e acomodou-o imóvel nos degraus do presbitério, para se assemelhar a uma pilha de pano. Tão logo feito isso, surgiu o bando. Até eles tinham o respeito de diminuir a velocidade dos passos e moderar os tons na casa de seu Deus. Mas foram recebidos não por Deus, mas por Bernardino Luini, mãos nos quadris.

Luini encarou-os com um terrível olhar.

— Que estão fazendo aqui? Interrompendo meu trabalho, é isso. Agora se ponham para fora.

— Mas, *signor* — disse o líder do bando com mais coragem que sabia ter —, procuramos o filho do diabo. Um menino judeu, ele correu aqui para dentro.

Luini fez que não com a cabeça.

— Aqui, não. Eu teria visto.

— Mas ele é um demônio; talvez tenha usado sua magia negra para se esconder.

— Realmente. Não sei nada disso. Mas vou dizer a vocês o que sei. Sou conhecido como o lobo, e quando a escuridão chega, eu me transformo num monstro da noite, devoro e roo os membros de crianças más. Vejam... — ele apontou o céu que começava a escurecer. — A noite vai chegar. Agora *va fanculo*.

Deu certo. A coragem do líder do bando foi derrotada e ele e seu bando saíram correndo para a noite.

Bernardino fechou as pesadas portas e avançou em silêncio para os degraus do presbitério. O manto azul chorava. Ele ergueu as dobras e encontrou um menino apavorado, soluçando e coberto de muco nasal de medo e alívio. Suas palavras eram uma grande confusão — alguma coisa sobre um mascate e uma bola de gude preta redonda, Sarah, Jovaphet e um ducado.

Bernardino tomou o menino nos braços sem saber o que fazia.

— Xiu, xiu. — O menino continuava a soluçar, e Bernardino, acima da cabeça dele, imaginava uma forma de distração. Encontrou-a. — Venha — levou o menino até as tintas. — Vou mostrar a você uma mágica. Estenda a mão aberta.

Elijah estendeu a mão, a palma ainda marcada com o ducado que agarrara e perdera na corrida. Luini alisou o lugar avermelhado, mergulhou o pincel e passou a pintar.

Elijah começou a sorrir.

— Faz cócegas — disse.

Bernardino também sorriu e o menino arregalou os olhos quando a perfeita pomba apareceu em sua palma.

— Está vendo, ela tem efeitos especiais — explicou o pintor. — Se você abrir e fechar a mão, assim — demonstrou —, ela voará.

O menino manipulou a mão e sorriu radiante de prazer quando a pomba pareceu adejar as asas.

— Deixe-a secar um pouco — disse Bernardino —, assim teremos a certeza de que eles se foram. Qual é o seu nome?

— Elijah. Quer dizer... Evangelista.

Bernardino ouviu a diferença nos nomes, e adivinhou qual viera primeiro.

— E de onde você é, Elijah?

Elijah percebeu que sua identidade era conhecida, e decidiu revelar suas origens:

— Moro na rua dos judeus. A porta com a estrela.

Bernardino entendeu tudo.

— Então é melhor ir para casa ao encontro de sua mãe, Elijah.

O menino olhou desconfiado o céu, agora púrpuro-escuro como uma *melanzane*.

— Não tenho permissão para ficar fora à noite. Nenhum de nós tem. Há um horário de recolher para judeus.

Bernardino suspirou. Pegou o manto de Simonetta e o pôs em volta dos ombros. Cheirava a flor de amêndoa — o perfume dela. Mas agora não era o momento para tais reflexões. Ergueu o menino e estendeu o manto azul sobre os dois.

— Tudo bem — disse. — Eu levarei você.

Atravessaram as ruas que escureciam sem ser vistos. Elijah agarrava-se como um mico ao pescoço de Bernardino, sussurrando direções. Por fim, chegaram à porta estrelada, e ele disse:

— Bem aqui, *signor*.

Bernardino largou-o no chão e ajoelhou-se para segurar os ombros do menino em despedida.

— Vou vigiar para ver você entrar. Adeus, Elijah.

— Adeus, *signor*. E obrigado pela minha pomba.

— Por nada. Mas pode fazer uma coisa para mim em troca?

— Sim, *signor*.

— Sabe aquela... última frase que usei para aquelas crianças?

Elijah sorriu, os pequenos dentes brancos captando o luar.

— Quer dizer *va fanculo*, *signor*.

— Esta mesma. Não há necessidade de dizer à sua mãe que você conhece tais palavras. Não são muito adequadas para crianças.

— Sim *signor*.

— Adeus, então.

Bernardino bateu na porta e viu a grade abrir-se. Esperou até ver o menino se recebido, envolto no alegre e zangado abraço da mãe, e depois levou seu coração aquecido para a cama fria em casa.

— Assim, você vê, sorrio, porque ele fala contra o próprio coração — concluiu Manadorata. — Ele não é o homem que se apresenta para o mundo. Ele se encobre. Trata-se de uma arte sobre a qual conheço muito.
— Ele fez isso?
Simonetta ficou incrédula.
— Sim, tudo isso e mais. Há um final para a história, mas nenhuma ferroada de escorpião; um final de grande doçura.

* * *

Elijah brincava no pátio de casa, pois seu encarceramento devia ser total durante uma semana, como castigo. Ele lamentava a perda da bola de gude preta, feita de vidro vulcânico, pois o mascate devia já ter seguido adiante àquela altura. Precisava contentar-se com suas próprias bolas de gude sem graça de vidro veneziano. E ele tentava com esforço contentar-se, pois era um bom menino. Pensou a princípio ter ouvido a leve batida na porta estrelada. Pegou um banco, subiu nele para abrir a janelinha de grade, e ao fazê-lo um saquinho saltou pela abertura. Ele pulou para o chão e abriu o saco — era de fato um velho pedaço de lona amarrado com uma tira de couro — e dentro, redonda, perfeita e preta como a noite, estava a bola de gude que tanto desejara. Elijah soltou uma exclamação e ia jogar fora a lona, quando a escrita atraiu-lhe o olhar. Conhecia bem caracteres cristãos, pois recebeu um ensinamento completo da mãe, portanto soletrou incredulamente: "Para Elijah". Não precisou de suas aptidões para ler o único símbolo que restava, porque era o minúsculo desenho de uma pomba.

14

Noli me tangere

— Quando terminará?

Bernardino não ergueu os olhos do afresco à pergunta de Simonetta.

— Logo. Recebi a encomenda de um trabalho na Certosa di Pávia. Os monges calados do Mosteiro dos Cartuxos me farão muito bem, após sua incessante tagarelice.

Ela sorria agora quando antes teria censurado. Começava a habituar-se aos modos dele. Então assentiu com a cabeça, de repente triste com a ideia de sua partida. Achava que afinal haviam alcançado uma trégua e avançavam pequenos passos em direção à amizade. Desde que soubera o que ele fizera pelo filho de Manadorata, via-o com novos olhos. Via-o agora, em certo aspecto, como um menino também, embora fosse muito mais velho que ela. Via-o pela fanfarronice e postura que a pessoa apresentada não era a sua, que as palavras faladas não significavam o que ele pensava. Era tanto uma apresentação para o mundo quanto sua obra — para Simonetta, que era uma verdadeira crente, a forma como ele apresentava a condição humana não era real, mas teatro. Maria, essa esplêndida senhora que ela representava, sofrera as aflições de amor, as dores de parto e a perda de um filho. Era impossível que parecesse, em vida, tão serena como ela estava ao ser pintada. Os santos também, que sofreram e morreram, não o fizeram, ela tinha certeza, com aquele porte, aquela aceitação, por mais forte que fosse sua fé. Como a fé da própria Simonetta, a deles fora testada por tribulação, dor e tortura da alma. Então ela deu um pequeno sorriso de sua própria arrogância — não devia comparar seus sofrimentos menores com os dos santos. Embora padecesse em seu pesar, não sofrera as torturas físicas de uma Santa Lúcia com os olhos que lhe foram arrancados da cabeça, nem de uma Santa Ágata com os seios cortados do peito.

Ele via apenas o sorriso dela e não os pensamentos macabros. Acabara de fazer a deliciosa descoberta que a parte superior do nariz de Simonetta franzia quando ela sorria. O detalhe tornou-a de repente terrena e acessível; menos límpida, distante e no mundo da lua. Sentiu-se de repente absurdamente feliz e retribuiu-lhe o sorriso com um de igual alegria.

— Não me diga que deseja deixar o lugar? — ele provocou.
— Não me diga que não gosta de suas sessões de modelo aqui?

A voz saiu carregada de ironia.

— Claro, é uma grande honra ser pintada como a Virgem...
— ela começou.

— Não me diga que acredita em tudo isso — interrompeu Bernardino.

O largo aceno com a mão de pouco caso estendeu-se por toda a série de afrescos que surgiam — o *Casamento da Virgem*, a *Adoração dos Magos*, *Apresentação do Cristo no Templo*; episódios de uma vida na qual ele não acreditava.

Ela deu-lhe um olhar direto.

— Claro que sim. Isso é *lapalissiano*. — A palavra escapou-lhe antes que ela pudesse dar-se conta, e mortificou-a o fato de tê-la usado. Pois *lapalissiano*, que significa "verdade evidente", era uma nova palavra na língua da Lombardia, e tomou suas letras do nome do Marechal Palice, o general de Lorenzo. Fora ilustre, verdadeiro, e agora morto como Lorenzo. Ela apressou-se a falar para disfarçar — Você, não?

— Não. Numa única sílaba ou escritura.

— Por que não? — ela o desafiou.

Ele se virou de costas e começou a pintar com furiosa concentração o diáfano e celestial brilho do manto azul dela. Em meio à tempestade das pinceladas, o cerúleo azul lembrou-o, e trouxe-o, de volta, direto de volta.

— Quando eu era pequeno morava às margens do Lago Maggiore. Meu pai era pescador e saía com os barcos todo dia. É um lago grande. Muito azul e estende-se até onde a vista alcança. Para um menino pequeno parecia enorme. Eu achava que era o mar. Ia para lá em dias de verão e me sentava na margem. — Bernardino deixou a mão com o pincel cair ao lado, ao pensar no seu jovem ser. — Pensava em todas as terras que existiam além daquele grande mar, todas as paisagens que havia para ver no mundo, todas as feras estrangeiras e os cenários desconhecidos. Sentia os seixos duros sob as pernas, mas não me importava. Perdia-me absorto no azul. Quando franzia os olhos contra o sol o lago se tornava o céu e o céu se tornava o lago, eles se encontravam no horizonte e eram do mesmo azul. Aquele azul... nunca consegui pintá-lo.

Virou-se então e olhou os olhos dela — o mesmo azul achava-se ali, encarando-o, mas ele não disse tanto. Continuou:

— Gostava de ver a água lamber meus pés. Chegando e saindo, ao derramar-se sobre os seixos. Perguntei à minha mãe, naquela noite, por que a água se comportava assim. — Ele inspirou um pulmão cheio de ar contra a dor. E expirou ao falar. — Minha mãe tinha pouco tempo para mim. Vivia preocupada com meus tios... Eu tinha tantos tios... apareciam toda tarde quando meu pai estava fora para a pesca vespertina. Minha mãe sempre me mandava não dizer ao meu pai que eles tinham ido à nossa casa. Dizia que ia ter uma briga de família. — Bernardino ergueu os olhos por um instante e torceu a boca num sorriso que não era um sorriso. — Tantos tios, e nenhum deles se parecia com o meu pai. — Retornou bruscamente ao trabalho, e continuou o relato numa confusão de palavras, antes que Simonetta pudesse interrompê-lo. — Minha mãe me disse que anjos sentavam-se às margens, inspiravam e expiravam, inspiravam e expiravam, e a respiração deles atraía as águas e causava as marés. Perguntei por que não *víamos* os anjos, e ela respondeu que era por sermos pecaminosos. Um de meus tios estava lá e riu quando ela disse isso; afirmou que ela tinha toda razão e beijou seu ombro. Não gostei do jeito como ele riu, então retornei de novo ao lago para esperar meu pai. — Bernardino inconscientemente trincou o pincel nos dedos. — Durante a tarde toda tentei ser um bom menino e ter bons pensamentos para poder ver os anjos. Eu continuava ali quando meu pai saiu dos barcos. Perguntou o que eu fazia e contei que tentava ver os anjos que causavam as marés com a respiração. Ele suspirou e sentou-se ao meu lado. "Bernardino", disse, "não existem anjos na margem." Eu sentia calor então, estava cansado e a cabeça doía do sol e da concentração de toda a tarde para tentar ver os anjos. O que ele disse me deu vontade de chorar, então comecei a gritar. "*Existem* anjos, *existem*!", berrei. "Quem lhe falou essas coisas?", perguntou meu pai. Eu perdi a cabeça e esqueci o que minha mãe tinha mandado. "Minha mãe!", berrei. "E meu tio." O rosto do meu pai congelou. "Que tio?", ele perguntou, em voz baixa. De repente lembrei da briga de família, mas já tinha ido longe demais para voltar atrás. "Não sei qual deles", respondi. "Montes deles aparecem lá em casa. O que estava lá hoje."

Depois disso meu pai se levantou e olhou a água por um longo tempo, a maré lambendo a margem. Depois se virou e tinha os olhos molhados. "Bernardino", ele disse "sua mãe é uma mentirosa. Sempre foi." Mergulhou a mão na água e aproximou-se de mim. Enfiou o dedo na minha boca, com muita força. "Prove", ordenou. "A água é doce, não salgada. Isto não é o mar, Bernardino. Não há mares aqui, nem anjos. E não tenho nenhum irmão." Tirou o dedo da minha boca e tocou meu ombro, uma vez, com ternura, e afastou-se. "É apenas um lago, Bernardino", disse. "Apenas um lago".

Simonetta esperou, mal respirando. Bernardino passou a mão nos olhos, deixando um risco azul na testa.

— Foi a última coisa que meu pai me disse. Quando voltei para casa, ele tinha ido embora. Minha mãe me culpou. A bebedeira dela piorou, e meus "tios" pararam de aparecer no início, mas logo retornaram. Comecei a desenhar com o carvão que eu fazia na praia, com pedaços de madeira flutuante, velas velhas, qualquer coisa. Decidi que como os anjos não existiam, eu ia inventá-los. Uma vez, quando eu tinha quinze anos, desenhei sobre toda a nossa casa de madeira com um imenso afresco de carvão. Anjos em anjos, querubins, serafins, arcanjos; toda a turma do Céu. Minha mãe ficou furiosa. Berrou, chorou e o tio lá em casa naquele dia me açoitou com o cinto. Esperei os dois irem para a cama e depois roubei o cavalo dele. Soubera que o grande mestre Leonardo da Vinci estava em Milão trabalhando para o duque Ludovico Sforza, peguei meus desenhos e cavalguei a noite toda. Esperei durante uma semana diante do *studiolo* de Da Vinci, certificando-me de que ele quase tropeçasse em mim todo dia, até ele aceitar uma audiência. Mal olhou meus desenhos, mas me deu algum carvão e me mandou desenhar uma mão. — Bernardino ergueu os olhos para os dedos estendidos de Simonetta e sorriu da lembrança. — Ele me fez seu aprendiz naquele mesmo dia.

Ele baixou os olhos para a própria mão. Cerrara os dedos tão apertados no pincel que se viam quatro meias-luas vermelhas, onde as unhas haviam-se enterrado na palma. Ao notar as luas cheias de vermelho, tornou a olhar os anjos, seus anjos, que circulavam acima da cabeça dele e tocavam trombetas das pilastras.

— Leonardo também não acreditava — dirigiu-se Bernardino ao teto. — Dizia que era inteiramente possível inspirar a fé de outros, sem a sentirmos. Ele reverenciava apenas Maria Madalena, e eu apenas reverenciava minha mãe, outra mulher caída. O que minha mãe tinha começado, meu mestre terminou. Minha fé se foi. Ele dava muito mais valor aos sentimentos humanos, não à devoção religiosa.

Simonetta encontrou sua voz, afinal.

— Que sentimentos? — perguntou delicadamente então.

"Amor", pensou Bernardino. Lembrou o conselho de despedida que lhe deu Leonardo: quando ele começasse a sentir de novo seria o melhor pintor. E era verdade. Em suas fáceis conquistas, na confusão de mulheres e meninas, virgens e matronas, jamais, sequer uma vez, emergiu do entorpecimento da perda da mãe. No dia em que ela lhe mentira, e o pai partira, ele perdera a inocência — a imagem dela como o ideal de todas as mulheres. Pusera-a num pedestal com tanta certeza quanto se fosse uma estátua de Nossa Senhora. Mas ela mentira, gritara e rechaçara-o de sua casa para os braços das conquistas vazias que ele procurara, mas nunca se satisfizera. Tudo na busca daquela única coisa, o cálice sagrado do amor. Luini abriu a boca para dizer as simples sílabas, as sílabas que lhe significavam tudo, e nada, para a mulher que lhe era mais importante do que algum dia saberia. Mas descobriu que não podia falar. A voz travou na garganta e as lágrimas ameaçaram-lhe os olhos. Lágrimas! Não chorara desde a noite que cavalgou das margens do lago até Milão, as lágrimas fluindo para trás e desaparecendo na noite enquanto ele galopava, o rosto secado pelo quente vento noturno tão logo se molhava. Agora, como então, sentia o mesmo instinto: precisava partir, agora, imediatamente.

Largou os pincéis com brusquidão, e num ato atípico deixou-os para secar na palheta. O rosto da Virgem continuava uma oval vazia, mas ele não podia fazer mais nada naquele dia; quase caiu do andaime. Ao passar por Simonetta, sem saber o que de fato ela fazia: estendia-lhe a mão. Ele virou a cabeça para o outro lado, e ela ouviu-o murmurar:

— *Noli me tangere.*

Assim, pela segunda vez na vida, Bernardino fugia de uma mulher a quem ele amava. Subiu a escada para a solitária torre numa pressa terrível, sem olhar para trás, e foi melhor dessa forma, pois ele haveria visto uma visão que o teria confundido e esmagado, a própria visão que ficara desesperado para evitar. Os olhos do lago azul de Simonetta olhavam-no afastar-se com uma expressão de inconfundível piedade.

Só muito mais tarde, à noite, que Simonetta compreendeu o que ele lhe dissera, naquele infeliz momento quando ela estendera-lhe a mão. *Noli me tangere.* Claro. Ela pegou a Bíblia de família, apoiada diante de seu *prie dieu* na mesa-de-cabeceira, e passou as páginas amareladas até encontrar o que procurava. "*Dicit ei Iesus noli me tangere nondum enim ascendi ad Patrem meum vade autem ad fratres meos et dic eis ascendo ad Patrem meum et Patrem vestrum et Deum meum et Deum vestrum.*"

Ali estava; a exortação de Cristo Ressuscitado a Maria Madalena, a mulher que ele uma vez amou e que o amou, a primeira pessoa que ele escolheu para testemunhar sua ressurreição. "Disse-lhe Jesus: Não me toca, porque ainda não subi a meu Pai, mas vai a meus irmãos e dize-lhes: Subo para meu Pai e vosso Pai, meu Deus e vosso Deus."

Não me interessa.

15

São Pedro do Céu Dourado

Amaria ergueu os olhos ao seu santo. Não sentia temor reverente nem medo deste, como de fato sentia dos outros — o perfurado São Sebastião, ou São Bartolomeu com a terrível própria pele na mão esquerda e na outra o instrumento de seu suplício, um alfanje. Não, esse santo era o santo *dela* — Saint Ambrogio, Santo Ambrósio, seu guardião, pai, protetor e amigo. À luz de velas, os olhos eram escuros, bovinos e bondosos. Amaria gostava dele, e gostava de sua imagem nessa igreja de San Pietro Ciel d'Oro.

São Pedro do Céu Dourado.

Repetia o nome da igreja para si mesma, como um poema, tão belas eram as palavras. Pensava em São Pedro com as chaves estridentes vivendo no céu dourado, e Santo Ambrósio também vivendo lá. Ali também, num caixão de pedra com relevos esculpidos sobre sua vida, encontravam-se os ossos de Santo Agostinho de Hippo. As cenas do túmulo mostravam o caixão sendo levado de Cartago por Luitprand, o rei lombardo, e Amaria deslizou os dedos pelos pequenos carregadores de caixão de pedra. Seus tormentos pareciam bem distantes e Santo Agostinho, com o coração perfurado em chamas, na verdade não a interessavam. Ele não fazia parte da família como Ambrósio fazia, nem levava o nome dela. Os ossos de Agostinho, que haviam percorrido as planícies áridas de Cartago e suportado músculo, sangue e órgãos, eram-lhe menos reais que o ícone bidimensional de Santo Ambrósio. Ela conhecia pouco da proveniência do santo — apenas que ele fora um grande cristão nos tempos romanos e disseminou a palavra de Deus entre os pagãos. Bastava saber que fora antes um homem como qualquer outro. Ela podia sorrir para ele sem ser desrespeitosa e o fazia até achar que as faces iam rachar. Neste ano tinha o coração cheio de agradecimentos. Era o sétimo dia de dezembro. Acendeu uma vela aos pés da imagem do santo.

— Feliz dia de celebração, Santo Ambrósio — disse. — E obrigada por Selvaggio.

Amaria saiu para a praça e puxou o capuz sobre os cabelos. Entrançara-os e prendera-os num novo estilo. Haviam desaparecido as tranças emaranhadas frouxas, que só serviam para juntar musgo e folhas quando ela se esbaldava pela floresta. Selvaggio fizera-lhe um pente de madeira a seu pedido e ela usava-o toda noite, alisando a juba embaraçada até brilhar como ébano. Para o dia da celebração de seu santo, trançara e prendera as mechas no estilo milanês, passando uma fita vermelha ao redor da testa e minúsculos botões de rosa nos pesados cachos pretos presos na nuca. Pusera o melhor vestido castanho-avermelhado e esfregara pasta de argila vermelha nos lábios já rosados. Queria exibir a melhor aparência para seu santo, mas ao rezar na igreja, a consciência sussurrou-lhe em voz tão baixa quanto em confissão que ela fizera tudo aquilo para Selvaggio. Foi ele quem uma vez colheu um heléboro para seus cabelos e lhe disse que lhe caía bem; ele que admirara o vestido castanho-avermelhado quando ela o usara na Festa dos Arcanjos, declarando que adorava as cores da terra; foi ele quem dissera que os cabelos a enfeitavam mais quando usados para trás do rosto, pois assim podia admirar-lhe melhor o semblante. Apesar do frio de rachar, Amaria sentia um rubor quente na face.

Viu sua serpentária soltar-se, rodopiar no frígido ar e ali juntar-se aos flocos de neve que caíam. Era o pôr-do-sol, e tarde para ficar fora de casa — ela iria ao poço com o balde que levara para essa finalidade, e voltaria ao encontro de Nonna e... dele.

Fazia tanto frio, que Amaria teve de quebrar o gelo da fonte. Encheu o balde, virou-se e encontrou sua distorcida imagem num peitoral brilhante. O rosto parecia partido em dois pela costura da soldadura. Ela ergueu os olhos e viu as pesadas feições de um suíço.

Conhecia o visual a essa altura — a cidade inteira o conhecia. A armadura cintilante, a estranha lingual retorcida que soava como uma tosse, e a insolência inerente ao conhecimento de serem os melhores mercenários do mundo. Não eram bonitos, esses homens da Suíça — eram cheios de cicatrizes; jovens, mas com o rosto tão desgastado por guerras que pareciam velhos. E eram um tormento — ouviam-se muitas queixas à *Commune* de que esses soldados haviam molestado as mulheres de Pávia e lutado com os homens. Eles sentiam todas as frustrações de soldados sem emprego, os que foram treinados para guerra, mas cujos esforços haviam levado à paz. Precisaram de uma batalha para lutar. Detestavam a inércia, e saíam à procura de brigas sempre que podiam, até ser ordenados para a próxima linha de frente. Intitularam-se os salvadores de Pávia, pelo seu serviço na recente batalha, e ali permaneceram entediados e inquietos. Amaria fora incomodada por eles antes — não soube o que lhe disseram, mas pôde imaginar. Sempre desempenhavam a mesma pantomima com as mãos para demonstrar a grosseira admiração pelas curvas dela.

Mas sempre tivera a companhia de Silvana antes... Silvana fora descartada em troca de Selvaggio, e Selvaggio ela não o trouxera nesse entardecer. Por quê? Porque quisera agradecer a seu santo por ele, uma coisa que ele jamais poderia saber. Portanto, hoje ela estava sozinha. E hoje havia três dos suíços.

Amaria olhou ao redor — viam-se poucos cidadãos fora de casa na praça de pedras, pois a temperatura congelava e o sol se punha. Os soldados a cercaram, falando, provocando e rindo. Derrubaram-lhe o balde da mão e a água encharcou-lhe os pés — transformando-os em pedras de gelo. Antes que ela soubesse o que faziam, foi derrubada ao chão, e viu, naquele instante, os flocos de neve desaparecerem na água que derramara no chão, como que por magia. Do canto do olho, Amaria viu os poucos cidadãos que notara antes também desaparecer. Não se oporiam a tais homens que desejavam tirar a virgindade de uma moça pobre. Não valia a pena o transtorno. Amaria sentiu mãos na nuca ao lutar e gritar por socorro que não veio. A face foi empurrada nas pedras geladas do calçamento e ela sentiu gosto de sangue. Então ouviu uma espada ser desembainhada — ia ser decapitada? Não, pior, pois a espada caiu no chão a polegadas de sua visão e ela ouviu o soldado desafivelar o cinto. Os outros dois seguravam-lhe os braços — ela ficou impotente. Fitou a lâmina prateada da espada do atacante caída no chão, enquanto a neve acumulava-se ali. O soldado atrapalhou-se mexendo com suas saias. Então ela achou que enlouquecera de horror quando viu um sapato de couro tosco enfiar-se sob a lâmina e chutá-la alto no ar. Amaria fora solta e ergueu a cabeça, junto com os três mercenários, unidos em assombro ao verem a lâmina zunir acima, além da torre de San Pietro, no céu nevado, e cair à perfeição na mão do próprio Selvaggio. Mais alto que antes, ereto e com um fogo nos olhos, parecia-se menos com seu querido Selvaggio do que com um anjo vingador. Amaria viu quando com um golpe ele cortou a garganta do atacante dela até o sangue esguichar e emitir fumaça nas pedras. Com a arremetida seguinte, ele enfiou com força a lâmina pela barriga do segundo homem, habilmente encontrando a lacuna entre o peitoral e o cinturão. Com o retorno do golpe, ele passou a lâmina sob o próprio braço e enterrou-a no terceiro homem, sem sequer olhar o que fazia. Liquidara todos no piscar de um olho, com silêncio e presteza, e os três jaziam mortos ao redor de Amaria. Os botões vermelhos de serpentária haviam caído dos cabelos dela e decoravam a cena com uma coroa de flores, como num funeral. A neve caía em tudo, branco e vermelho, frio e calor enquanto o brilhante sangue vital se esvaía. Amaria fitou a carnificina, e depois Selvaggio, que a olhou e então a espada, que agora lhe pendia frouxa da mão, como se nunca houvesse segurado uma antes.

Amaria recuperou a voz, por um momento tão muda quanto ele fora. Mas o que saiu não foram agradecimentos.

— Você era um soldado, então — disse.

Ele continuava olhando a espada, como se estupefato.

— Pelo passado não sei dizer — afirmou na nova voz hesitante. — Mas hoje, sou um soldado.

Olhou-a direto, então; com o olhar que ela vira no quintal enquanto ele se lavava. Amaria não soube se foi o trio de mortos ou os olhos de seu vingador a causa, mas ela perdeu a consciência e não viu que Selvaggio segurou-a no momento em que caía no chão.

Ele inclinou a cabeça atrás para os céus quando tomou a jovem nos braços, tão bonita naquele refinamento do dia de seu santo; e sem saber por que abriu a boca para deixar os flocos de neve entrarem. Selvaggio carregou Amaria até a casa, regozijando-se sob o céu dourado.

16

A respiração dos anjos

— São milagrosos.
Padre Anselmo sentiu genuína perplexidade diante dos afrescos. Circulava sob o teto, maravilhado com o que via. Ali, no pequeno transepto, o *Casamento da Virgem*, com *A Virgem e São José* no mesmo brilhante lago azul — São José pondo uma aliança de casamento na estranha mão direita de Simonetta Di Saronno, enquanto fitava com o rosto em perfil o novo marido. Anselmo perguntava-se o que deve ter-lhe custado posar para isso, no mesmo lugar onde ela desposara o marido morto. Misteriosamente, São José, embora apenas um humilde carpinteiro, chegava a ter alguma coisa da nobre aparência de Lorenzo Di Saronno. Defronte a essa obra-prima, via-se outra, *Cristo entre os Doutores*. Aqui, com característica arrogância, Luini pintara a si mesmo como o Cristo adulto, debatendo com as mãos abertas e o rosto animado da discussão como muitas vezes o via Anselmo; tão semelhante que desconcertava ficar embaixo com o gêmeo. Ali também se achava Simonetta, apresentada como uma mulher mais velha, e por algum truque de perspectiva, maior que o filho; vestida no mesmo vívido azul, estendia-lhe uma das mãos, enquanto descansava a outra no

coração. Anselmo sentiu uma repentina inquietação. Luini jamais lhe confidenciara algo sobre sua família, mas o perspicaz padre de repente teve um vislumbre de tudo o que Simonetta talvez significasse para Bernardino — não apenas uma luxúria momentânea que seria facilmente saciada, mas um verdadeiro e profundo amor, no qual a representava como mãe, amante e esposa. Pintara-a sem ornamento nem artifício — não se viam ali quaisquer dos consagrados símbolos da Virgem. Ela não segurava nenhum lírio dourado, nem rosa em pleno desabrochar. Tampouco a enfeitavam flores de amendoeira, a flor que denotava a pureza de Maria, e que teria acrescentado uma camada de significado ao modelo de Luini. Ele devia ter conhecimento de todas essas alegorias, todos esses simbolismos, mas os descartara todos em favor de uma descrição mortal. Uma devoção terrena, em interação com a família humana dela. Anselmo pensou de repente no nome de santo do próprio Bernardino, São Bernardo de Clairvaux, que reverenciara a Virgem acima de todos, e verberava-a com uma paixão ardente. Consternado, dirigiu-se pensativo ao presbitério da *Cappella Maggiore*, com Luini seguindo-o como uma sombra. Lá estava a *Apresentação do Infante Jesus no Templo*, e lá, mais uma vez Simonetta, no mesmo azul cerúleo, que olhava com carinho maternal as compridas mãos brancas unidas em oração pelo filho amado. Nas colinas além da cena, outro milagre; sua própria igreja de Santa Maria Degli Miracoli fora transportada de Saronno para as colinas de Belém, e erguia-se, branca e delicada, em meio ao milharal estrangeiro. E na parede defronte, mais brilhante e melhor de tudo, a *Adoração dos Magos*. Aí Simonetta, naquele azul inigualável, segurava nos braços o bebê que era a estrela d'alva, quando os Reis chegavam para a luminosidade de sua ascensão. Tudo completo e deslumbrante; o estábulo reproduzido com tanta perfeição de perspectiva que parecia arquear fora da parede, os Reis e séquitos resplandecentes com joias tão brilhantes quanto a pele negra era escura, e os altaneiros camelos e cavalos andando a passos largos atrás da cena. E no entanto, apesar de todo esse esplendor, os olhos foram atraídos para aquela serena figura de azul.

Bernardino, ao seu lado, imóvel e calado, tinha a mão colada na face. Anselmo virou-se para o amigo.

— Mesmo para alguém como eu, que viu a obra em cada estágio, ainda é um milagre.

— Huumm.

Anselmo olhou de esguelha o amigo. O silêncio não era típico de Bernardino — ele em geral ficava muito satisfeito entoando os próprios louvores.

— Bernardino? Você está bem?

Bernardino não sabia. Com certeza achava que tinha alguma aflição. Visitaria o boticário se acreditasse na medicina. Mas sempre fora um animal tão saudável, tão imune a enfermidades e tão avesso aos que as ostentavam, que não confiava nas curas de tais homens. Tanto quanto não acreditava no poder de prece — a cura de uma força mais elevada. Mas era verdade que não se sentia normal. Vinho e comida não tinham sabor algum para ele. E as mulheres, menos ainda. Deus sabia que havia suficientes moças bonitas em Saronno; viu muitas assim olhando-o, enquanto ele vagueava nos fundos da nave à espera impaciente do término da missa para poder retornar mais uma vez aos pincéis. Qualquer uma delas seria sua; ele sabia que seus talentos conferiam-lhe uma atração já assegurada pela boa aparência. Mas não provara nenhuma delas — não tivera uma mulher desde que chegou a Saronno. Mas precisava responder a Anselmo.

— Estou muito bem, obrigado. Quem não estaria, depois de produzir uma obra como essa?

Assim era melhor. Anselmo, aliviado, sentiu-se encorajado a fazer mais uma pergunta, uma coisa que o desnorteara ao perscrutar mais de perto. Faltava alguma coisa.

— Já terminou?

— Sim, Anselmo. Pensei em deixar a Virgem sem rosto. Uma ninharia moderna para alguns gostos talvez, mas estou preparado para defender meu ângulo.

Anselmo agora ficou satisfeito porque o amigo se sentia melhor — o irônico jeito de falar retornara. O padre encaminhou-se mais para perto do afresco e examinou a pintura; com toda certeza, uma oval vazia onde se deveria ver o rosto de Maria. Não sabia por que não a vira antes, devido à forma tão irresistível com que a pessoa da Virgem atraía o olhar da cena ao redor dela. O azul do manto, o caimento do material, e a luz que parecia emanar daquela Santa Mãe, atraíam tudo em direção ao rosto, que não estava lá. Isso criava um estranho e incongruente espaço — a senhora usava, parecia, uma máscara, como faziam os venezianos, mas uma na qual não havia aberturas para boca nem nariz. Causava uma vaga perturbação.

Bernardino arrastava os pés atrás com um atípico andar envergonhado.

— Ela será concluída hoje. Mais uma sessão com *La Grande signoria*, a rainha de Castello, e tudo ficará pronto.

— Ela vem *hoje*? — perguntou Anselmo, incapaz de disfarçar a surpresa.

— Sim. — Bernardino estreitou os olhos com uma expressão inquisidora. — Por quê? Hoje é... o que, o vigésimo quarto dia de fevereiro? Há alguma obscura festa cristã da qual não sei? A primeira vez que o menino Jesus cagou num penico?

Anselmo olhou-o com severidade por tão grande irreverência.

— Nada. Não importa. E é bom que você já tenha quase terminado, porque alguém importante vai chegar aqui. O próprio cardeal, numa excursão oficial a Pávia, interromperá a jornada aqui amanhã e rezará a missa. Ele deseja ver o trabalho que encomendou. É uma grande honra.

— O cardeal de Milão? Amanhã?

— Sim. Tenho sua missiva aqui, que um cavaleiro trouxe ainda agora. Brandiu a carta enrolada a Luini. — Conhece Sua Eminência?

— Só por reputação.

Anselmo balançou a cabeça.

— Dizem que ele é... um homem exigente. Mas não creio que seja verdadeiramente severo nem cruel como dizem, mas apenas é rigoroso consigo mesmo no serviço de Deus, e isso o torna inflexível com os demais. A devoção nos leva por muitos caminhos diferentes.

Bernardino sorriu, impulsionado mais uma vez à ação.

— Desde que a devoção dele assuma a forma de me dar mais encomendas, não dou a mínima para seus métodos. — Bateu a mão na outra e esfregou-as contra o frio. De repente ocorreu-lhe a ideia de que sua salvação estava longe de Saronno, e logo ficou impaciente para concluir tudo, e ir embora. Sentia, aflito, que seu mal-estar relacionava-se de algum modo com Simonetta di Saronno. Talvez ela o houvesse enfeitiçado, o amaldiçoado, qualquer coisa do gênero. — Combinado, então. Vou pintá-la mais um dia. E então terei terminado tudo.

Mas ele não se referia apenas ao afresco.

A verdade era que perdera tempo, e evitara o fim do trabalho. E o motivo devia-se ao fato de que, pela primeira vez, não sabia se estava à altura da tarefa que estabelecera para si mesmo. Sentia-se inseguro mesmo se poderia satisfatoriamente capturá-la, de rosto inteiro, na parede. Seus outros afrescos mostravam a Virgem de perfil, oblíqua, com aqueles esplêndidos olhos virados do observador. Ainda não tentara reproduzir a força total da incrível beleza do olhar de Simonetta dirigido à frente, fora da parede. E não porque ela o detestava. Ultimamente, passara a ser mais gentil com ele e isso o fazia sentir-se em perigo. Luini endureceu o coração e tornou-se mais cáustico que nunca, mas ele tinha a sensação de que ela não se convencera daquela atitude diferente — que o via por dentro com aqueles olhos dela. Os dois ainda batalhavam, porém ele era o mais inflexível agora, e ela mais meiga. Desde que lhe contara sobre a infância — maldita debilidade! —, mais de uma vez vira uma compaixão em tudo indesejável naqueles grandes olhos. Uma ou duas vezes chegara até rir quando o provocou, e o som afetara-o muitíssimo. O rosto dela descia do celestial para o mundano, e os humores no corpo dele ferviam ao mesmo tempo em que o sangue nas veias regozijava-se no som. Ele seria mais duro hoje. Nada de espaço para os encantos dela.

Ele não se virou quando Simonetta entrou. Sabia que era ela porque a música de seus passos percorria-lhe os sonhos. Ignorou a emoção que sentiu com os passos que aproximavam e atirou-lhe o manto sem olhá-la.

— Apronte-se logo — ordenou, ríspido. — Temos muito a fazer, pois o próprio cardeal de Milão chega de visita amanhã, e preciso concluir o último rosto.

Ela não se mexeu e ele virou-se afinal para trás. Imóvel, tinha a fisionomia pálida e os sombreados. Fitava-o com uma expressão de derrota, não com seu olhar fixo de falcão. Alguma coisa estava diferente. Por algum motivo, achava-se enfraquecida. Luini triunfou.

— Por que continua parada aí? Não tenho tempo a perder.

— *Signor* Luini — diferente mesmo, pois ela nunca o chamara assim antes. — Não posso posar para você hoje.

— Por que não?

— Estou…indisposta.

— Indisposta? Que tenho a ver com isso? Não me interessa se está amaldiçoada por seus sangramentos de mulher, nem se algum moleque sem vergonha lhe emprenhou. Falamos de coisas mais elevadas aqui. Isto é arte. Agora se apronte logo.

Ela arquejou diante daquela rudeza, mas não o mordeu de volta como costumava fazer. Bernardino ficou desnorteado com essa nova Simonetta. Não sabia mais onde pisava. Achara que fizera uma avaliação completa de sua modelo, mas ela mostrava-lhe outra face então. Ele ficou perdido, debatendo-se, e isso o tornou ainda mais brutal.

— Então?

Ele mal lhe ouviu a resposta.

— Não é nada disso. — disse Simonetta. — Só que... hoje faz um ano que meu marido foi levado de mim.

Bernardino cerrou os punhos para estancar as marés de compaixão que irromperam dentro de si. Se as deixasse vazar, elas o engolfariam, e ele se afogaria no sofrimento pela triste situação dela. Lamentava, lamentava tanto, que lhe causara dor. Não a teria ferido por nada no mundo. Retornou aos pincéis — não podia demonstrar compaixão, nem deixá-la ver o quanto ficou horrorizado por sua própria crueldade. Se fizesse isso, achava que ficaria perdido — temia a força do que ele sentia.

— Sente-se — ordenou Luini, grosseiro, e ela sentou-se, como se vencida de uma vez por todas.

Na verdade, Simonetta se sentia, se tal coisa era possível, ainda mais entristecida esse ano que no último. Enquanto Lorenzo morria na batalha, ela vivia em Castello, esperançosa. Passou por todo o inverno sem saber que ele já estava morto — pensando que ele retornaria com a primavera. Mas a primavera trouxe apenas Gregório di Puglia para dizer-lhe que Lorenzo fora morto em fevereiro, quando a neve caía e espalhava-se pelo seu corpo. Achava inconcebível que ele houvesse morrido enquanto ela vivia — chegara a dançar e cear com os criados na Candelária, Festa da Apresentação de Jesus ao Templo, vivendo de sua esperança enquanto ele apodrecia. Lembrava bem o dia santo; ela e um grupo de senhoras nobres haviam brincado do jogo da almofada dourada, em que uma almofada dourada era lançada e agarrada, por uma taça de inestimável vinho português *hipocraz*, e aprisionada pelo Lorde da Desordem. Simonetta ganhara o jogo, levara o travesseiro prisioneiro, e enquanto esvaziava a taça oferecida pelo bobo da corte, *então*, bem então, o quente sangue vital de Lorenzo deve ter-se derramado no congelado chão lombardo. Ela sentia uma irracional e estranha culpa por não haver, de alguma forma, *sabido* o momento em que ele morrera. Um marido era a carne da nossa carne, unido a nós pelo mais sagrado dos sacramentos; com certeza, uma boa e religiosa esposa deve saber o momento em que seu cônjuge deixa de respirar. Mas não, ela não soubera. Essa culpa jamais abrandaria. Deve ter sido uma má esposa então — mas aqui sua memória não a enganaria. Simonetta não via nenhum lapso de fé, nem pecadilhos no passado dos dois. Não haviam sido apenas apaixonados, mas se amavam profundamente. Haviam-se unido numa única mente em todas as coisas. Como esposa, ela fora obediente, cumpridora dos deveres e casta. Por que então precisava carregar o fardo dessa culpa, não apenas a culpa por não haver sentido o falecimento de Lorenzo, mas a culpa desconhecida que sentira todo dia desde que olhara no rosto e forma de Bernardino Luini, e achou-o, mesmo sem querer, a mais agradável forma masculina que já vira, incluindo o próprio Lorenzo. A diabólica tentação do pintor tornava-lhe o querido Lorenzo mais amável, mais moderado e mais devoto aos olhos dela. Ansiava por ele e sentia saudade dele a cada instante. Neste ano, após as primeiras violentas tempestades de sua dor, e os meses seguintes de vazio, ela encontrara uma nova raiva e resolução desencadeadas pela pobreza. Questões de dinheiro levaram-na a encontrar-se com dois homens muito diferentes — Manadorata tornara-se seu amigo, e Bernardino, seu inimigo. Ambos a haviam sustentado de diferentes formas. Manadorata dera-lhe socorro e Bernardino dera-lhe raiva, e ela tinha suficiente perspicácia para saber que devia a vida aos dois em igual medida. Agora, com Lorenzo há um ano desaparecido, começara a ocorrer-lhe que não havia fim para sua perda, que ele continuaria desaparecido um ano depois, e que continuaria desaparecido no ano seguinte, e no seguinte, até o fim de sua vida. Não conseguiria sequer ficar zangada com Luini hoje, não importa o que ele dissesse dela. Sentia-se sem graça e vulgar, e os desperdícios do futuro se estenderiam até o dia do Juízo Final. Sentou-se na escada da capela-mor, em seu manto azul, e lágrimas brotaram e derramaram-lhe daqueles inigualáveis olhos.

Bernardino viu-as no mesmo instante, pois não tirara os olhos do rosto dela. Era o que mais temera. As lágrimas de Simonetta. Sabia que não resistiria àquelas lágrimas. Diamantes formavam-se e caíam-lhe dos olhos — os olhos que o arrastavam para uma confusão de emoções. A cor do céu acima do amado lago da terra natal, o Lago Maggiore; o lago e o céu, o céu e o lago; tornavam-se uma unicidade azul quando ele estreitava os olhos. Os anjos inspirando e expirando, inspirando e expirando, a marulhar a maré que não existia ali. O último toque da mão do pai em seu ombro quando abandonara Bernardino para sempre. O amor pela mãe, a última mulher que o fizera verdadeiramente feliz. Não pôde mais suportar e então foi até Simonetta. Às margens do lago, avançava com dificuldade pela maré das lágrimas dela, ajoelhava-se como se em súplica, tomava-a nos braços e beijava-lhe com vontade na boca, sentindo os braços da amada em volta dele e sob seus lábios ela abrir os dela. Saboreava-lhe as lágrimas — salgadas, não doces — e saboreava a cura dele. Soube logo, afinal, o que o afligia; e tudo ficou bem num instante. Ele encontrara o graal. Amava Simonetta di Saronno, e soube naquele incrível momento que ela também o amava.

17

Gregório muda mais uma vez a vida de Simonetta

Gregório di Puglia passara a embriagar-se de novo. Desde que o inverno começara a aumentar, ele abandonara os afazeres ao ar livre e passava a maioria dos dias sentado nas cozinhas da vila Castello vendo Rafaela trabalhar. A cozinha era o único lugar quente na casa, pois a grande fornalha ardia ali o dia todo. Os imensos fornos de alvenaria, que outrora rugiam durante horas para preparar os suntuosos banquetes da mansão, achavam-se agora enegrecidos e vazios; os lares de milhafres e garças que ali se aninhavam, cobrindo os tijolos enegrecidos com seus dejetos brancos foscos.

Assim, Gregório sentava-se à mesa, enquanto Rafaela espalhava farinha na bancada para amassar a parca massa para o pão. Neve, a farinha caía como neve — a neve que ele não desejava lembrar. Gregório tornava a tomar profundos goles da caneca cinzenta. Embora ainda fosse pouco o que se tinha para comer na vila, o ex-escudeiro conseguia preparar a própria *grappa* usando sementes de uva e um primitivo alambique que ele construíra. A bebida fermentada resultante era puro branco, cheirava mal e queimava a garganta, mas Gregório tomava-a para entorpecer-lhe os dias.

Rafaela também ajudava — era uma bonita moça e confortara-o bastante esse ano. Mas hoje nem sequer a visão de seus seios balançando enquanto socava a massa podia confortá-lo. Gregório sabia por quê, claro. Fazia um ano que lutara lado a lado com seu amo, e o amo morrera e ele vivera.

Embora não houvesse sabido, partilhara muito com Simonetta, a ama de quem pouco conhecimento tinha. Também sentira uma esmagadora culpa durante o último ano, e também duvidara da própria fidelidade a Lorenzo. Não poderia, por alguma posição diferente, uma nova ação ou giro deslocado da espada, haver salvo o homem a quem amava como um irmão? Não poderia ter-se atirado na frente da saraivada de chumbo que derrubou Lorenzo? Nas canecas de aguardente, sentia que fizera tudo que podia por seu amo e tornava-se sentimental ao lembrar que foi um arcabuz que o levara. Mas à luz do dia, quando lhe doía a cabeça no cinzento amanhecer, a consciência aguilhoava-o, e ele sabia que pelas regras do cavalheirismo devia ter renunciado à vida antes de Lorenzo expirar. Haviam combatido juntos tantas vezes, e brincado juntos na estrada além da conta, enquanto seus cavalos seguiam no mesmo passo. Haviam dividido a comida da mesma tigela e até partilhado uma cama no campo, desenrolando os tapetes um junto ao outro em busca de calor. Nada tinha do grande senhor feudal em Lorenzo — os dois meninos eram da mesma idade e haviam sido criados juntos como irmãos. O pai de Gregório fora o escudeiro do pai de Lorenzo, e Gregório conhecia Lorenzo havia muito mais tempo que a própria esposa o conhecera. Lorenzo não admitia nenhuma diferença entre eles, e ensinara Gregório a ler e escrever como lhe haviam ensinado. Sua senhora, por outro lado, sempre fora mais da aristocracia. Quando Lorenzo se casara e trouxe Simonetta a Castello, Gregório fora posto para fora. Segundo as regras do amor refinado, ele sabia que o amor de escudeiro e um amo era um elo que nunca poderia ser rompido, mas a devoção de Lorenzo à bela donzela esguia e graciosa rompera a parceria deles por algum tempo, substituindo o ideal cavalheiresco de ambos pelas doçuras do amor conjugal e mundano. No entanto, Lorenzo retornara; logo se viram mais uma vez em guerra, e de volta à estrada, percorrendo a Lombardia e além dela, em nome da causa, qualquer causa, pois o amor de Lorenzo pela guerra intensificou-se com a riqueza que lhe trouxe o casamento. Logo os dois jovens tornavam a ficar unidos como sempre haviam sido.

Gregório conhecia Simonetta apenas um pouco. Ela parecera tímida e distante, mas após a morte de Lorenzo ele encontrara calor humano na ama, haviam-se unido na dor e na raiva, e além de respeitá-la ele começou a gostar dela como nunca antes. Com o desaparecimento do objeto da devoção dos dois, eles se reuniram, e o amor de Rafaela pela ama, que florescera na ausência dos homens, servira apenas para melhorar as ideias que tinha da senhora. Simonetta revelara-se, contudo, valente e corajosa nas novas circunstâncias da vida, e embora Gregório não pudesse aprovar-lhe a nova aliança com o judeu, ela de fato parecia ter algum esquema em andamento para salvar Castello e o sobrenome de família — o nome de Lorenzo. Por isso, hoje ele tinha bom conceito da senhora, e sabia que ela também sofria.

Nesse estado de sentimentalismo provocado pela embriaguez, para bloquear a neve e o sangue de sua memória, fez uma desajeitada tentativa de agarrar os seios de Rafaela e receber o conforto que ela tão bem sabia dar. Rafaela, dividindo o pão, afastou-o com um tapa e deixou uma farinhenta marca para empanar-lhe a mão da espada.

— Deixe-me em paz. Isso precisa ser feito antes de minha ama retornar, senão nada haverá para a vigília desta noite.

Simonetta planejara uma vigília à noite, para os três se reunirem com velas e rezar por Lorenzo. O pão, a ser feito na forma da cruz, era para lembrar-lhe o falecimento e orar pela sua ressurreição. Gregório grunhiu. Sentia a necessidade dos prazeres da cama para aquecer-lhe os ossos e o coração.

— Aonde foi ela, num dia como este?

— Aonde? — Rafaela passou a mão pela testa e afastou uma mecha de cabelos escuros dos olhos. Instalou-se atravessada ali como um corte. A lembrança espicaçou mais uma vez Gregório, pois sofrera naquele mesmo ponto da testa um corte que lhe enrugava as nobres sobrancelhas. — Aonde você acha que ela foi? À igreja, seu beberrão, para rezar pelo querido senhor. Talvez você devesse fazer o mesmo.

Rafaela não estava com paciência para Gregório. Aos pés dela daquele jeito e com aquela expressão submissa, ele a aborrecia. Amava-o muito, mas nesse dia desejava vê-lo bem longe.

Gregório levantou-se, vacilante.

— Muito bem — disse. — Também vou até lá e rezarei pelo melhor homem que já conheci.

Rafaela arrependeu-se na mesma hora, porque sabia que ele amava o amo de verdade.

— Sim, vá —disse ela com mais brandura — e traga nossa senhora para casa sã e salva, pois congela lá fora.

Assim, mais uma vez, Gregório tomou o caminho de Castello. Um ano, porém, trouxera diferenças. No ano anterior, ele se dirigira para a casa, e neste ano afastava-se dela. Um ano antes, tinha pleno conhecimento de que ia mudar a vida de Simonetta para sempre. Desta vez não sabia. Neste ano, Gregório di Puglia chegou à igreja, onde comparecera com Lorenzo ao casamento deste, para rezar na missa pela alma do amado amo. Mais uma vez encontrou a senhora Di Saronno, não para vê-la chorando numa janela, mas na escada da capela-mor da igreja de seu casamento, no apaixonado abraço de outro homem.

18

A pintura favorita do cardeal de Milão

Gabriel Sólis de González, bispo de Toledo e cardeal de Milão por atribuição própria, tinha uma particular admiração pela obra de Paolo Uccello. O cardeal era um amante da arte, quando as ocasionais crueldades da sua ocupação permitiam-lhe o lazer para examiná-la. Apreciava a composição de Fernando Gallego, as talentosas pinceladas de Luís Dalmau e o domínio da perspectiva de Pedro Berruguete nas cidades de sua terra natal. Mas, para seu gosto, não existia nada no âmbito cristão que se comparasse à cena do retábulo da igreja da Irmandade de *Corpus Domini,* em Urbino. Mas como Uccello cometera a indelicadeza de morrer antes de o próprio cardeal encontrar-se numa posição para encomendar-lhe arte religiosa, ele teve de dar preferência a gente como Bernardino Luini. No acabamento, Luini talvez superasse Uccello, embora fosse menos esclarecido em relação ao tema retratado. Mesmo assim, seu estilo era sem dúvida superior. O cardeal divertiu-se com uma presunçosa análise minuciosa das influências de Luini; contrastavam agradavelmente os matizes lunares do estilo neogótico de Bergonone com o luminoso realismo encorpado de Foppa, com talvez uma sugestão do classicismo arqueológico de Bramantino? Sim, Luini fora com certeza o autor de algumas impressionantes obras, sobretudo na *Abbazia* em Chiaravalle, aonde seus talentos haviam sido levados pela primeira vez ao conhecimento do cardeal. Lá a obra dele o tornava o homem certo para um trabalho que o cardeal tinha em mente. Não era nenhuma tarefa pequena — a de trazer de volta a fé a uma região que adoecera com *accidie*, o pecado da ociosidade na religião.

Após a expulsão dos judeus dos reinos da Espanha, em vista da opção de conversão ou exílio, fora natural o estabelecimento deles ali, na recente província espanhola de Milão. Essa segunda invasão preocupou o cardeal e foi parte do motivo de ele haver desejado um afresco ali, no centro de toda a província, para promover a devoção dos lombardos. A Lombardia era um cadinho cultural, e sempre fora desde os anos 1230, quando os lombardos deram refúgio aos albigenses da seita dos cátaros e o lugar se tornara um baluarte de heresia. Agora, séculos depois, ocorria uma crise de fé por causa da guerra — após uma tragédia humana, os ignorantes sempre questionavam Deus — porém, mais que uma preocupação para o cardeal foi o fato de uma afluência de indesejáveis. Um vento diabólico transportara-os da Espanha junto com o exército. O pensamento fazia o cardeal cobrir a boca com as mãos, como se para impedir a entrada do miasma. Haviam chegado ali trazidos pelos ventos como uma peste; transportado nos navios como uma praga. E a Igreja não os detivera. A lei canônica permitira-lhes a entrada ali sob a a condição de que emprestassem dinheiro aos cristãos. O cardeal não sabia se Bernardino Luini era um verdadeiro devoto, mas na verdade o caráter do artista pouca importância tinha desde que a obra inspirasse devoção. Seu mestre Leonardo era famoso na corte dos Sforzas com igual reputação de visionário e lunático.

Assim, no caminho para a missa inaugural dos afrescos da igreja do Santuário de Santa Maria dei Miracoli, em Saronno, o cardeal deixou a mente vagar para aquela outra igreja em Urbino, onde se subia a colina até as grandes portas, e se entrava na penumbra perfumada de incenso. No aromático calor, atravessava-se a nave para o altar, parando para genuflectir-se diante do altar. E acima deste, uma maravilha das maravilhas. O *Milagre da Hóstia Profanada*, a pintura preferida do cardeal. A descrição de Uccello, com a cena, pintada na borda inferior do altar, de judeus sendo queimados na fogueira, era muito impressionante, e a pintura feita com tanto esmero na apresentação da profanação das hóstias que o espectador sentia o calor do fogo e o cheiro da carne carbonizada dos infiéis. Lá, como um jovem e estrangeiro, recém nomeado para o Vaticano, ele fora a Urbino ver essa nova obra-prima. Enquanto as cores e dourados da pintura salientavam-se cintilantes da escuridão, o jovem cardeal Sólis de González teve uma verdadeira experiência religiosa. Numa paisagem árida, chamuscada, sob um céu escuro e uma árvore de onde brotavam estrelas, um judeu de chapéu vermelho, túnica e calça justa azuis, olhava em agonia as chamas embaixo lamberem-lhe os pés. Mais abaixo nas chamas, quase consumidas, ardiam duas crianças de cabelos dourados e vestidas de preto. Dez homens e quatro cavalos parados assistiam à explosão, com expressões tão distanciadas quanto à do jovem cardeal que então as olhava, retesando o pescoço ao erguer a cabeça para ver melhor, ficar mais perto. Ele inclinou a cabeça para trás como se bebesse, como se engolisse o sangue, o próprio sangue transubstanciado que os judeus macularam. Se pudesse subir numa escada, uma escada preta como a da pintura, a que levava à árvore e ao anjo que as sobrevoava acima para prestar testemunho, teria subido e encostado o rosto na pintura numa orgia de êxtase religioso e sádico. (Mais tarde, analisando o momento como era de seu feitio, o cardeal perguntou-se se a descrição do *auto da fé* o fizera lembrar-se de casa.) Retratado acima da cena dos judeus em chamas, o duque Federigo da Montefeltro e seu séquito aparecem no segundo plano do painel superior do altar-mor. O cardeal aprovava o duque e seu senso da proporção certa dos relativos desafios ao modo de vida cristã na península. Pois incluiu as ameaças externas, especificamente, a invasão de turcos otomanos, abaixo das preocupações com o adversário interno, os judeus locais. Uma cidade expurgada daqueles elementos seria na verdade, segundo o cardeal, uma utopia. Esse expurgo pictórico devia, em sua opinião, ser refletido na realidade em todo povoado e cidade da península, assim como se refletia no antigo território. O que era simbólico devia tornar-se real, e o ato blasfemo da profanação da hóstia ser vingado.

Viu a pintura quando jovem, e jamais a esquecera. Os cabelos e a barba haviam encanecido e os olhos enfraquecido, mas ele continuava a ver aquelas pinturas feitas ao longo da borda inferior do altar no olho da mente. Seus acólitos mais jovens o reverenciavam quando ele passou a assemelhar-se à descrição de Deus de um pintor, na verdade, porém, não tinha divindade alguma em si. O ódio pelos judeus consumira-o, e tingiu-lhe o coração com um tom mais escuro. O cardeal não era nenhum defensor de Martinho Lutero — o camarada fizera mais mal que bem nessa chamada Reforma dele. Mas num ponto pelo menos Lutero acertara — numa carta ao amigo do cardeal reverendo Spalatin de Gênova escrevera:

"*Cheguei à conclusão de que os judeus irão sempre amaldiçoar e blasfemar Deus e seu rei Cristo, como vaticinaram todos os profetas...*"

Mas não conseguia convencer-se a concordar com os sentimentos que seguiam:

"*Por eles serem em consequência entregues pela ira de Deus à condenação às penas eternas, é que talvez se tornem incorrigíveis, como dizem os Eclesiastes, pois todo aquele que é incorrigível torna-se pior, em vez de melhor, pela correção.*"

Cardeal Sólis de González acreditava na correção dos incorrigíveis, e pretendia vê-la posta em prática.

Como fora feita na Espanha.

Tais eram suas agradáveis reflexões ao entrar em Saronno acomodado na liteira e acompanhado pelos guardas de farda escarlate. Não poderia haver esperado tão grande injúria nos afrescos ali, mas apesar disso agradou-o ver sua fé refletida em primorosa pintura, e sentiu-se tão satisfeito com o trabalho que encomendara como se ele próprio o houvesse pintado. Acenou com os anéis cravados de pedras preciosas da janela de sua liteira num gesto límpido aos cidadãos que se enfileiraram nas ruas para ver o espetáculo que lhe agradava criar. Alguns aplaudiam de uma forma aleatória. Ele varria os olhos pelas multidões negligentemente com pena e desprezo. Não podiam resistir a uma procissão, era uma impressionante visão nesses tempos de penúria; uma amêndoa para um papagaio. Sabia que os judeus se haviam estabelecido ali, mas o satisfazia o fato de que nenhum estivesse nas ruas neste dia, pois mandara proclamar que desejava impor um toque de recolher, ordenando que todos os Infiéis permanecessem dentro de casa quando ele passasse.

Um estava lá para testemunhar sua vinda, contudo. Ficou atrás da multidão, silenciosso enquanto outros aclamavam, sob o disfarce de um capote de monge com capuz. Tinha os claros olhos cinza, o cinza do mar frio que ele atravessara para chegar ali, fixos na liteira e no rosto do ocupante. Conhecia o cardeal, e o cardeal o conhecia. Houvesse o cardeal examinado os espectadores com verdadeira atenção, em vez de ficar perdido na lembrança das imagens de sua pintura favorita, talvez tivesse visto a figura encapotada afastar-se quando ele passou, e o manto aberto pelo vento exibir um reflexo dourado.

19

A Virgem sem rosto

Os sentidos de Simonetta falharam-lhe.

Ela ouvia as palavras da missa sendo entoadas, mas mal entendia o que diziam. Mal viu o cardeal e seu séquito ao fazerem o solene avanço incrustado de joias pela nave. Não sentiu o cheiro do incenso nem o gosto da hóstia branca como a lua quando lhe foi apertada na língua. Não conseguiu erguer os olhos do cálice ao provar o sangue de Cristo no altar. Continuava a sentir, contudo, ah, sim. Não fora poupada daquelas sensações. A marca da quente boca de Bernardino na dela permanecia em seus lábios como a mancha roxa do vinho tinto. Levou os compridos dedos à boca para afastá-lo, apagar a mancha de traição. Curvara-se sob a vergonha.

Fora ali para orar, pois os pecados eram grandes. Como pôde deixá-lo beijá-la — nos próprios degraus onde ela jurara fidelidade a Lorenzo? A lembrança de que fora ele quem a beijara primeiro não lhe trazia alívio algum — ela não podia esquecer que abrira os lábios sob os dele, que as línguas se haviam tocado, que afundara naquele abraço. Abraçara-o com força e gratidão, sentindo a felicidade que havia esquecido. Nem sequer a felicidade que, se ela fosse honesta consigo mesma, sabia que jamais sentira. Essa compreensão fizera-a desprender-se afinal. Correra dele então, a soluçar, e não voltaria. Passara por uma figura no vão da porta, mas não vira o rosto do devoto, cega como estava por lágrimas de mortificação. Bernardino seguira-a, mas ela cavalgara rápido, desatenta aos caminhos cobertos de gelo que ameaçavam as pernas do cavalo. A neve açoitava-lhe o rosto, mas não esfriava o ardor ardente de suas faces.

Simonetta passou uma longa noite insone de lágrimas e remorso, mas chegou a uma decisão quando o amanhecer tornou os céus cinzentos. Sabia que ele ia procurá-la, e que ela não teria a força para mandá-lo embora. Portanto, precisava ir mais uma vez à igreja, na segurança de números para enfrentá-lo uma última vez, e dizer-lhe que não podiam ficar juntos. As ideias de vê-lo de novo e de não vê-lo nunca mais eram igualmente dolorosas. E sentar-se ali, agora, no mundo de cor e santidade que criara para a igreja, era na verdade tortura. Testemunhar seu milagroso talento, e saber que um homem como aquele a queria, era quase mais do que ela podia suportar. Um imenso relicário fora posto diante da figura da Virgem — a figura dela — pelo diplomático Anselmo, que não sabia do incidente, mas apenas que a Virgem não fora concluída. Atrás do ostensório que abrigava um fragmento da Cruz Verdadeira, sentava-se a Rainha do Céu sem um rosto. Anselmo achava que apenas três pessoas sabiam desse fato, mas na verdade eram quatro. Simonetta estremeceu. Percebeu que Bernardino estava nos fundos da igreja, rondando como um vira-lata. Sentiu os olhos dele pousarem nela, e as lágrimas queimaram-lhe a garganta.

Ele deslocava-se de um lado da abside ao outro, dando voltas sobre si mesmo como um lobo que avança nas curvas de um oito. Sentia-se mais ansioso que o habitual para a missa terminar. *Precisava* falar com ela. Além de impaciência, também o consumiam alegria e expectativa. Ela precisava saber, como agora ele sabia, que o amava. O beijo dissera-lhe, dissera aos dois. Agora Bernardino encontrava o centro da vida. Seus males se haviam curado. A nota dissonante que lhe tocava no coração encontrara a verdadeira cadência e repercutia um suave acorde na alma. Tinha a cabeça cheia de poesia e o corpo cheio de calor. Não podia esperar para possuí-la — tudo precisava abrir caminho diante do amor deles. A ideia de trovador do amor cortês não era para Bernardino; tudo não passava de suspiros e gemidos em vão pelo amor de uma dama distante que jamais poderia ser possuída de verdade. A angústia, os escrúpulos, o marido e o Deus de Simonetta não podiam significar nada para eles. Viveriam como no tempo antigo à maneira antiga, quando os pagãos não tinham permissão para ouvir os cânticos de coros sagrados, mas apenas o dedilhado de seu sangue. Não existia nenhum céu, nem vida após a morte, pelos quais esperar. O céu era ali, e quando eles morressem seus ossos virariam pós a ser derramados juntos na terra por toda a eternidade.

Ele a via agora — ele a reconheceria em qualquer lugar. Sentava-se no meio da congregação ao lado daquela sua criada, a cabeça curvada sob um capuz. Mas reconhecia tão bem o caimento do tecido no corpo dela e o ângulo de sua cabeça, que a viu de imediato. Ela não o olharia, mas se ele pudesse apenas falar com Simonetta, e abraçá-la mais uma vez, sabia que tudo ficaria bem.

Rafaela observava a ama. Não sabia que indisposição a afligia, mas talvez fosse o mesmo mal-estar que atormentava Gregório. Também sabia que os dois haviam sentido profundamente pelo dia da morte de Lorenzo, mas vira essas novas efusões de dor como se a perda houvesse acabado de ocorrer, e não um ano antes. Durante toda a noite da véspera, a ama chorara junto às velas da vigília do senhor, mas a reação de Gregório foi ainda mais estranha, pois ele nem sequer participou da vigília. Chegara ao amanhecer, fedendo da taverna, os olhos vermelhos de lágrimas e vinho. Não apresentara nenhum pedido de desculpas à ama, mas um olhar tão cheio de veneno que a criada não pôde deixar de vê-lo. Sempre agira como um respeitoso escudeiro, o que a deixara perplexa, mas fora obrigada a adiar as perguntas, pois Gregório caíra em profundo sono, e ela e a calada ama tinham de preparar-se para a igreja. Rafaela imaginou que o mistério seria desvendado após a missa. Acompanhou a senhora de volta aos assentos depois de receberem o sacramento, e correu os olhos pelos fiéis à procura de envergonhado Gregório. Mas ele não comparecera. Supôs que continuasse curando no sono a embriaguez do vinho, e não ia aparecer na missa. Mas se enganou.

Enquanto todos silenciavam em oração de graças pela hóstia, as portas se abriram, cabeças se voltaram e viram o próprio Gregório entrar cambaleando na igreja. Avançou, dando voltas pela nave, quando todos se viraram para olhá-lo. Bernardino parou, atônito, com um terrível pressentimento, pois via ali o homem que viera na véspera à igreja. O homem pelo qual ele e Simonetta haviam atravessando a porta, ela em fuga e ele em sua perseguição.

O cardeal, esforçando-se para ler os textos, continuou a entoar a *Ave-Maria* com os olhos no livro dos livros. Mas quando ele citou a Virgem santa, Gregório desatou a rir, uma risada maníaca, horrível, e o próprio cardeal interrompeu-se. Cravou no intruso um olhar gélido e fez sinal aos seus guardas escondidos. Saíram como se fosse apenas um de trás dos pilares idênticos da divisória do coro e avançaram para pegá-lo. Tomaram um braço cada e o puxaram para a porta quando Rafaela arquejou de angústia. Mas a nave era comprida, e Gregório teve muito tempo para dizer o que queria dizer.

— A Rainha de Céu, decerto. Mas sabia, sua Eminência, que o modelo para a *Virgem* — ele cuspiu a palavra — não é Maria Mãe de Deus — persignou desajeitadamente —, mas

Maria Madalena, a primeira entre as *prostitutas*. — Bernardino avançou então, rápido como um gato. Não sabia se derrubava o escudeiro ou tentava silenciá-lo, mas se deteve de chofre. — E aqui está seu sedutor — vociferou Gregório. — Seu gênio, o grande Bernardino Luini. — Gregório ficara sabendo tudo sobre Luini na taverna na noite anterior, e menosprezou o que soube. Sua injúria de embriagado retornou-lhe e continuou a fluir. — Como pode um homem viver assim, pintando imagens bonitas, seduzindo as esposas de bons soldados? Um homem que nunca viu um campo de batalha, nem sentiu o punho de uma espada nem a ponta dela quando entra na carne. E aqui eles se escondem, aos beijos e arrulhos como pombas na casa de *Deus*. Cuspo em vocês dois. — Combinou a ação com as palavras, mas a espessa saliva escorreu pelo contorcido rosto e juntou-se às lágrimas. — Como pôde, minha senhora? — interpelou diretamente a Simonetta, a voz grossa de pesar e bebida. — Ela o encarou, mas desviou logo os olhos, intimidada pela dor que viu ali. — A senhora se casou aqui! Casou! E com um homem que vale milhares dele. Um homem que lutou e morreu por nós todos. Como Cristo! Sim, como o próprio Cristo! — Gregório tornou a elevar mais a voz quando seus confusos pensamentos tomaram forma, e as analogias irromperam nele como um golpe de raio. — Cristo que morreu na cruz, e cuja cruz agora esconde a vergonha de vocês. — Com um novo zelo, libertou-se e saltou para o relicário. Antes que o pudessem deter, derrubou-o no chão e revelou a Virgem sem rosto no centro da Adoração dos Magos. O ostensório rolou e caiu, os painéis de vidro rubi seguraram o fragmento de madeira ileso dentro, mas a queda estrondeou no silêncio. Gregório foi logo recapturado, mas gritou acima da escaramuça. — É, lá está ela. Mas não foi terminada, não; porque eles ficaram ocupados demais em seus prazeres do corpo para pensar no céu.

Os fiéis olharam, chocados com tal iconoclastia. Fitaram a Virgem inacabada e desviaram os olhos de novo para a senhora de Saronno. Bernardino parara, atônito, e Simonetta continuou em pé, empedernida e imóvel como um pilar. O choroso apelo a ela e as lágrimas de Gregório haviam-na afetado mais que a raiva dele; mais que a queda do relicário, mais que a revelação do afresco incompleto. Não podia culpá-lo; ele tinha razão, e era muito mais leal que ela.

O escudeiro terminara, afinal; desabou e soluçou, agora dócil quando os guardas o recapturaram e puseram-no para fora. Simonetta e Bernardino eram de repente os dois únicos que permaneciam em pé na igreja. Entreolharam-se por cima dos estragos desertos, separados para sempre agora. Ela baixou a cabeça e afundou no assento, olhos secos, e sentindo-se totalmente derrotada quando se intensificou a algazarra ao redor. Os olhos eram como flechas pontiagudas, as palavras, como farpas enterradas na carne, e ela viu que merecia todas. Bernardino continuou em pé sozinho então, cheio de horror de que os novos e tenros rebentos do amor dos dois haviam sofrido as letais geadas de escândalo antes que tivessem chance de brotar. Os olhos do mundo caíam sobre eles, julgando-os, avaliando-lhes o valor com dedos sujos e declarando-o indesejável.

O cardeal em sua cadeira cerimonial encarava os dois, os olhos límpidos, pálidos e perigosos. Não podia aprovar o que ouvira e vira; sabia apenas que o desrespeito, a heresia e a licenciosidade haviam entrado na casa de Deus, e manchado os afrescos que ele planejara e pagara. Agora as milagrosas pinturas se haviam escurecido em seus olhos. Não via os santos nem os anjos, apenas as feias expressões de pecado escritas em letras grandes naqueles rostos. Examinou o casal diante de si e viu os mesmos pecados escritos ali. O momento foi interrompido quando os guardas tornaram a entrar, e o cardeal falou essas palavras; as primeiras que proferira não em latim, mas em milanês, para que todos entendessem:

— Prendam-no.

20

São Maurício e Santo Ambrósio batalham

— Vão prendê-lo?

O rosto de Amaria iluminado pelo fogo avivava-se de preocupação.

— Quem? As *Commune* de Pávia? — perguntou Nonna. — Nunca. Os suíços não têm amigos aqui, ninguém sentirá a falta deles. Ninguém gosta de mercenário. As famílias moram muito longe na Suíça. Vão sumir com os corpos, para nunca serem encontrados. Os cidadãos de Pávia talvez sejam covardes, mas são rápidos na limpeza dos negócios após o fato. Tudo será despachado sem demora e em segredo. O descontentamento com os modos dos suíços vem fermentando há muito tempo. Isso vai lhes prestar um bom serviço.

Selvaggio ficou calado ali sentado diante do fogo, esfregando a mão da espada onde retinira como um sino com os golpes. Três golpes; e cada um causara a morte. A espada viera para casa com eles. Selvaggio, em um gesto que desconhecia ser seu, embainhara-a no cinto, para protegê-los de outros desafios no caminho de casa. Ele a enterraria depois, mas por enquanto ficou no canto da lareira. Embutido no punho, piscando com um olhar reprovador à luz do fogo, via-se o amuleto de São

Maurício, o mártir da legião tebana. Os suíços mantinham as medalhas do santo perto e confiavam em sua proteção. Mas hoje Santo Ambrósio predominara. Na cabeça de Selvaggio os santos haviam lutado e São Maurício perdera. Santo Ambrósio protegera os devotos, no seu dia santo, aquela luminosa moça que tinha o nome dele. Selvaggio olhava Amaria onde ela se sentava na única cadeira, aquecendo-se junto ao fogo. Nonna envolvera a neta que tremia de frio com uma pele de ovelha e dera-lhe uma xícara de caldo. Ficara muito chocada com o que lhe haviam contado, mas o salvamento de Amaria por Selvaggio aquecera-a tão por completo que não sentia nenhuma necessidade do fogo. Mas a mandíbula de dentes de Amaria trepidava como um macaco e as mãos tremiam até a tigela de madeira estrepitar de encontro aos dentes. Selvaggio tomou-lhe as mãos na sua, aquecendo-as em volta da tigela.

— Já passou — ele gaguejou. — Eles se foram e não podem mais machucar você.

Amaria não disse o que temia. Embora tivesse se emocionado com a ação e força dele para salvá-la, ela temia que Selvaggio, seu querido e amável Selvaggio que não machucava uma pulga, também fosse embora.

21

Os sinos de Santa Maria dei Miracoli

Como disse com toda razão Gregório, Bernardino não era um soldado. O pintor fugiu. Se houvesse tempo para refletir, talvez tivesse se divertido com a irônica virada de sua sorte, pois ali estava ele, vinte anos depois, correndo mais uma vez de dois guardas uniformizados em defesa da virtude de uma mulher. Mas jamais sentira menos disposição de rir na vida — pois perdera, parecia, seu amor, e não se dispunha a perder também a liberdade.

O caminho para a porta de entrada da igreja achava-se defendido por guardas, e assim, sem nenhuma ideia clara por quê, dirigiu-se à porta lateral para a torre do sino — sua torre do sino —, subiu pela escada e içou-se pela corda como um macaco. Conhecia muito bem o caminho pela escuridão, as cordas e o ameaçador sussurro baixo dos sinos. Elevou-se afinal até seu quarto onde dormira aqueles longos meses. Embora não os ouvisse seguindo-os, eram homens muito mais pesados que ele, e armados, mas iam acabar por encontrá-lo. Luini era um rato numa armadilha. Então compreendeu. Não viriam atrás dele. O cardeal tinha um modo muito mais eficaz para obrigá-lo a descer.

Bernardino sentiu um mudo horror ao ver se retesarem as cordas do carrilhão e os maciços sinos rangerem para cima, ridicularizando-o com aquelas abertas bocas escuras. Tapou os ouvidos pouco antes de baterem as grandes línguas, mas mesmo assim o barulho atingiu-lhe o corpo com um golpe desferido para parar seu coração. Gritou então, mas não conseguiu ouvir-se. Desesperado, enquanto os gigantes gêmeos urravam repetidas vezes, olhou das quatro janelas em arco e enfrentou os quatro ventos que o obrigaram a recuar para dentro com rajadas geladas. Não viu nada do que tinha embaixo, quando a respiração do inverno e a insuportável música dos sinos fizeram brotar-lhe lágrimas dos olhos. Orelhas e nariz choravam sangue em solidariedade. Ele sabia que tinha de ir embora antes que enlouquecesse, mas não podia descer de volta para as mandíbulas do leão. Por fim, dirigiu-se à janela que dava para o norte — pois era no norte o lugar onde ficava o Lago Maggiore —, mergulhou e desceu para a noite estrelada, enquanto as estrelas se dissolviam.

Pousou com uma trituração ruidosa, estirado sem ar, mas os galhos de uma árvore amiga estendidos sob suas costas disseram-lhe que a queda fora interrompida. Não conseguiu levantar-se sozinho, mas teve ajuda. Uma silhueta escura aproximou-se e curvou-se. Bernardino tomou a mão oferecida e foi içado de pé.

— Pode andar? — foi o urgente sussurro.
— Sim.
— Correr?
— Acho que sim.
— Então faça. Siga-me.

Ao longo de ruas isoladas e por estreitos becos, seguiu a figura que parecia um urso. Os músculos de Bernardino estalavam e as costelas doíam-lhe. A neve aguilhoava-lhe os cortes de folha no rosto, e ele sentia o gosto do sangue que os sinos lhe haviam arrancado do nariz. Talvez corresse direto nas mandíbulas de uma armadilha, mas não se importava — qualquer coisa seria melhor que os assassinos brutamontes de um impiedoso cardeal.

Por fim, chegaram a uma porta, deu-se uma batida e seu salvador virou-se para partir. A memória de Bernardino lembrou um fato conhecido. Antes, numa diferente porta, fizera a mesma coisa por um menino que dele precisou. A ideia o fez segurar o braço do outro quando o viu encaminhar-se para desaparecer na noite. Seu salvador voltou-se e fulgiu-lhe olhos prateados por baixo do capuz.

— Onde estamos? — murmurou Bernardino no meio do sangue.

— Na casa do padre. Acho que ele é seu amigo, não?

— Por que faz isso?

— Porque se você me socorre e aos meus, também deve ser socorrido.

Com essa enigmática resposta, o salvador de Bernardino foi embora. A porta se abriu, e Bernardino desabou por ela nos braços da cansada criada do padre Anselmo. A alma maternal cacarejou acima dele, pois Bernardino lhe era conhecido pela amizade com seu amo. Bernardino, estonteado pelos acontecimentos, não pôde responder às perguntas da mulher. Talvez a queda lhe houvesse danificado a cabeça, pois teria jurado que a mão que o içara para pô-lo de pé era feita de ouro.

21

Alessandro Bentivoglio e o mosteiro em Milão

Bernardino perambulava ao redor da casa bem equipada, remexendo de vez em quando em objetos com pequenos movimentos nervosos e pondo-os de volta no lugar. Quando tinha tempo para pensar em qualquer coisa que não na perda de seu amor, perguntava-se por que haviam concedido a Anselmo, que sempre parecera um homem humilde e religioso, uma fonte de renda eclesiástica tão grande que lhe permitia manter uma casa como aquela, cheia de criados e rica mobília. Tinha tempo de sobra para familiarizar-se com a casa, pois Anselmo dissera-lhe que os homens do cardeal continuavam à sua procura e era perigoso demais aventurar-se a sair. O cardeal não era homem para esquecer uma ofensa, e sua raiva fervia vingativa e maléfica.

Era o terceiro dia desde que Bernardino escapara da igreja, e embora o corpo houvesse sarado, o coração não. Soubera que Simonetta exilara-se — ficava fechada em casa como uma donzela que vivia no tempo de dragões.

Não lhe escrevera uma carta, pois tinha o punho difícil de manejar e não era nenhum ortógrafo. Pintara, em vez disso, usando todo seu talento num pequeno pedaço de pergaminho preparado por ele mesmo da pele de um cordeiro. Concentrara-se com muito esforço, pois nunca uma imagem pareceu mais importante. Enviara Anselmo como seu emissário. O padre, com sua inesgotável boa vontade, concordara em entregar o pergaminho, embora deplorasse com veemência todo o caso amoroso. Só depois que Luini jurara que o encontro vigiado por Gregório fora casto e motivado pelo mais verdadeiro amor, Anselmo aceitou levar a missiva. Bernardino esperava impaciente seu retorno de Castello, e quando a porta se abriu caiu logo em cima do padre.

— Você a viu?

— Sim.

— E?

Anselmo meneou a cabeça.

— Ela não vai receber você. Pede que a deixe em paz.

— Você entregou o desenho? Com certeza agora ela precisa entender!

— Bernardino. Eu entreguei o desenho. Mas ela deseja pôr fim a isso, e você deve respeitá-la.

— Preciso ir eu mesmo até ela.

E Luini o fez. Mas a recompensa foi apenas ver afinal a esplêndida mansão, com a construção de ameias, como um misterioso eco ao que ele imaginara. Também avistara, com aqueles olhos que veem longe, uma silhueta na janela; uma figura de cabelos dourados avermelhados, que caíam na altura dos ombros, usando uma túnica de caça masculina cor de ferrugem. Ali parada, segurava um pergaminho na mão. Ela o viu e afastou-se com tanta angústia que o perfurou, como se fosse uma flecha. Bernardino soube então, mas não desejou admitir, que a torturava. Foi embora, de volta à casa do padre, para pensar no que fazer em seguida — em como chegar à amada. Sentindo-se furioso e nervoso ao retornar, entrou na cidade com pouco disfarce. O lugar fora todo cercado pelos guardas do cardeal, já no terceiro dia de firme perseguição de sua pessoa, e ele teve a estranha sensação de que fora visto e denunciado. O círculo fechava-se. Contra todas as suas expectativas, chegou à casa são e salvo. Interpelou Anselmo junto à luz de velas, e recebeu a amarga sina de um amigo sincero — ouvir o que já sabia.

— Você está correndo perigo por ficar aqui.

— Não me importo.

— E magoando com sua presença a senhora a quem afirma amar. Agora diga que não se importa.

Bernardino ficou calado. Não tinha o menor desejo de magoar a quem ele amava, mas não podia desistir dela. Sentia as entranhas esvaírem-se em sangue como a areia de uma ampulheta, e se ele não estancasse o fluxo estaria perdido. O que mais, porém, podia fazer ali? Não podia sitiá-la, pois Simonetta adotara resoluta postura, e ele morreria de fome e ficaria arruinado. Não podia invadir o castelo; arrombá-lo e tomá-la nos braços, por mais que também o desejasse. Anselmo detectou um enfraquecimento e expôs suas ideias, pois tinha um plano para salvar o antigo amigo.

— Conheço um ilustre homem que se chama Alessandro Bentivoglio. É um grande patrono das artes, e tem em seu poder a decoração de um enorme mosteiro em Milão do qual ele é protetor. A filha primogênita recebeu as ordens lá. A fundação é em homenagem a São Maurício.

— São Maurício?

— São Maurício foi um mártir da legião tebana.

Bernardino estava sem a menor paciência.

— Você sabe que conheço pouco teologia.

O rosto de Anselmo animou-se com a expansão do assunto que ele amava.

— Eucherius, bispo de Lyon atribui especificamente sua imediata fonte como Isaac, bispo de Gênova, que soubera da história por outro bispo, Teodoro, identificável como Teodoro de Octodurum...

— Mais rápido...

— Em essência São Maurício foi um mártir cristão — Anselmo optou pela brevidade em vez de perder seu público —, um oficial massacrado junto com sua legião quando eles se recusaram a participar de sacrifícios pagãos antes da batalha.

Bernardino deu uma amarga risada, sem o menor humor.

— Eu, que fui publicamente ridicularizado por *não* ser um soldado, devo agora glorificar um mártir militar. Seu Deus tem um grande senso de humor, Anselmo.

— Ainda assim, o trabalho vai satisfazê-lo. Pense num mosteiro inteiro e na igreja anexa. E uma vez lá, você poderia pensar em sua situação com mais clareza.

— Mas Milão? A sede episcopal do próprio homem que busca minha ruína? Por que entraria eu no covil do leão?

— Porque o leão nunca procura a presa no centro de seu território. Você pode esconder-se de Sua Eminência escondendo-se bem debaixo do nariz dele, em sua própria cidade.

— Ele não visitaria a fundação?

— Não é permitido, porque o mosteiro é apenas para mulheres. Embora todos possam praticar o culto a Deus na igreja de convento, só as irmãs entram no claustro do prédio. Atrás do clerestório você ficará protegido. Os afrescos seriam atribuídos a "um pintor da escola lombarda" até ser seguro revelar-se a sua autoria. Sabe que se faz isso muitas vezes.

Bernardino ficou calado. Ofereciam-lhe refúgio. E sentia a mão coçar para pegar o pincel — jamais pelo que se lembrava passara tanto tempo sem pintar. Passara-se um dia inteiro e uma noite desde que desenhara a mensagem para Simonetta.

Anselmo, encorajado, continuou:

— E Bernardino, sei de sua reputação de lobo com o sexo feminino. Mas em San Maurizio viverá em meio a mulheres santas. Precisa se comportar com decoro. Esse é seu último refúgio da justiça; não posso mais lhe ajudar.

Bernardino soltou um agudo suspiro.

— Acredite em mim, Anselmo, as irmãs nunca estiveram mais protegidas. Meu coração mora naquele castelo na colina. Nenhuma dondoca santa de hábito pode me tentar quando uma como *ela* caminha na terra.

Anselmo sorriu com doçura.

— Foi o que pensei. Por nada no mundo eu o haveria recomendado *antes* que isso ocorresse. Mas *agora* sinto que será tão inofensivo como um monge — ele disse com um sorriso torto —, ainda mais, pois nem todos os monges são irrepreensíveis. Digamos então um eunuco.

Esperou em vão o amigo sorrir à maneira antiga da brincadeira, depois tentou suavizar a carga:

— Não precisa ser para sempre. Mas no presente, é melhor que você fique longe daqui.

Mais uma vez retornou a Bernardino a aflitiva e distante lembrança de seu exílio de Florença.

— E seu patrono é um homem excelente — continuou Anselmo —, um soldado e cortesão, que ama as artes.

— Como sabe disso?

O padre hesitou.

— Ele é meu tio.

Bernardino estreitou os olhos. Vivera no mundo tempo suficiente para saber o que queria dizer isso.

— Quer dizer que é seu *pai*.

— Sim — admitiu Anselmo. — Ele é meu pai. Meu pai biológico. Um bom homem, mas como todo bom homem não sem pecado. — Baixou os olhos para as mãos cheias de anéis ao falar. — Ele foi bom para mim, pois embora eu carregue o estigma da bastardia, sempre me promoveu. — Acenou com a mão de uma forma que abrangesse a ótima casa e todas as coisas dentro. — Cheguei até aqui. É possível que avance ainda mais. Mas escândalo ou infâmia que toquem o meu nome impedirão esse avanço — olhou Bernardino em cheio nos olhos, para que o amigo sentisse todo o peso do que queria dizer.

Agora era Bernardino quem baixava os olhos.

— Eu o entendo. Estou me arriscando; bem. Estou ameaçando a felicidade dela, que guarda meu coração; apesar disso não partiria. Mas não colocarei *você* em perigo, você que tem sido meu amigo mais querido. Recomende-me ao seu tio. Eu irei.

O abraço que se seguiu foi de verdadeira fraternidade.

Poucas horas depois, quando os sinos soaram para as Completas, a última das sete horas canônicas, Anselmo viu-o partir sob a proteção da noite e refletiu com tristeza sobre a conversa deles. Quando afirmara que os homens bons não deixavam de ter pecados, falara sério. Ele próprio se apresentaria nas portas do Paraíso, para ser avaliado por São Pedro e ser registrado no livro de "dever e haver" no lado do haver. Ainda teria de responder pelo fato de que, embora Bernardino de Luini houvesse perdido o coração, mantinha em seu poder o coração de outro — padre Anselmo Bentivoglio.

23

Três visitantes chegam a Castello

Simonetta olhou mais uma vez pela janela. Viu o padre chegar e admitiu-o em casa. Mas o santo homem percebeu que ela dera as costas a Deus e lamentou muito. Manifestou a esperança de vê-la na missa, mas sabia que isso não aconteceria enquanto sofresse zombarias. Com as amendoeiras a acenarem-lhe adeus, pensou que, embora a imagem dela fosse viver para sempre em sua igreja, talvez jamais tornasse a vê-la ali.

A moça tornou a vê-lo pela janela. Então ele se aproximou, como ela sabia que faria, e trazia na mão o velino branco dela. Encarou-o de longe e viu-o preso atrás dos galhos da sebe de rosas de inverno, enredado na rede do espinheiro. Ela deu as costas de propósito antes que ele pudesse ver as lágrimas, e amassou a carta na mão. Quando tornou a virar-se, o padre já desaparecera, e sentiu-se satisfeita e destruída ao mesmo tempo.

Podia ter afastado Deus, mas ainda não podia ir atrás de Bernardino. Não podia procurar a felicidade de uma forma tão vulgar. Amava-o, mas não podia entregar-se a ele, não haveria um bom final com o começo que haviam tido. Podia esquecer

Deus, mas não Lorenzo, e a vergonha pública que fizera cair sobre si mesma.

Agora ficara inteiramente só. Rafaela viera-lhe em lágrimas e dissera que Gregório a mandara deixar Castello com ele ou não o veria nunca mais. A ama liberara a querida criada, pois embora se sentisse horrorizada com a denúncia do escudeiro, não podia julgá-lo errado. Como mulher separada duas vezes dos homens a quem amara, não podia infligir essa dor a outra alma, e autorizou a amiga a partir.

Simonetta achava que não haveria dor maior que a morte de um marido. Ia aprender que se enganara. Perder Bernardino antes que o amor ao menos começasse era muitíssimo pior, e tais lembranças só lhe aumentavam a culpa e o sofrimento. Sabia que se o visse de perto mais uma vez, e o deixasse falar, correria para ele e viveriam em secreta e apaixonada ruína. Mas a perda da religião não podia libertá-la do seu código moral. Ainda distinguia o certo do errado e desejava não distinguir. Na fortaleza vazia, tinha o inútil conforto de um cálido e quente coração, e as culpadas lembranças dos beijos dele para aquecê-la quando o fogo ardesse baixo. Tremia também com o frio e a lembrança do toque do amado. Vagou pelos congelados renques de amendoeiras e viu as folhas caírem das árvores que salvara do machado. Sabia que agora era uma questão de tempo ter de deixar aquele lugar. A renda das pinturas chegara a um abrupto fim, e Manadorata não andava por perto desde o incidente na igreja. Ela não podia esperar a ajuda de um homem respeitável. Temia as zombarias dos cidadãos de Saronno, e por isso isolava-se. Não ousava aventurar-se na cidade e procurar o judeu na casa com a estrela na porta.

Mas subestimara-o. Não sabia que alguém que convivera com zombarias e ridículo podia oferecer a outra face. Não vira que os escarnecidos já tomaram decisões antes de eles próprios escarnecerem. Não percebera que a censura dos cristãos apenas o recomendavam.

Simonetta olhou pela janela mais uma vez. E ao ver Manadorata subir a trilha de Castello e aquelas peles de urso, sentiu-se tão agradecida e tão aquecida pela aproximação de um amigo, que desceu correndo à *loggia* e estendeu os braços para dar-lhe boas-vindas. Não sabia que esse gesto imitava os desfolhados galhos das amendoeiras, também de braços estendidos para ele.

24

São Maurício e os seiscentos e sessenta

Quando Bernardino Luini pisou pela primeira vez na capela de San Maurizio em Milão, sentiu-se como se entrasse numa prisão.

A impressão começara a formar-se quando entrara na cidade ao alvorecer dessa manhã, vestido de frade e montado numa humilde mula. A sentinela mandara-o entrar pelo grande portão romano da Porta Ticinese sem qualquer pergunta, e ele tivera até coragem suficiente para esboçar uma bênção pró-forma sobre a cabeça dos guardas. Mas quando as lanças tornaram a cruzar-se atrás, mais uma vez começara a sentir-se acuado. Milão era um lugar fechado, cercado por um rosário de muralhas e portões. As ruas haviam sido projetadas para mostrar ao mundo a glória e importância da cidade ideal — vias longas e largas, com enormes prédios de pedra prateada; não era fácil ser anônimo ali, como na coelheira de estreitas vielas medievais das outras cidades antigas. Utopia cívica, ficavam na capital da Lombardia as moradas dos cortesãos, não dos empesteados camponeses.

Bernardino passou pelas elegantes romanas da colunata de San Lorenzo, à fria sombra do imenso volume da enorme e quadrada Basílica dedicada ao mesmo santo. Pensou que, apesar de todos os reluzentes prédios novos e largas avenidas, no fundo Milão continuava a ser uma cidade antiga; as origens romanas por todos os lados, o novo combinado lado a lado com o antigo, passado e presente partilhavam os mesmos modos: grandeza e civilização além da época. O rapaz sentiu e frio e abrigou-se mais no manto — a fraca luz da aurora ainda não penetrara as ruas e as vastas maravilhas arquitetônicas da cidade pareciam cruas e sombrias. Até o milagroso *Duomo* do alto gótico, com a floresta de espiras prateadas, assemelhava-se a uma cama de pregos instalada para empalar o jovem artista.

Ele conhecia bem a capital; passara muitos anos ali, no *studiolo* de Leonardo, antes de o mestre levá-lo a Florença e a amizade acabar em exílio veneziano. Mas agora não sentia afeição pelo antigo lar. Talvez pelo fato de Leonardo ter morrido alguns anos atrás e não estar mais ali para receber o pupilo favorito. Ou seria talvez por nenhum lugar além de Saronno parecer-lhe um lar agora? Tinha em Simonetta o porto seguro, e o ancoradouro ficava onde ela estivesse; agora se sentia solto, vagando, e fora colhido numa rede que se fechava à frente. Uma lagosta numa panela. A grandeza da panela não lhe servia de consolo — continuava acuado.

Mas nem *tudo* ali era tão grandioso. Ao anoitecer, quando Bernardino picou a cansada mula pelo Corso Magenta acima, onde ficava o mosteiro, entrou pela humilde porta na fachada de pedra bruta certo de que entendera errado o endereço de Anselmo. O frio e quadrado aposento onde o introduziram o fez sentir-se atacado pelo frio, e a escuridão. Logo percebeu, ao penetrar as trevas com os olhos, que se encontrava na sala dos leigos do convento da igreja, onde uma parede divisória que chegava naquele lusco-fusco e parava antes das curvas costelas do teto dava a ilusão de um cubo. Uma fenda escancarada acima sugeria outro espaço adiante. No alto das paredes, uma série de janelinhas redondas no estilo lombardo adorado por Ludovico Il Moro proporcionava a única iluminação. Bernardino adiantou-se, os passos ecoando, e examinou a parede. Disfarçadas entre os painéis, viu duas pequenas grades e portas fechadas, única ligação, segundo parecia, com alguma coisa do outro lado. Quando olhou, as portas de carvalho pelas quais entrara fecharam-se por um truque do vento. A ilusão de prisão ficou completa. Como faria um prisioneiro, ele tateou em busca de uma saída, e acabou por encontrar uma porta aberta, ao lado de uma das escuras capelas que cercavam o aposento. Havia ali outra sala, porém de aspecto mais retangular — sem dúvida. O rapaz andou até o meio do grande espaço abaulado e girou em torno das cumeeiras. As colunas erguiam-se para o escuro vazio acima. Um pintor que se foi antes — com mais entusiasmo que talento – pintara estrelas de ouro num céu azul escuro, e elas agora giravam lá no alto. Ele não mais estava preso, mas tampouco livre. Essa decoração, e o frio, apenas o faziam sentir-se do lado de fora.

Na verdade, não se sentia aquecido desde que deixara o círculo dos braços de Simonetta. Sentou-se pesadamente no banco mais próximo e levou as mãos à cabeça, apavorado com a tarefa à frente. Por que concordara? Como podia ele, que se sentia tão morto, tornar vivo o lugar — as duas salas principais e as inúmeras capelas? Iria o pincel responder às mãos, ou perdera a paixão junto com o amor? E aonde diabos tinham ido todos? Sentia frio, e foi tomado por um terrível cansaço. Queria deitar-se no chão frio e dormir.

Mas não conseguiu. A primeira tarefa, se ia fazer jus ao dinheiro que lhe haviam pago, seria retratar os patronos. Sempre a mesma coisa. Em cada lugar que pintara, mesmo tão sagrado, os patronos insistiam em que as imagens deles próprios tivessem precedência sobre as Virgens, dos santos e do próprio Cristo. Agora ele viera com pincéis, carvões, andaimes e cordas, e ia embarcar na imagem de Alessandro Bentivoglio, o maior senhor de Milão e pai de seu mais querido amigo.

Bernardino conhecera o *signor* Bentivoglio nessa mesma manhã, quando entrara na cidade, com plena consciência de que devia prestar homenagem ao cliente leigo antes de ir adorar a Deus no mosteiro. Percorrera os salões cobertos de mármore do grande palácio do *signore* Bentivoglio no *Borgo della Porta Comense*, e fora recebido por um homem que o surpreendera pela discreta nobreza. Sem dúvida um bom modelo — já com idade mas de feições fortes, com barba e cabelos negros como um mouro. O jovem artista esperava mais um almofadinha dissoluto — alguém que desperdiçava palavras e dinheiro, e espalhava filhos bastardos como Anselmo pela Lombardia. Mas fazer aos esboços, o motivo daquela seriedade tornou-se claro, pois o senhor se pôs a falar da segunda cliente que o rapaz devia pintar: sua esposa. O grande amor de Alessandro, Ippolita Sforza Bentivoglio, era a patronesse da ordem dos beneditinos de San Maurizio, e devia ser retratada num afresco do tamanho do dele.

A voz do nobre emocionou-o muito quando falou da dama que vira ao erguer os olhos dos largos traços a carvão. Sentira-se de repente atraído por um sentimento de companheirismo — pois via ali um homem cujo amor lembrava o seu. Jurou fazer justiça à senhora, e o disse:

— Se posso ter a honra de desenhar a dama, garanto que o retrato não lhe causará desonra.

Os olhos tristes e cinzentos como pedra encontraram os dele:

— Talvez não sirva. Eu gostaria que fosse possível.

Bernardino hesitou.

— *Signor*, curvo-me a seus desejos, por certo, mas devo dizer-lhe que um retrato sempre sai melhor se feito ao vivo.

Agora os olhos de seixos pareciam de repente lavados, como se a maré os cobrisse...

— Minha senhora morreu faz cinco anos. Você só pode pintar o que outros captaram dela enquanto viva.

Esse, pois, seria o início da encomenda em San Maurizio. Um patrono e um fantasma. Bernardino não podia enfrentar ainda o retrato da dama. Ficara apavorado com a história de Bentivoglio e quase chorara com ele quando a sessão de pose terminou em silêncio. Sentiu que o nobre o observava com atenção e o calor com que se despediu deu-lhe a impressão de que ganhava crédito por uma empatia que não sentia. Sentiu pelo novo senhor, por certo. Mas as lágrimas que derramou eram de egoísmo. Só a sua própria dor podia comovê-lo tanto. A perda de Simonetta.

Assim, ao subir a escada e as plataformas, começou primeiro a desenhar Alessandro. Ninguém havia ali para saudá-lo, na imensa sala vazia. Além da divisória em que começou a desenhar, a grande divisão que o público não podia invadir, ouviu por fim os movimentos das santas irmãs que faziam as orações. Também escutou pela grande abertura acima da parede as preces e louvores das freiras em isolamento, sem vê-las. Sentiu-se contente com aquela solidão. Desejava ficar sozinho ao começar, para constatar se ainda tinha talento.

Enquanto desenhava, o carvão correspondia e ele transferia os desenhos com eficiência à têmpera que aplicara. Alessandro começou a vir à luz, e ao esboçá-lo Bernardino ouvia a missa cantada do outro lado da parede com o passar das horas. O cantochão era tão belo e doce que lhe ameaçava a compostura. Ele sentiu que se afogava, que a maré lhe entraria também pelos olhos, e estaria perdido. Juntou as sobrancelhas e balançou a cabeça, o cântico cessou, e só então o rapaz compreendeu que o observavam.

Uma dama ali estava, alta e imóvel, com o porte de uma nobre e a face tão esfregada e doméstica quanto qualquer moça da aldeia. Pele bronzeada e rósea, finos lábios secos, olhos pequenos e simpáticos. Podia ter qualquer idade entre vinte e trinta anos, pois evitara todas as pomadas e artifícios com os quais as senhoras bem-nascidas melhoravam o rosto. Não depilada nem pintada e, óbvio, acostumada ao ar livre. Apesar disso, parecia em tudo uma aristocrata, mas na verdade usava o hábito de freira. Não tinha beleza, mas uma certa calma, e quando sorriu num cumprimento, o rosto iluminou-se por dentro com uma bondade que Bernardino desejou poder pintar. Sentiu-se apaziguado antes que a irmã ao menos falasse. Era um bálsamo para seus sentimentos feridos. Ele julgou já havê-la conhecido antes. Após o sorriso, logo vieram as palavras:

— O senhor deve ser o *signor* Luini. Lamento não ter havido ninguém aqui para recebê-lo, mas chegou num momento em que eu e minhas irmãs andamos no claustro em silenciosa contemplação. Não — ela ergueu a mão quando ele fez que ia descer da plataforma —, não desça, pois parece uma coisa perigosa. — Tornou a dar aquele meigo sorriso. — Eu sou a irmã Bianca, abadessa desta casa.

O jovem artista ficou olhando. Ela estendeu o anel do ofício e ele curvou-se para beijá-lo. Com os lábios ainda próximos, examinou de perto a aliança que ela usava, uma cruz vermelha de gametas cor de sangue quente, mas pareceu-lhe frio como pedra na boca. Bernardino achou que só velhas matronas buscavam usar um anel daqueles.

Com fantástica percepção, a freira disse:

— O senhor está me achando jovem demais para tal cargo.

Luini baixou os olhos.

— Perdoe-me, eu só... quer dizer, achei que uma dama como a senhora... há tanta coisa para ver no mundo... — enrubesceu. — Achei que as damas só entravam nesse santo mister como viúvas ou ... — não concluiu.

A abadessa tornou a sorrir.

— Mas quando Deus nos chama, *signor*, pode fazê-lo em qualquer idade. Eu entrei nesta casa quatro anos atrás, ao mesmo tempo que nosso senhor duque Francesco II Sforza reconquistou a cidade. Os ritmos da vida que se aplicam às outras damas: a idade do casamento, a de ter filhos, não me atraem. Eu danço segundo as horas canônicas, e meu ano passa de acordo com o calendário de Deus.

O artista também sorriu.

— Irmã Bianca. Importa-se se eu continuar a trabalhar? Devo aproveitar o momento quando ele se apresenta e vou indo de vento em popa, parece.

A freira adiantou-se:

— Sim, vai bem. Está muito parecido com ele.

Ele seguiu desenhando, e sentiu, mais que viu, que a abadessa ficava para observar. Lembrou-se de Anselmo no santuário de Saronno e sorriu.

Ela perguntou:

— Importa-se de ser observado?

— Em geral, sim. Mas neste caso a senhora me lembra outro que me observou desse jeito. Também era uma pessoa das santas ordens.

— Talvez se sentisse cativado pelo talento que Deus lhe deu. Não é pouca coisa fazer alguém aparecer numa parede como se estivesse aqui nesta sala. Tampouco é todo dia que nós das santas ordens vemos um milagre ocorrer diante de nossos olhos; mesmo depois de lermos e estudarmos os milagres dos santos todo dia. Talvez julgássemos que a era dos milagres já tinha passado. É encorajador saber que não.

Bernardino envolvera-se na arrogância de sempre nesse dia. Sob o olhar da abadessa, sentiu-se indigno de elogios e procurou uma distração em volta. Bateu com os olhos no próprio trabalho e no homem que desenhava.

— Seu patrono — perguntou. — Que tipo de homem é ele? Parecia uma pessoa de grande nobreza.

— Soldado, poeta e muitas outras coisas — foi a resposta. — Também tem uma grande fé, motivo pelo qual desejava ser pintado como o senhor o retrata aqui, ajoelhado a rezar. Acha que nossa comunidade pode transmitir o fervor de nossa fé aos leigos de Milão. Veja — indicou com um gracioso aceno os limites da parede. — Essa divisória separa a sala das freiras da sala dos crentes onde estamos agora.

Bernardino curvou o lábio diante da ironia do nome e sua presença na sala, mas a abadessa continuou. — A entrada e saída só podem ocorrer por portas secretas das capelas laterais deste lado, e é proibido às irmãs passarem para cá, ou aos leigos entrarem na sala do convento. O senhor e eu continuamos sendo exceções a essa regra; pois o senhor deve passar para o meu lado, como eu para o seu. E no entanto, todos adoramos Cristo juntos. Observe — ela indicou o céu. — A parede não chega ao teto, por isso os leigos ouvem nosso canto pelas pequenas grades ocultas nos painéis da parede, que nos permitem participar das partes mais secretas da missa; por essa portinha do lado do Evangelho podemos ver a elevação da hóstia, e por essa grade do lado da eucaristia adoramos o santo Pai. — Tornou a dar o sorriso iluminado. — Por essa grande fé, e sua partilha, nosso patrono sustenta a irmandade e a fundação de São Maurício.

Mais uma vez, Luini lembrou-se da história desse santo contada por Anselmo. De repente, sentiu saudade do amigo.

— Por que o *signor* Bentivoglio cultua em particular São Maurício?

— Porque o *signor* serviu como *condottiere* com os suíços na batalha de Novara. São Maurício é muito reverenciado na Suíça, e tem sua igreja ali em Agaunum. O senhor conhece a história?

Bernardino já ia responder sim à abadessa, mas como sentia saudade de Anselmo, e a freira o trazia à mente, disse uma coisa muita diferente.

— Por que não me conta, se dispõe de tempo?

— No reinado dos co-imperadores Diocleciano, Maximiano, Constâncio e Galério, criou-se, segundo a lenda, uma legião romana no Alto Egito, conhecida como legião tebana — ela começou. — Tinha seiscentos e sessenta homens, todos cristãos e comandados por um oficial chamado Maurício. — Bianca falava com uma voz musical, que dava vida à história. Bernardino jamais conhecera esse talento, de fazer o ouvinte ver o que se descrevia. Entendia que esse talento devia ajudá-la na vocação, pois quem a ouvisse contar uma parábola ou ler um capítulo das Escrituras logo tinha de acreditar em cada palavra. O pintor voltou-se e olhou-a, depois ergueu os olhos para a parede acima, o vasto espaço em branco acinzentado começou a ganhar cor e tomar forma enquanto ela falava. Ele piscou ao ver a legião romana marchar acima da cabeça da freira.

— No ano de 286 de Nosso Senhor, a legião fazia parte de uma força comandada por Maximiano, para esmagar um levante entre os cristãos na Gália. Sufocada a revolta, ele emitiu uma ordem para que todo o exército assistisse às oferendas de sacrifícios, incluindo o assassinato dos prisioneiros para os deuses romanos, pelo êxito da missão. — O jovem artista levou as mãos às têmporas, sentindo o cheiro de sangue e ouvindo os gritos de morte humanos. — Mas a legião tebana ousou recusar a ordem de juntar-se ao ritual. Retirou-se e acampou perto de Agaunum. Maximiano ficou furioso com a insubordinação dos homens de Maurício e ordenou que fossem dizimados.

— Dizimados?

— Um em cada dez homens executado.

— Maurício manteve-se firme ao lado de seus homens, embora um em cada dez dos soldados fosse morrer? Quem faria uma coisa dessas? Quem teria tal força, ou cometeria tal loucura?

— Um homem que de fato acreditava na correção do que fazia. Executou-se a penalidade, mas ainda assim a legião se recusou a obedecer. O comandante enfureceu-se e houve outra dizimação. Como Maurício insistiu, Maximiano ordenou a execução dos homens restantes. Os homens não ofereceram resistência, e foram para a morte convencidos de que se tornariam mártires.

— Quer dizer que todos morreram? *Todos*? Seiscentos e sessenta homens?

— Cada um foi passado pela espada, incluindo Maurício e os colegas oficiais. Os membros da legião que não se achavam em Agaunum acabaram caçados e executados.

Bernardino balançou a cabeça. Agora da cena em frente escorria sangue; a legião de mártires jazia morta no campo de batalha.

— Que desperdício.

— Desperdício? — perguntou em voz baixa a irmã Bianca. — Eles acreditavam numa coisa o suficiente para morrer por ela. O senhor julga não acreditar em nada. — Ela o olhou direto nos olhos. — Mas todos creem em alguma coisa. Não acredita, *signor*, em alguma coisa, ou alguém, o suficiente para morrer por isso?

O jovem calou-se por um instante, pois daria a vida por alguém num piscar de olhos. Mas insistiu.

— Que bem resultaria de tal sacrifício?

A abadessa acenou com a mão do anel.

— Esta fundação foi erguida no nome dele, e socorrerá a muitos dos pobres e necessitados de Milão. E não apenas esta, mas construíram-se muitas outras em homenagem ao santo. Nosso patrono sente a mesma coisa, que é uma história de esperança. A esperança e a fé não morrem, nem o amor. Erigiu-se uma igreja no túmulo de Maurício. Aqui, o *signor* Bentivoglio está fazendo o mesmo.

— A senhora parece saber muito bem o que ele pensa.

— E devo. Pois quando morava no mundo, antes de Deus me chamar de irmã, meu nome era Alessandra Sforza Bentivoglio. Nosso patrono é meu pai.

Bernardino virou-se, de choque e confusão. Não admirava que a abadessa lhe lembrasse Anselmo — era irmã natural do padre! Saberia ela da existência de tal irmão? Teria o pai daquela mulher extraordinária contado a ela os próprios pecados?

A freira viu-o virar-se e fez sua própria interpretação.

— O senhor deseja trabalhar. Vou deixá-lo agora.

Ele voltou-se, para dizer-lhe que não desejava isso, mas ela já desaparecera no lado das freiras do mosteiro. O rapaz desceu do andaime e olhou a parede onde vira as cenas descritas por ela e o irmão. O sangue desaparecera, e também os legionários mortos.

— O amor não morre — disse a si mesmo. — Na verdade, não, Simonetta.

(Não sabia que um homem dissera à moça as mesmas palavras, um homem com uma fé diferente, uma lenda diferente, mas a mesma mensagem. Não se achavam na capela agora, e sim numa plantação de amendoeiras.) Viu diante dos olhos a grama brotar e uma cidade erguer-se. São Maurício, de novo jovem, forte e vivo, fundou sua igreja sobre os ossos dos seiscentos e sessenta. A esperança brotava do chão. Furiosamente, antes que a imagem sumisse, o artista pôs-se a desenhar.

25

O alambique

— Que fará você agora?
Simonetta e Manadorata sentavam-no no chão do porão do tesouro. Não era um lugar confortável: frio, com restos de cascas de amêndoas espalhadas, mas ele parecera desejar ficar a sós. Instalara-se primeiro, de pernas cruzadas como um mouro, outra vez metido nas roupas que Lorenzo copiara dele, e ficou meio surpreso ao achar a posição muito confortável.
— Eu não sei.
O banqueiro baixou os olhos.
— Aquele pintor, Luini. Foi embora.
Tratava-se de uma declaração, não uma pergunta.
A castelã falou com força, para impedir que a voz falhasse.
— É. Foi.
Ela balançou a cabeça, com sensatez. Não sentia necessidade de explicar-se, nem perguntar como ele sabia o que se passara numa igreja que não lhe pertencia. Manadorata sabia que o rapaz não ia julgá-la. Dissera que ela ia apaixonar-se de novo e tinha razão. Não acrescentara que ia doer mais desta vez. Os olhos cinzentos dele, parecidos com os do outro mas não tanto, continham um mundo de simpatia e compreensão. Ele começou a falar.

— E ainda bem que foi. O cardeal é homem vingativo. Tem uma sede de vingança que não conhece limites. Odeia e espera.

Simonetta envolveu-se mais na capa, sentindo a ameaça como uma corrente de ar.

— Você sabe alguma coisa sobre esse homem?

Exalou um suspiro, derrotada, como quando cessa o vento e a vela cai.

— Conheço. Foi ele quem me tomou a mão. — Arregalou os olhos.

— É — ele continuou —, há um tempo para contar toda a história, e o desta é agora. Você vai saber como foi comigo. — Pegou uma amêndoa podre no chão e descascou-a com uma das mãos enquanto falava. — Em Toledo, há três anos, Gabriel Sólis de González era cardeal, a serviço de uma nova instituição, o Santo Ofício.

Simonetta pareceu não entender.

— Tem outro nome. Inquisição.

Seria imaginação dela, ou Manadorata baixara a voz ao falar a palavra aterrorizante?

— Toledo era a minha cidade e eu banqueiro, um prestamista de boa reputação. Tinha me casado com Rebecca, Elias e Jovaphet ainda eram bebês. — Ele sorriu ao lembrar-se, mas o sorriso logo desapareceu de seu rosto. — Nós nos amávamos muito, mas o mundo começou a odiar-nos. Fomos obrigados a viver numa Judiaria, um lugar que os venezianos chamam de gueto.

Como a Rua dos Judeus em Saronno, pensou Simonetta.

— Mas ainda não bastou. Sob a nova influência da Inquisição, fui obrigado a me converter ao cristianismo, ou deixar o país.

A moça soltou um arquejo — não podia imaginar o que ele sofrera, para ser levado a tal extremo. Manadorata reagiu na defensiva à exclamação.

— É, não é uma coisa da qual me orgulhe. Foi só na aparência, e em casa continuamos com a observância em silêncio. Mas eu precisava proteger a família e o lar.

Ela estendeu a mão no lusco-fusco e pousou-a no braço dele.

— Você me entendeu errado — disse. — Eu não o julgo, só os que o forçaram a fazer uma coisa dessas.

Ele balançou a cabeça e prosseguiu.

— Fizeram-nos dar aos meninos nomes cristãos, e escolhemos Evangelista para Elijah e Giovanni Pietro para Jovaphet, quando eles acabaram por aproximar-se dos pequenos. Tentamos viver como cristãos para o mundo externo, mas continuaram a zombar de nós. Chamavam-nos *Marranos,* porcos. — Tornou a balançar a cabeça. — Mesmo assim, a Inquisição não se satisfez. Fui preso e interrogado pelo mesmo homem que agora busca o seu amor. O próprio Gabriel Sólis de González, que entrou em bom odor com o Santo Ofício, sustentando a linha mais dura que podia contra meu povo.

Então foi a vez de ela balançar a cabeça. Que mal acaso trouxera o cardeal ali, bem no caminho de alguém a quem já tanto prejudicara? Simonetta não tinha paciência para pensar na pequenez do globo, pois o sotaque exótico dele voltara, como a maré que traz mas notícias.

— Pediram-me para denunciar outros de minha raça, outros *Conversos* que haviam aceito a fé cristã como máscara para o judaísmo. E ali cheguei ao fim da estrada. Abrira mão de grande parte da minha pessoa e dignidade em nome da família. Abjurara minha fé e meu lugar no leito de Abraão. Mas tudo isso fiz sozinho. Não tinha o direito de tomar tais decisões pelos outros. Olhei os olhos claros do Diabo e lhe disse; aquilo, não faria. — Fez uma pausa antes de desfechar o golpe, curvando de modo abrupto cada palavra. — Tiraram minha mão.

Simonetta nem respirava.

— Lembro-me do fedor de minha própria mão ardendo, enquanto os olhos de González brilhavam mais forte que as chamas que a levaram. Soltaram-me quando viram que eu não ia contar-lhes. Uma noite, meu amigo Abiathar me procurou e avisou que o cardeal queria minha vida. Só me libertara para que eu o levasse a outros judeus importantes. No dia seguinte partimos para Gênova. Quando chegamos a estas praias, mandei os florentinos fazerem uma mão de ouro como ato de desafio. Instalamos aqui, neste lugar tranquilo, pois aqui esperávamos encontrar tolerância. E encontramos.

A moça ficara pasma.

— Você chama o que passa aqui de tolerância? E o que eu própria... — não terminou.

Ele deu um tênue sorriso.

— Palavras? Insultos? O cuspe de homens ignorantes. Essas coisas não machucam de fato. Para os meus, tolerância é um dia sem um osso quebrado. Um dia em que voltamos e nossa casa não está em chamas. Um dia em que não nos roubam a propriedade, e as crianças e mulheres saíram para passear em paz. Esses são os dias que temos vivido em Saronno. Até hoje, quando o cardeal entrou de novo em meu caminho.

Ela franziu as sobrancelhas.

— Que quer dizer? Ele continua aqui?

Manadorata deu uma breve risada.

— Ele, não. Ele vai voltar para seu palácio em Milão, ao luxo e conforto, mas deixou o miasma atrás. Na busca ao seu amigo, descobriu nossas casas e nossas lojas, e logo os judeus que vivem e trabalham na sua Sé. Não vai nos deixar demorar muito.

Simonetta calou-se. Os dois eram agora marginais, pois como ela fugira às cegas da igreja na semana anterior, os cidadãos cobriam-na de zombarias e um ou dois cuspiram em seu caminho. Até agora, jamais entendera bem o que Manadorata aguentava todo dia.

Ele interrompeu esse devaneio.

— Por isso vim dizer isso. Se você decidir ficar aqui, devemos andar rápido e assegurar seu destino. Pois talvez eu não possa ajudar muito tempo.

— Você... Não quer dizer que González vai procurar prejudicá-lo?
Ele queria dizer isso mesmo, mas procurou tranquilizá-la.
— Por certo que não. Ele não sabe que *eu* moro aqui. Só queria dizer que González talvez queira as propriedades de minha gente, ou impedir-nos de comerciar. — Logo — a voz assumiu um tom objetivo. — Nossa conversa girou em círculos completos. Vai ficar aqui?
Ela ficou olhando, como mesmerizada, a amêndoa na mão dele. Representava a família de Lorenzo e a dela própria, e tudo que havia na vila Castello.
— Sim — disse, e, num eco do que lhe contara um ano atrás: — Não tenho mais para onde ir. Você é quem mais devia saber os extremos a que chegarei para garantir o lar deles.
Manadorata balançou a cabeça; entendia.
— Muito bem. Vou trazer um grupo de trabalhadores judeus amanhã. Eles trarão machados e derrubaremos as amendoeiras e prepararemos a terra para o plantio. Conheço algumas boas práticas árabes com as quais, com o rodízio das safras de um campo a outro, o solo permanece um ano fértil, do começo ao fim.
A moça balançou a cabeça e ele jogou a noz que tinha na mão na escuridão e fez que ia levantar-se.
A amêndoa caiu com um tinido de vidro nas trevas. Os dois entreolharam-se e ela levantou-se. Andou depressa e com cautela na escuridão e surgiu com um estranho arranjo de garrafas ligadas por tubos nas mãos. Ele seguiu-a e encontrou um braseiro e um prato de cobre no canto; Simonetta instalou tudo maravilhada.
— Que pode ser isso? — perguntou.
Manadorata riu.
— Um alambique. Alguém andou destilando bebida aqui.
— Farejou uma das garrafas — *grappa* e... — tirou uma rolha

do gargalo de uma ânfora de barro e afastou rápido a cabeça como se houvesse levado uma pancada —, aqui conhaque.

— Com funciona?

Simonetta examinou a estranha engenhoca.

— É uma arte muito antiga, que eu desconheço. Mas creio que os princípios são a colocação dos sucos fermentados aqui.

— Sucos do quê?

— Pode-se fazer bebida de tudo. A *grappa*, aquela má beberagem, é feita de sementes de uvas. São aquecidas por baixo, até se condensarem... se tornarem líquido de novo, e passarem por este filtro.

— Como veio parar aqui? Não foi Lorenzo... ele só tem gosto para vinho.

Manadorata deu um sorriso irônico.

— Eu perguntaria ao seu escudeiro. Ele sempre pareceu bem bêbedo.

A moça também teria sorrido, mas os acontecimentos da última semana, e a cruel denúncia de seus pecados por Gregório, haviam sido demasiado brutos. Ela pegou a ânfora e ia jogá-la fora, mas ele a segurou pelo pulso.

— Eu não sou médico, Simonetta, mas se fosse você, levaria essa garrafa para a cama e ganharia uma boa noite de sono. Pois não dormiu desde a missa, se não me engano.

Na verdade não dormira. Não podia descansar enquanto se lembrasse de Bernardino e sua despedida. Manadorata também se despediu antes que ela se opusesse. Sozinha, Simonetta olhou a ânfora, deu de ombros e ia levá-la para a cama. Ao virar-se, viu que a amêndoa descascada que ele jogara fora fulgia no escuro como uma estrela... Curvou-se, ajoelhou-se e largou a ânfora. Assim, saiu para as trevas para pegar a amêndoa, e outras. Pela primeira vez desde o domingo, esqueceu a dor no coração.

Tivera uma ideia.

26

Jeito com a madeira

Sentada na nova cadeira junto à lareira, balançando-se nos pés redondos, Nonna maravilhava-se com o conforto que jamais tivera. O homem a quem considerava parente encarava-a com um braço na cintura e o outro cotovelo apoiado nele, da mão para a boca. Tinha um grosseiro pano de polir em torno dos quadris, como a bandeira azul de quando o haviam achado. Admirava seu trabalho manual com olhos estreitados.

— Está boa?

— Maravilhosa — ela respondeu, e sorriu com as muitas falhas nos dentes.

Era de fato maravilhosa. E também os novos caibros que ele pusera no teto baixo, cedro branco que refulgia à luz do fogo e exsudava uma grudenta goma âmbar. As portas eram novas e sólidas, os portais consertados e as correntes de ar banidas. Ele construíra até uma nova *loggia* no minúsculo quintal onde as galinhas ciscavam. Sempre gostara de recolher madeira, cortar, aplainar e dar forma, e milagres brotavam-lhe das mãos com um novo talento que não envergonharia o próprio São José, pai de Nosso Senhor e o primeiro de todos os carpinteiros. Sorriu por fim, desfrutando o momento com a velha. Ela balançava-se com ritmo na cadeira. Considerava-o uma dádiva de Deus.

E agora tinha de admitir o que jamais soubera antes. Sempre o comparara a Filippo, e vira em Selvaggio o filho nascido de novo. Mas agora tinha de reconhecer que ele era um homem muito melhor do que o que ela perdera. Lembrou-se de, quando Filippo vinha para casa ou punha as botas junto à lareira, ou saía para caçar com os ciganos que se reuniam sob a *Ponte Coperto* quando o sol se punha. Tinham os dados e o doce vinho, as moças trigueiras e os violinos, e ele preferia ser encontrado ali que ao lado da lareira da mãe. As noites agora representavam uma alegria para a velha. Ela e os dois jovens sentavam-se diante do fogo e gozavam do calor e da companhia do seu estreito círculo.

Havia muito mais a desfrutar agora, pois em algum momento nas últimas semanas Selvaggio soubera que podia escrever. Numa dessas noites com Amaria ele pegara um tição no fogo e escrevera no console, letras nítidas e bem feitas, de pessoa bem educada. Agora sentia prazer em poder ensinar Amaria a escrever, retribuir o presente da fala que ela lhe dera, mas sentia uma distante inquietação. Enquanto a moça formava as próprias letras que lhe ensinara a dizer, as perguntas amontoavam-se na mente dele. Como sabia fazer aquilo? Fora escriba ou notário? Ou mestre-escola?

Pois com a escrita viera a acompanhante, a leitura. Nonna, ao ver esse novo acontecimento, trouxera a bíblia da família do dormitório lá em cima. A velha dama não sabia ler os textos em latim, mas ele deixava as velhas páginas se abrirem ao acaso e lia de primeira. Falava num tom ainda áspero, mas fluido, e o cérebro saltava à frente da língua recém-educada.

Benditos todos que temem o Senhor, que andam por seus caminhos. Pois comereis o labor de vossas mãos. Sereis felizes, e tudo será bom convosco.

Vossa esposa será uma vinha frutífera nas mais íntimas partes de vossa casa; vossos filhos como pés oliva, em torno de vossa mesa.
Olhai, assim é o homem abençoado com os temores de Deus.
Que o Senhor vos abençoe fora de Sião, e possais vós ver o bem de Jerusalém todos os dias de vossa vida.
Que vejais os filhos de vossos filhos. Que a paz esteja em Israel.

Por isso agora, à noite, Selvaggio punha de lado as talhas para ler parábolas ou escrituras. Nonna escutava, cochilava sobre os remendos ou uma renda rasgada, e Amaria treinava caligrafia. Ele conhecia os textos da Bíblia, mas não só porque passou a lê-los; sabia que os ouvira em algum lugar, ouvira a entonação da voz de um padre numa igreja distante. E sabia que as cadências da leitura, o subir e descer das palavras lidas, não eram seus, mas estimulados pelo outro pregador, invisível.

Logo também começou a ensinar Amaria a ler; curvavam a cabeça juntos sobre o bom livro, um moreno e a outra clara, e a Nonna percebera que andara aquivocada sobre ele. O homem não precisara apenas de uma mãe para amamentá-lo e cuidá-lo; também precisara de um filho. Ele, que nada tinha, e que muito dera para caridade, também precisava sentir-se necessário, dar alguma coisa em troca. Em Amaria, encontrara toda a família que lhe faltava. Nonna via o regozijo dele no papel de tutor de alguém que havia tão pouco tempo lhe ensinara. Selvaggio sentia grande prazer por poder, agora, tornar aquele humilde lar um lugar melhor com os móveis que construía. Tornava-se tão habilidoso que até vendia um pouco dos artigos na cidade, e agora podiam permitir-se melhor carne e legumes, e mais vinho fino. Nonna via o rosto dele iluminar-se de prazer ao trazer o butim para casa — comprado com o labor de suas mãos — e sabia-o um verdadeiro bom homem. Olhava-o por trás das mãos tortas quando rezavam na missa todo domingo, na igreja de São Pedro do Céu Dourado. Via-o rezar com fervor e crença autêntica, e sabia que ao ler a Bíblia ele retornava a uma fé que devia tê-lo habitado outrora. Via no homem uma força moral e determinação de viver a nova vida que lhe fora dada pela lei de Deus, para fazer o bem a todos. Nessas ocasiões, a velha dama sentia uma apreensão, um receio de que sua própria família, após perder tal filho ou irmão, o perdesse deveras. Mas então o coração lhe dizia o que ganhara, e ela sufocava o pensamento. Depois da missa, voltavam às casinhas à beira do rio e dividiam a ceia de *risotto* ou polenta. Às vezes Nonna ia para o dormitório cedo, a fim de dar aos dois alguns momentos de intimidade, que julgava precisarem agora. No momento, balançando-se na nova cadeira, sorria daquilo tudo, e Selvaggio fazia o mesmo, achando que ela ainda pensava no presente.

— É um desenho que veio de Flandres — ele começou, depois se curvou de repente, com as sobrancelhas franzidas. — Não entendo como sei disso.

A velha parou de balançar-se.

— Então Selvaggio, já começou a lembrar-se? — perguntou, com uma súbita pontada de medo.

Ele esfregou a nuca e balançou a cabeça.

— As lembranças me chegam de vez em quando; iluminam por um instante como estrelas que espetam a noite. Mas quando estendo as mãos para pegá-las, derretem-se, como se chegasse o dia. Todos os meus sentidos têm lembranças, sabores, cheiros, até mesmo o toque das coisas.

Nonna recomeçou a balançar-se, devagar, aliviada.

— Visões também — prosseguiu o homem. — Por exemplo, lembro de um pombal, uma casinha para pombos, mas não sei onde. — Balançou a cabeça e disse: — Não importa. Talvez eu faça um para Amaria, e deixe a lembrança desse jeito.

Seria imaginação da velha, ou ele enrubescera e baixara um pouco os olhos ao falar o nome de sua neta?

— Ah, Amaria — disse e tornou a sorrir — está cuidando das galinhas, se é o que deseja saber.

Ele captou o tom de zombaria e jogou o pano de polir no chão. Ela o pegou facilmente, e ao vê-lo sair pela nova porta dos fundos pensou que, mesmo se ele lembrasse o que precisava, o coração talvez ainda o mantivesse ali.

27

Gosto

Gosto, gosto, gosto.

Simonetta fechou os olhos e tapou os ouvidos. Pelo menos nessa noite, endurecera-se para as dores do coração. Não ia esforçar-se para escutar a voz de Bernardino sussurrando nas condenadas fileiras de amendoeiras enquanto ela as percorria pela última vez na crescente escuridão. Não ia procurar o rosto dele na forma de uma nuvem do entardecer. Voltou para casa e sentou-se na tábua esfregada. Acendeu uma lamparina e examinou a maquinaria em volta. Nessa noite, usaria os olhos como guia — as papilas gustativas a conduziriam.

Trouxera o alambique do porão do tesouro; peça por peça, desmontara o esqueleto de cobre para recriá-lo na cozinha. Transportara um membro empoeirado ou tubo metálico nos braços de cada vez como filhos. Tornara a montar tudo e limpara com todo cuidado usando um pano embebido de vinagre e água, e admirara o cálido cobre da bacia e os veios verdes do vidro. Por fim, despejara *grappa* e vinagre dentro e para terminar acrescentara um pouco de conhaque envelhecido. Depois pegou a vela e acendeu o braseiro. Enquanto o fogo morria na lareira o dali se aquecia, fazendo o líquido ferver e borbulhar com a chama e o estonteante cheiro da bebida. Só então pôs um punhado de amêndoas, descascadas até o branco miolo, luminosas e firmes como osso. Quando o vapor subiu e condensou-se em gotas com forma de diamante, ela provou o suco, claro como água, que caía na ponta do vaso. Tinha sabor de *grappa* e conhaque, não mais. A moça levantou-se, pegou um almofariz com o respectivo socador e dessa vez moeu bem as amêndoas num quadrado de linho limpo. Acrescentou azeite extravirgem ao marfim pilado até a pasta ficar densa e mole. Então espremeu a mistura no pano dentro do cobre e despejou água para criar uma emulsão branca como o leite. Agora, depois da fervura, havia um definido sinal de amêndoas. Simonetta não ligou para os sinos no santuário, trazidos na brisa para dizer-lhe que eram ora Nonas, ou Vésperas, ora Completas. Não ouvia nem via, o paladar dizia-lhe ser preciso mais pasta, e adicionou mais, e mais. O ritmo tornou-se frenético — achava que disputava corrida com o amanhecer. Puxou o grande livro-caixa e cortou uma nova pena de ganso com a faca de descascar. Mergulhou-a na tinta e anotou tudo que fizera, a letra bem feita tornando-se cada vez mais errática à medida que os sinos batiam as horas.

Simonetta levantou-se e andou pela cozinha, abriu as jarras de Rafaela e acrescentou uma especiaria aqui, uma erva ali. Numa caixa incrustada encontrou uma pedra de açúcar mascavo, uma delícia que um rico hóspede trouxera de presente. Ela o jogou dentro também e viu-a transformar-se numa goma dourada, depois mel, depois impregnar o líquido claro de um belo marrom âmbar. As borbulhas tinham um cheiro adocicado e embriagador, e a bebida resultante era doce e amarga ao mesmo tempo.

Mas ainda não a correta.

A moça tinha um paladar sofisticado, e já provara os mais finos vinhos, desde que lhe tinham dado a teta embebida em mel imersa em marsala veneziano quando bebê. Depois, já casada, Lorenzo expandira a sua experiência quando ela provara cervejas e conhaques, *grappa* e *limoncello*. A prateleira gemia com o peso dos melhores vinhos da Lombardia e além; o Sassella e Grumello, os tintos Valcalepio e brancos Oltreppo Pavese. San Colombano de Lodi e Chiaretto das margens ocidentais do Lago Garda. Ela sabia o que agradava à língua, e para isso trabalhava agora. Trabalhou toda a noite, invocando os santos padres cartuxos, que destilavam a bebida verde em nome de Deus. Nessa noite, era irmã dos nômades árabes que trabalhavam no deserto destilando o forte e doce *Arrack*. Repetidas vezes provou, até sentir a cabeça girar, e por fim começou a recuperar os sentidos. Não conseguia concentrar os olhos, e os pensamentos, como pombas que retornam, voltavam a Bernardino. Nesse estado de confusão, pensou que fazia a bebida para ele. Pôs tudo que trazia no coração no líquido. Saiu na noite e colheu damascos nos pés, na fragrante escuridão, a polpa das frutas ainda cálidas do sol, a pele parecendo um bebê camundongo. Damascos para adoçar, a sufocante doçura que sentira quando ele a beijara naquela ardente ocasião. Mas então adicionou os cravos de uma jarra chinesa, negros como seus cabelos, e amargos quando moídos como a lembrança do amado que partira, da última vez que lhe dera as costas e dirigira-se às colinas. A casca enroscada da mais verde maçã que lhe deslizava sobre as mãos como a serpente de Eva enquanto as descascava lembravam-lhe a feliz queda que a levara aos braços dele. Mas o encanto amarelo de um limão dourado fazia arder os cortes nos nós dos dedos, punindo as mãos que haviam agarrado os quentes cabelos da cabeça de Bernardino quando ela lhe puxava o rosto para o seu. Só então, ao deixar essa recordação ajudá-la, ao combinar o amargo e o doce, a essência mesma de todo o encontro, soube que acabara. Tomou um profundo gole da bebida concluída, enquanto se apressava a anotar com a pena as proporções e ingredientes exatos que usara. Balançava a cabeça sobre os dedos negros de tinta e, ao tocar com a testa as páginas cremosas do livro-caixa, lembrou-se de dividir uma taça com ele, rindo, em algum lugar onde o sol aquecia a pele quando bebiam de uma forma que sabia jamais ser possível.

Simonetta acordou, com frio e rígida, ao ouvir o arrastar de uma bota. Ergueu a cabeça e sentiu o cérebro latejar por dentro. Tinha cinzas na boca, e os olhos, gordos de sono, ardiam. Ergueu as pesadas pálpebras para acolher a visão de Manadorata, um sorriso divertido enchendo a boca aristocrática. De repente a cabeça pesava-lhe demais e a moça apoiou-a nas mãos. Alguém gemia — ela própria. O rapaz lançou os olhos sobre o alambique. Mas nada comentou. Em vez disso, disse:

— Os lenhadores chegaram. Devo mandá-los derrubar as amendoeiras?

A voz parecia diferente. Ela mal sabia o que ele dizia, mas assentiu. Manadorata foi até a porta e gritou uma ordem aos homens — alto demais para Simonetta. Ele voltou e sentou-se diante da moça.

— Andou fazendo experiências? — Não obteve resposta. — Posso?

Indicou o copo de salgueiro. Ela sabia que não podia balançar a cabeça, por isso apenas fechou os olhos, o que ele tomou por concordância. O homem levou o copo à altura dos olhos.

— *Shalom* — disse, e bebeu.

Só o longo silêncio que se fez pôde afinal atrair os olhos dela ao seu rosto, e ela viu espanto neles.

— Alquimia! — ele exclamou.

— De verdade? — perguntou ela, arrufada.

Manadorata ergueu a mão falsa.

— Tão certo quanto aqueles judeus florentinos transformaram carne em ouro, assim fez você. — Que há aqui, em nome de Jeová?

— Sobretudo amêndoas.

Olhos injetados encontraram aço cinzento, as consternações cresceram quando os pensamentos dos dois soaram como se fosse um só.

— Os machados!

Ele levantou-se na hora.

— Volte a dormir. Eu os deterei.

Ao subir a escada, que agora parecia tão espiralada quanto a torre de um castelo, ela ouviu-o correr para a plantação.

— Poupem as árvores! — gritou.

Simonetta jamais soubera que ele correra tanto, nunca o vira correr. Parecera um urso louco ao sair disparado da cozinha. Quando caiu na cama e fechou os olhos contra a tontura, ela permitiu-se um sorriso.

28

A torre do circo

Bernardino começou a sentir o mosteiro como um lar. A cela tinha apenas uma cama, uma cruz e uma Bíblia, mas ele não precisava de mais nada. Pôs o *Libricciolo* — caderno de desenhos — de Lorenzo ao lado do livro santo, uma parceria que o fez sorrir: estranhos companheiros de cama, na verdade. Enquanto ali vivia, vestia o simples hábito do irmão leigo: pardo, grosseiro, coberto de tinta, mas confortável para suas necessidades. Apenas com sandálias, tinha os pés sempre frios, mas logo esqueceu de notar. O quarto, na extremidade sul do pequeno claustro, era uma torre redonda que continha o herbário no andar de baixo e a bem estocada biblioteca acima da escada. A ideia de que estava numa prisão não se abatera de todo, mas a irmã Bianca deixara-lhe claro que, para evitar o perseguidor, seria melhor não ir à cidade. O cardeal tinha fama de homem vingativo, por isso ele mal se aventurava na localidade onde morava; mas não ligava mesmo para excursões. Passara muitos anos em Milão na juventude, quando o mestre mandara o trigueiro duque Ludovico Il Moro — a quem Leonardo encantara com uma visão da cidade ideal com pontes automáticas, passadiços suspensos e outras fantasias em maquinaria — convocá-lo. Bernardino estudara com Da

Vinci no início da maior de suas obras: o *Cenaciolo*, ou *A Última Ceia*. O afresco fora produzido em três anos tortuosos no mosteiro próximo de Santa Maria della Grazie, testando a paciência dos bons irmãos e do próprio duque. Depois, compensara os dias monásticos em quentes e doces noites com as boas e más esposas de Milão. Agora, seu mundo reduzira-se àquele lugar, San Maurizio, trabalhando entre o salão dos crentes e o salão das freiras, e não desejava romper as paredes após o toque de recolher. A prisão, se isso era, agradava-lhe. Já passara a conhecer e gostar da carcereira, e aprendera que as outras internas eram todas mulheres de boa educação e caráter que o maravilhavam — como estar numa corte ou passar o verão numa grande casa. Várias Sforza, um punhado de Borgia e uma Este adornavam aqueles claustros. A camareira que lavava o seu hábito era uma Medici. As irmãs não chegavam a ser de modo algum de uma feiura uniforme, nem enrugadas pela idade. Havia alguns belos rostos entre elas, rostos que o teriam tentado não muito tempo atrás, ou pelo menos o teriam feito lamentar a vocação delas. Mas o coração acabara com as mulheres, menos uma, e se não pudesse tê-la não queria mais nenhuma. Precisava apenas de amizade, e ali, no San Maurizio, encontrava-a em abundância. Fora aos poucos conhecendo as freiras. A irmã Ugolin dirigia o herbário e fazia-lhe chá de sálvia quando ele sentia a cabeça doer durante horas. A irmã Petrus trazia comida e cerveja à cela toda manhã e à noite, pois não ficaria bem comer no refeitório com as outras religiosas. A velha dama sentava-se e falava enquanto o hóspede comia o simples repasto de massa ou carne — histórias do mundo externo, que ela extraía dos mendigos que vinham pedir esmolas no portão. Tinha muito gosto pelo macabro, e Bernardino mastigava enquanto a velha freira se tornava lírica em relação à última atrocidade cívica, um famoso disseminador da peste queimado vivo na Piazza Vetra, atrás da basílica de San Lorenzo.

— San Lorenzo! — ela cacarejava. — O senhor não vê o humor de Deus em ação? Pois não foi São Lourenço assado até a morte numa grelha, e ainda mandou os romanos virarem-no, pois já ficara bom daquele lado? Eu me pergunto se o disseminador da peste fez uma prece em solidariedade ao santo enquanto ardia.

Bernardino saboreava as notícias e a comida juntas. Sorriu e balançou a cabeça quando a freira saiu, mas o destino do infeliz agente da peste parecia distante.

Mais reais para ele eram as histórias que ouvia da irmã Concepcione. Alta, andrógina e com uma inteligência assustadora, a bondosa freira deixava-o subir ao alto da torre e, em sua presença, folhear as vidas iluminadas dos santos. Um livro em particular ele achava inestimável; a *Lenda de Ouro*, de Jacobus de Voragine. Ali, naquela obra fabulosa, ali no arejado *Scriptorium*, com o silêncio quebrado apenas pelo arranhar das industriosas penas das irmãs, ali nas perfeitas letras negras e cores que pareciam joias dos desenhos nas margens, encontrava inspiração para o trabalho. Curvado sobre o volume à luz matinal, com as habilidades de leitura que Leonardo lhe ensinara, aprendia muito de como funcionava a santidade. Enquanto lia, lembrava o que o velho mestre lhe dissera:

— Você deve aprender, Bernardino. Pois essa é a linguagem de todos os segredos do mundo.

Fora naquele volume, a *Vida dos Santos*, que ele ficara sabendo da vida de Santa Luzia. Enquanto lia sobre a descida da infeliz virgem à prostituição, lembrava-se da mãe. Sentia os olhos arderem quando lia sobre os olhos de Luzia arrancados do rosto, e no entanto soltava bufidos cínicos ao ler que Deus molhara os gravetos da sua morte pelo fogo para que não acendessem, e ela tivera de ser executada pela espada.

— Posso perguntar — ouviu por cima do ombro a voz seca da irmã Concepcione — que pôde o senhor ler nesse volume para provocar esse ruído estranho?

Mas sorria, e ele o devolveu, sem saber o que responder para não ser insultante.

— Eu me perguntava... quer dizer... a senhora toma essas leituras como verdade literal? Acha que Deus apagou o fogo sob os pés de Luzia? Ou apenas choveu naquele dia?

— Ah, sim, a Mártir de Siracusa. — Concepcione tinha uma voz seca como as folhas de velino. — Ela foi salva pelo clima, mas não é Nosso Pai Celestial quem faz o clima e decide sobre os seus caprichos?

Bernardino encolheu os ombros.

— Então por que Ele não a salvou da espada no fim? Por que não podia salvar os olhos dela?

— Às vezes a alma é entregue em martírio para que possamos aprender com seu sofrimento. Nosso Senhor pode ter salvo Luzia de um destino para que possa ter outro, mas Santa Apolônia — ela curvou-se e virou a página — saltou voluntariamente para a morte na fogueira a fim de não blasfemar contra o nome de Cristo.

— Saltou? — perguntou o rapaz, chocado. — Por vontade própria? Não foi forçada?

A irmã balançou a cabeça até a touca negra estalar.

— Ela sofreu muito nas mãos de Décio e seus soldados... teve todos os dentes quebrados, e é muitas vezes retratada com os alicates que os arrancaram. Mas saltou no fogo voluntariamente. E quando se pinta Apolônia com os dentes quebrados, ou Luzia com os olhos na capela daqui, o sofrimento delas leva outros a Deus.

Bernardino balançou a cabeça.

— E Ágata? — perguntou, virando a página, cujo folheado a ouro brilhou por um breve instante ao sol que entrava pela moldura da janela. — Teve os seios cortados do peito! Por que Deus não a salvou de tal sorte, a perda da essência mesma de sua feminilidade?

— *Signor* Luini — começou a alta freira. — Deus não trouxe o sofrimento a qualquer dessas santas mulheres. Foram os homens que impuseram tais torturas. Venha comigo.

Hesitante, com passos que traíam uma avançada idade não imaginada por ninguém, a bibliotecária levou-o pela escada para fora do claustro, e ele voltou-se para ver o lugar indicado, a redonda torre vermelha.

— Aquela torre não foi erguida para esta fundação. É muito mais antiga. É a torre do antigo circo, o circo romano, construído quando o imperador fez de Milão a capital do Império Romano do Ocidente. Aqui, onde agora estamos, e onde nós irmãs lemos e trabalhamos, e cultivamos nossas ervas curativas, ficava uma arena de sangrenta diversão e morte. Luzia sofreu sobre os expurgos de Diocleciano, e Ágata durante a perseguição promovida por Décio. Os sofrimentos a elas impostos foram feitos por homens mortais e pagãos, homens poderosos da época, reis e imperadores. Essa mesma torre foi a prisão de muitos dos primeiros mártires cristãos; Gervásio, Protásio, Nabor e Félix. Aqui neste circo, as carruagens circulavam e os gladiadores combatiam para o prazer do imperador Maximiliano.

— Maximiliano?

A memória do rapaz deu-lhe uma sacudida.

A irmã Concepcione voltou para ele os olhos remelentos.

— Sim? Já ouviu falar do imperador?

— Já — respondeu Bernardino, imaginando, lembrando a história da abadessa. — Ele martirizou São Maurício. Assassinou os seiscentos e sessenta.

A religiosa curvou sobre ele o sorriso desdentado.

— Exatamente — concordou, e começou a dirigir-se devagar à torre de novo. — Está aprendendo, *signor* Luini — acrescentou enquanto andava, sem voltar-se. — Está aprendendo.

Ele aprendia. Revolvia no claustro como um topo. Girava maravilhado com a ligação. As histórias de São Maurício, que lhe haviam chegado vivas no muro da chancela quando a abadessa as contava, recebiam crédito agora com o monstruoso imperador vivo, respirando, que desfrutara seus macabros prazeres ali naquele lugar. O mesmo lugar agora aureolado em nome do homem a quem ele assassinara. Bernardino deitou-se, tonto, no gramado, com as nuvens a passar acima. Ocorrera-lhe uma mudança. Estava aprendendo.

Estava aprendendo, apesar de si mesmo, a acreditar.

29

Amaretto

— Amante?
— Amare?
— Amarezza?

Simonetta e Manadorata olhavam-se de lados opostos da mesa. Cada um tinha uma taça de salgueiro do doce elixir âmbar, e cada um provava de vez em quando a bebida, enquanto tentavam fixar-se num nome para batizar a líquida alquimia da moça.

— Bem — ela começou. — Vamos retomar o início. *Mandorla* é a palavra que designa amêndoa.

— Um nome muito próximo do meu.

— Deveras. Então talvez devêssemos chamá-lo Manadorata, se você concorda. Não teria sido feito sem você.

O rapaz balançou a cabeça morena, e o rabicho de veludo do gorro balançou atrás dos ombros.

— Não serviria. Eu sou conhecido por aqui, e a associação com um judeu não seria boa para as vendas. Vamos pesquisar outras sugestões.

— Bem... a outra palavra latina para amêndoa é *amigdalus*...

— Que significa?

— Amígdala de ameixa, eu acho.
Ele soltou uma risada bufada.
— Mal chega a ser o radical de um nome. Que mais?
Ela tornou a provar a beberagem. Sentia grosseiro demais revelar a epifania que tivera quando a fazia, que destilara o prazer e dor dos sentimentos por Bernardino.
— Pareceu-me que a bebida é ao mesmo tempo doce e amarga. E as palavras para amar... amare... e amargura... amarezza... são muito próximas.
Manadorata assentiu.
— Na verdade, que o amor fica dentro da amargura, encontra-se a palavra amare no começo de amare-zza.
A moça deu um sorriso irônico.
— Então o amor termina em amargura?
— Para você, não. Você tem sua Rebecca, e seus filhos.
— Mesmo os que mais amam raramente morrem no mesmo dia. Todos acabam sós, mas o amor vive para sempre, como discutimos uma vez.
Simonetta teve um calafrio, ao lembrar-se de Bernardino. Teria ele lembrado dela, ou jazia agora mesmo nos braços de outra, onde estivesse? Uma ideia amarga, deveras.
— Digamos *Amaretto* então. Pois nossa bebida é apenas um *pouco* amarga. E devemos esperar que o gosto pelo menos traga alegria, enquanto permanecermos na terra.

A partir do dia em que o *Amaretto* recebeu esse nome, Manadorata e Simonetta andaram rápido na sua aventura. Ele trouxe uma turma de trabalhadores judeus para colher as amêndoas e cortar as árvores corretamente, com vistas à próxima safra. Ela supervisionava o processo — dizia aos lenhadores o que lhe dissera Lorenzo: "Deve-se espaçar os galhos, para que uma andorinha voe entre os renques sem bater as asas". Quando acabou, e as plantas ficaram em espaços elegantes, a moça olhou dos arcos da *loggia* e viu de fato um dos pequenos pássaros mergulhar e dar voltas pelas fileiras entrelaçadas. Como dissera, a andorinha não precisou fechar as asas. Ela teve um pressentimento, pois não haviam os romanos visto maus augúrios no voo daquelas aves? Livrou-se da sensação e entrou na cozinha, onde as mulheres empregadas por Manadorata haviam criado uma ruidosa colméia de atividade ao se prepararem para fazer o leite de amêndoa.

O banqueiro judeu pensara em tudo. Investira dinheiro para trazer açúcar mascavo de Constantinopla, limão de Chipre e maçãs da Inglaterra. O cravo e as especiarias vieram dos navios mercantes do Mar Negro, e trazidos por contrabandistas de Gênova. O alambique trabalhava dia e noite, e os usurários judeus tornavam a casa viva mais uma vez, enchendo-a de conversas e estranhas e belas canções. Doces melodias e palavras guturais flutuavam pelos aposentos.

De Veneza veio a carga mais preciosa, límpidas garrafas de *cristallo*, envoltas em seda como bebês. Quando Simonetta abriu o primeiro pacote, arquejou — pois a garrafa era uma coisa bela, brilhante como espelho na elegante forma de uma ânfora romana, com o fundo chato para ficar em pé. Uma rolha em forma de amêndoa dava acabamento ao todo, amarrada como uma fita do mesmo azul das cota d'armas de Castello.

Simonetta não sabia nem perguntou quantos ducados Manadorata despejara na aventura. Mas à medida que se enchiam, amarravam e engradavam as garrafas, ia saber que ele ainda não completara o investimento. O rapaz subiu a escada até o seu quarto, bateu na porta e entrou. Trazia nos braços um festão de vermelho e ouro que quase o escondia.

A moça voltou-se da janela e largou o arco, pois andara atirando em pombos para a panela. Usava o antigo traje de Lorenzo. Tinha os cabelos mais compridos agora, e emaranhados, uma das faces rubra com a marca do laço, os dedos esfolados e rachados de depenarem a caça. Ele deu um suspiro e jogou o fardo na cama.

— Que é isso? — perguntou Simonetta, deixando a janela.

— Foi-se o tempo em que você não fazia essa pergunta. É um vestido. Já esqueceu que tais coisas existem?

Ela sentiu-se atraída pelo material, que parecia fulgir por dentro. Esfregou a mão nas nádegas antes de atrever-se a tocar o tecido, macio e frio como a neve. Fios dourados pespontavam o vermelho rubi, e onde se cruzavam pérolas em formas de semente brilhavam como estrelas. Simonetta teve uma súbita vontade de sentir o vestido contra a pele.

— Para mim? — perguntou, incrédula.

— Acho que não serviria para mim. — Manadorata sentou-se na cama. — Simonetta, não consigo vender o seu licor. Você mesma tem de fazê-lo. É uma dama de boa posição, e a menos que eu tenha esquecido tudo que sei sobre o comércio, vai ser em breve uma mercadora muito bem-sucedida.

— Eu? — perguntou a moça. — Eu não estava... quer dizer, não posso.

— Qual o problema? — ele perguntou, aborrecido, como se já soubesse a resposta.

Ela deu um suspiro.

— Eu não nasci no comércio. Nasci na nobreza, entre os *signori*. Não tenho jeito para... *comércio*. Meu pai e minha mãe... Lorenzo, todos diriam que isso envergonhava o meu nome, e o deles.

O banqueiro sentou-se na colcha.

— Vocês têm muitas coisas que constituem um mistério para mim. A principal é a opinião cristã de que a palavra "comércio" equivale à mais vil maldição já lançada por um charlatão. Tudo muda, Simonetta. O velho mundo se foi. Só o seu nome não vai pôr comida na sua mesa, nem centelhas no coração. Mas, junto com o licor, esse nome pode fazer muita coisa. — Tomou o queixo dela na mão. — Você será o rosto dessa bebida, a figura de proa do navio, e como tal não pode vestir-se como uma criada mal paga.

Simonetta soltou-se e baixou o olhar melancólico para o próprio traje. Em segredo, ansiava por usar de novo o luto, mas até então achava que pagava uma penitência por Lorenzo.

— Vista — exortou o amigo — e tome — apresentou outro butim. — Um espelho, também de Veneza. Um pente. Óleo de rosas para as mãos — um frasquinho caiu na cama. — E por último — ergueu uma reluzente constelação que desabrocharam nos dedos. Uma coifa, ou *cuif* para os cabelos feita da mesma rede de ouro e pérolas — faça alguma coisa sobre essa gaforinha; só serve para pardais — acrescentou, e desapareceu.

A moça fechou a janela e tirou as roupas. Banhou-se da cabeça aos pés com a água da chuva recolhida num balde, e o frio causou-lhe caroços de arrepio na pele, como os pombos que depenara. Batia os dentes, tanto pelo frio quanto pela excitação, e ficou com os olhos azuis de ardor. Meteu-se no vestido e apertou-o o máximo que pôde, e a seda logo se esquentou em torno do corpo. Depois penteou os cabelos embaraçados até fazê-lo cair em ondas sobre os ombros. Tinha-os longos o suficiente agora para erguê-los, e começou a enredá-los numa trança *coazzone,* os dedos acostumados lembrando os modos de antes, o modo como arrumava os cabelos quando era esposa e dama. Pôs a touca no lugar, enfiando os caprichosos fios de cobre dentro da preciosa rede. Por último, roeu as unhas até deixá-las iguais e esfregou o creme de rosas nas mãos. Beliscou as bochechas e mordeu os lábios para fazer vir o sangue, e só então pegou o espelho veneziano. O que viu nele a fez saltar de excitação. Tinha os olhos enormes e brilhantes, a pele branca como pérola. Lábios róseos e olhos azuis como as fitas do *Amaretto*. Parecia mais magra do que lembrava, os olhos agora sombreados, mas os cabelos ainda de um vermelho polido e brilhando com os cuidados de um modo que rivalizava com o das pérolas que os adornavam. Ela baixou o espelho para ver o vestido refletido, e viu que tinha os braços mais finos, e haviam-se formado músculos sutis com o trabalho árduo; a cintura agora magra como a de um galgo. Ao descer a escada da cozinha, os trabalhadores pararam para olhá-los maravilhados, e até Manadorata perdeu a compostura por um instante. Os olhos da moça de repente arderam, quando ela sentiu a admiração, e ela desejou que Bernardino a visse assim. Voltou-se para o banqueiro, afastando o pensamento com um sorriso agradecido ao benfeitor. Como ele não falou, estimulou-o.

— E então? — perguntou. — Eu sirvo?

Ele começou a balançar a cabeça devagar e a sorrir.

— Sim — respondeu. — Serve muito bem.

Era o dia da grande feira de Pávia, a primeira da primavera e a maior da região. Simonetta pôs o vestido vermelho e desceu à *loggia*. A nova égua, à qual ela dera o nome de Rafaela, em memória da criada, fora selada, a crina coberta com o vermelho e dourado das fitas do feriado. Esperava também uma mula carregada de caixas de garrafas de *Amaretto* e tilintando como um trenó russo. Quando a moça tirou as luvas de montaria, Manadorata, que viera despedir-se, puxou uma jovem dama morena de sua sombra. Era alta e tinha um ar capaz, tristes olhos negros e uma beleza que falava do sul.

— Esta é Verônica, de Taormina — ele apresentou. — Vai ajudá-la hoje. Não precisará de comentários, pois é cristã, não judia.

Simonetta balançou a cabeça, compreendendo o tato do rapaz.

— Saudações, Verônica — disse.

O banqueiro continuou:
— Verônica a ajudará na feira, e a protegerá na rua. Você permite? — disse à jovem, que assentiu, enquanto ele abria a capa e revelava uma arrumada fileira de adagas, cada uma em forma de cruz maltesa. — Ela defenderá sua pessoa e seus ganhos. De onde vem, os salteadores são mais abundantes que nozes.
A viúva ficou curiosa e balançou a cabeça.
— Talvez você me fale desses lugares na estrada.
Os olhos tristes da moça encontraram os dela, e ela também balançou a cabeça. Manadorata interveio.
— Lamento que essa dama não conte histórias.
Simonetta olhou de um a outra.
— Ela não fala nosso dialeto?
Ele baixou os olhos.
— Falou um dia. Eu a conheço porque ela se casou com um dos nossos, José de Leon. Uma cristã que se casou com um judeu, e a gente dela arrancou-lhe a língua, e a vida do marido.
A viúva ficou tonta e agarrou as mãos da moça com toda simpatia. Maravilhara-se com a infelicidade causada pelo amor, e que o mundo opusesse tantos obstáculos à felicidade humana. Naquele caso, obstáculos desnecessários contra os que amavam em nome de Deus. Ela não tinha paciência para o seu Deus agora — e via ali mais um dos motivos.
Quando as mulheres entraram em Pávia, o volume de pessoas tornou-se mais opressivo, cachorros latiam e o gado se imprensava. Aqui um bobo fazia malabarismos com fogo e ali um vendedor de galinhas abria as asas da mercadoria como leques. Ao atravessarem montadas a famosa ponte da cidade, viram-se obrigadas a apear e levar os animais pelas rédeas. Verônica seguiu na frente, com uma estranha autoridade que de algum modo abria o caminho para a sua senhora. Subiam sempre, à medida que a multidão se adensava, e por fim chegaram à praça atrás do atarracado e vermelho *Duomo*, onde a

cacofonia atingiu o auge. Menestréis coaxavam músicas populares nos instrumentos fanhosos, e vendedores apregoavam mercadorias. Os deliciosos aromas de tortas e massas lutavam com os rançosos e agudos odores de urina dos carneiros e esterco de cabras. As duas encontraram um policial de gibão que as levou à tenda procurada com um ar condoído e atarefado. Simonetta notou com uma onda de prazer que a barraca a elas destinada ficava no centro exato da estrela de seis pontas, marcadas com paralelepípedos brancos sobre um fundo cinza. Decidiu ver aquilo como um sinal — achou agradável que a simples decoração, um símbolo judeu, fora sem intenção posta à sombra de um prédio cristão, e esperou que isso trouxesse sorte ao empreendimento. Descarregou as garrafas e Verônica tirou o tripé da mula para armar a mesa. Centenas de outras tendas competiam por espaço, e a viúva começou a ter dúvidas de que vendessem ao menos um vidro do precioso elixir. Mas cobriu o tripé com veludo azul e enfileirou as garrafas de cristal em cima do pano, tornando os produtos tão tentadores quanto possível. Por iniciativa de Manadorata, abrira uma das garrafas e trouxera uma taça presa a uma corrente que a outra prendeu na perna da mesa, para que os compradores em perspectiva provassem o licor ao preço de um cêntimo. As duas recuaram e esperaram, à medida que o sol se erguia e as pessoas passavam em volta. Como o banqueiro desconfiara, muita gente se juntou para olhar a dama de vestido vermelho, mas alguns pararam para provar, e depois comprar. Simonetta foi-se tornando mais ousada a cada venda, perdeu a timidez e conversou com a multidão, encantou os fregueses com a boa educação mas usou um humor mais grosseiro para os comerciantes e criados. Verônica mostrou-se uma firme e bem-vinda presença atrás, contando com ar triste o dinheiro entre os dedos e tudo vendo com os olhos negros. Enxotava os moleques ousados que rastejavam embaixo da mesa para recolher as gotas caídas da taça de peltre presa à corrente. Duas vezes agarrou o pulso de um batedor de carteira com mão firme, e outra viu, como não viu a senhora, uma simpática nobre, que passava os dedos no tecido dela, arrancando as pérolas da rede dourada. Uma mostra rápida das facas maltesas bastou para mandar a mulher de volta à multidão. Quando os sinos do *Duomo* bateram as Primas, já tinham vendido a última garrafa, e a cidade fervilhava com a notícia da nova bebida milagrosa. Quando as duas mulheres embalaram as coisas, os citadinos se tornaram tão ruidosos com as encomendas adiantadas que Simonetta fez Verônica tomar emprestadas pena e velino de um notário para anotá-las. Ao meio-dia, haviam partido, com promessas de retorno. Cantavam com gosto agora, e uma pesada sacola de ducados tilintava e saltava no pescoço da mula da muda.

Amaria Sant'Ambrogio, que fora à feira comprar figos, viu a maravilha da dama de vermelho e provou da taça na corrente. Achou — como sempre quando experimentava alguma coisa que a encantava — que devia ir chamar Selvaggio para partilhá-la também. Antes, teria erguido as saias e corrido até em casa, mas ciosa do recém-descoberto decoro, apenas andou o mais rápido possível, sem nenhuma exibição indevida de suas carnes. Encontrou-o, no anexo que ele construíra no quintal para instalar a oficina, e foi logo tomando-lhe o braço, com avental de carpinteiro e tudo. Correram de volta à praça da catedral, para ver a fabulosa beleza e provar o maravilhoso licor de amêndoas. Mas quando chegaram ao *Duomo*, o sol já subira e encontraram a tenda vazia. Amaria identificou um policial de passagem pelo gibão quadrado e ele informou-a que por pouco não haviam encontrado a dama. Restavam apenas as histórias da gente da cidade, os bons burgueses de Pávia pareciam deslumbrados pela loucura de maio, no entusiasmo com a nobre de vermelho e a incrível bebida. Mesmo a moça, cujas conversas se haviam tornado mais comedidas nos últimos tempos, falou o tempo todo da senhora a caminho de casa, dizendo-a bela como a própria Rainha do Céu. Mas ele manteve o passo. Para seu gosto, a única verdadeira beleza entre as mulheres pertencia àquela que lhe contava a história.

30

Pogrom

Manadorata, envolto em peles de urso, atravessou a praça de Saronno. Se algum dos bons cidadãos cuspisse em seu caminho, ou se benzesse ao vê-lo passar nesse dia, ele não notaria. Preocupava-o a crescente intranquilidade que se avultava cada vez mais desde que quebrara o jejum com Rebecca e os meninos. Via o dia frio e luminoso, e nada parecia muito fora do comum, mas não se sentia à vontade na cadeira, ou nos jardins. Não podia sentar-se nem levantar-se com facilidade, e pensou em andar para afastar os temores, mas o pressentimento o seguia como uma sombra. Não pusera a gola de rufos, mas nem por isso o pescoço o picava de forma menos incômoda. Correu o dedo para afrouxá-la, mas não encontrou alívio. Sentia-se como um homem no cepo, a garganta exposta e fria, à espera da queda do machado.

Ao passar pelo santuário, o adejar de uma coisa branca atraiu-lhe o olhar. Quando se aproximou das portas da igreja, o pavor tornou-se mais forte, e encontrou a origem daqueles medos. Os sentimentos que tivera de manhã, como vespas individuais, haviam-no levado até ali; acumulando-se cada vez mais, até formar-se um enxame negro, que emanava do ninho das vespas. Era um aviso, escrito em latim preciso e caligrafia elegante, e com o selo do cardeal. O que ele leu o fez voltar para casa de vez.

Uma vez dentro da estrelada porta, deixou cair as peles e chamou Rebecca. Pela segunda vez no casamento, disse-lhe que deviam deixar a casa e fugir, para salvar a vida. O cardeal decretara que o direito de os judeus possuírem propriedade ou fazerem negócios na região fora revogado, e quem tentasse infringir o édito seria mandado para a fogueira. A moça abraçou-o e ele sentiu-se mais calmo, e assegurou-lhe que haveria tempo para fazer as malas e partir de manhã.

Foi o erro fatal.

Por causa dos filhos, não alteraram a rotina do entardecer, comeram e rezaram juntos quando os meninos foram para cama. Elijah segurou duas velas brancas ao fazer a oração *hashkiveinu*, enrubescido com o raro privilégio.

— Deitai-nos ar para dormir, *Adonai*, nosso Deus, em paz; levantai-nos eretos, nosso Rei, para a vida, e estendei sobre nós o abrigo de vossa paz.

A vozinha de criança soava como um sino, as velas cremosas quase da altura dele, e a luz pálida beijava-lhe os cachos dourados e transformavam-no num anjo. O rostinho, porém, exibia uma expressão terrena de meio orgulho, meio atrevimento. Os pais sorriram e o coração de Manadorata doeu. Nunca amara mais o menino que nessa noite. Elijah, de olhos brilhante e inteligente, soube que Sarah fazia as malas, mas confiava que lhe dissessem o que precisava saber quando chegasse a hora.

Em breve os pequenos dormiam, e Rebecca retornou ao marido.

— Devo me deitar com você esta noite? – perguntou com um sorriso e franzindo a testa morena.

Ele sentiu o cheiro de incenso na pele da esposa apesar de senti-la arrepiar-se de medo, apesar da natureza brincalhona.

— Minha joia — disse. — Não. Devemos descansar bem, pois amanhã temos de viajar muito. Puxou-a para dar-lhe um beijo erguendo-a suavemente pelas cordas negras que eram os cabelos, como fazia quando se casaram.

Quando ela foi para o quarto, chegou uma visita. Isaac, filho de Abiathar; um grande amigo, metido na típica bata preta e branca do estudioso judeu. Aceitou o convite para sentar-se junto à lareira e tomou uma taça de vinho, mas logo se levantou, a cara feia, alegre e agitada.

— Zaqueu, você ouviu o decreto contra nós. Para onde irá?

Manadorata deu um suspiro.

— Gênova. Encontraremos um navio e viajaremos para leste, talvez o Império Otomano. Depende do lugar permitido para comprar passagem.

Isaac coçou o queixo;

— Gênova. — Pesou a palavra. — Uma cidade que odeia os judeus e está empesteada? É um lugar sombrio.

— É; mas também o grande porto mais próximo, e hoje é difícil saber quem *vai* acolher nosso povo.

Isaac balançou a cabeça, como homem sábio.

— Por que se demora? Se partir esta noite, pode chegar à Gênova no Shabbat.

Manadorata deu um tênue sorriso, os olhos sombreados pelo fogo.

— Isaac, meu amigo, você sabe o que é ter esposa e filhos. Não devo assustar os meninos. Mais algumas horas não terão importância.

Isaac esvaziou a taça.

— Espero que tenha razão. Eu irei para Pávia esta noite mesmo. — Estendeu a mão. — Não o verei de novo. Mas você foi um bom amigo, e desejo-lhe sorte. *Shalom.*

— *Shalom* — respondeu Manadorata. — Mais uma vez, estou em dívida com sua família pelos bons ofícios da amizade;

pois foi seu pai Abiathar, que repouse em paz, quem me avisou para deixar Toledo.

O estudioso balançou a cabeça.

— Mas foi seu presente em dinheiro sem juros a meu pai que nos salvou da penúria e nos possibilitou fugir para cá também. Então não vamos falar em dívidas.

Em resposta, o banqueiro estendeu a mão natural e puxou Isaac para um abraço. Quando o amigo partiu, ele sentou-se durante mais ou menos uma hora, olhando as brasas morrerem mas sem ver nada. Ao sentir frio, foi afinal para o quarto e deitou-se, vestido como se achava, na colcha de peles. De repente, sentia-se cansado demais para despir-se.

Manadorata teve sonhos estranhos e ameaçadores. Viu-se metido com um gibão de veludo vermelho e num chapéu de malha azul, preso a uma árvore. Ao lado, uma escada negra subia aos céus. Tinha aos pés, também, amarrados, os filhos Elijah e Jovaphet, vestidos de negro, um atado a cada perna. Quando baixava os olhos, via as cabecinhas louras brilharem. Choravam. Em volta, dez homens e quatro cavalos, com as cores dos cavaleiros do Apocalipse, observavam o destino deles sem qualquer expressão ou emoção. O céu negro arqueava-se acima, com estrelas brancas penduradas como flores. Na árvore, as mesmas flores ondulavam na brisa. Sob os pés, sentiu o calombo de uma pedra arredondada. Então veio o calor, quando lhe atearam fogo às cordas do tórax, e começou a arder e sufocar. Ouviu os gritos dos meninos ameaçados pelas chamas. A mão de ouro esquentou e o pulso escaldou com o fogo.

Então acordou.

A cama estava queimando, as cortinas consumidas, e as chamas lambiam a colcha. Deixara a mão dourada no fogo e não sentira. Saltou e correu ao quarto de Rebecca, mas o calor o repeliu. Lá dentro parecia um forno. Ele desviou o rosto e correu ao quarto dos meninos. Quase chorou de alívio ao ver que dormiam, intactos. Recolheu-os, com as cobertas e tudo, e desceu correndo a escada. Na porta estrelada, ouviu o feio canto da multidão. Voltou e atravessou o quintal, calando as perguntas de Elijah e o choro de Jovaphet. Abriu a pontapés o portão e arrombou a cerca. Segurando as crianças no alto, cruzou a terra noturna, os fossos de lixo de sua casa e os de toda a rua até sair nos arredores de Saronno. Sem se voltar uma única vez, tomou o bem conhecido caminho da vila Castello.

Simonetta viu-os chegar. Sempre à janela, acordada ao amanhecer para a colheita de amêndoas que ocorreria, viu-os cambalearem pela trilha acima, por entre as amendoeiras. Correu e pôde perceber logo que alguma coisa saíra muito errada. O imaculado Manadorata fedia, imundo, os meninos e ele negros de fuligem, e a criança mais velha — Elijah? — tinha estrias brancas no rosto, onde as lágrimas haviam corrido e marcara a sujeira. O banqueiro balançou a cabeça quando ela começou a fazer-lhe perguntas.

— Não pergunte nada. Por caridade, dê uma cama aos meninos. Eu tenho de voltar. — Tinha o rosto contorcido de angústia. — Rebecca.

Ela entendeu e tomou os pequenos nos braços. O amigo voltou-se e fugiu pela trilha abaixo, enquanto Elijah gritava:

— Papai!

A moça acariciou-o.

— Ele vai voltar — disse, esperando que fosse verdade.

Os olhos azuis do menino fitaram-na no rosto enegrecido.

— E mamãe também?

Simonetta não soube o que responder.

— Ele foi buscá-la. Vamos, vamos limpar vocês e encontrar um lugar quente para dormir.

Elijah submeteu-se então aos seus cuidados, e Jovaphet parou de berrar e grudou a boca no polegar. O menor brincava com os cabelos dela, que os levou para a cozinha. A viúva não sabia o que fazer — jamais tivera afinidades com crianças. As mulheres de sua classe sempre tinham babás e ela não tivera irmãos mais novos nem primos pequenos. Deitou Jovaphet numa pele diante da lareira e passou os olhos em volta, à procura de alguma coisa para entretê-lo. O jarro em forma de pomba chinesa cumpriu a tarefa, e ele brincou feliz, divertido com as cores fortes e os minúsculos dragões desgastados, enquanto ela passava um pano no maiorzinho. A moça correu para Jovaphet no momento em que ia rolar na lareira, mas chegou tarde demais para evitar que ele levasse uma das unhas negras à boca pouco antes de ser resgatado, e ela teve de varrer o resto. Enquanto varria os preciosos cravos, Elijah chutou a tigela d'água e encharcou os pés já congelados. Simonetta não sabia se ria ou chorava com a própria impotência, mas o rosto dele a fez decidir. O menino tremia, e não disse uma palavra ao reduzir a uma linha a boquinha. Ficara com os olhos vidrados de lágrimas não derramadas. Ela tagarelou de um jeito que lhe era alheio enquanto o limpava, depois o ajudou a lavar a cara e as mãos do irmãozinho. Então só lhe restou carregar os dois escada acima e deitá-los em sua própria cama, puxando as cobertas de símbolos heráldicos sobre eles. Sabia que tinha de descer até os colhedores de amêndoas para orientar o trabalho, por isso ficou aliviada quando Jovaphet adormeceu quase na mesma hora, o polegar firme no lugar. Mas ao deitar Elijah, as lágrimas transbordaram por fim do rosto dele e correram até as orelhas. Ele grudou-se à mão dela e voltou os olhos em sua direção, e de repente Simonetta soube o que fazer. Desapareceram a falta de jeito e a inépcia. Ela tirou a capa enquanto o menino ainda estendia a mão e enfiou-se ao seu lado. Apertou-o e beijou a loura cabecinha, fechando os olhos e aspirando o doce amargo da fumaça de madeira. Maravilhou-se com a lourice daquelas crianças judias e praticou sua ignorância — por que não deviam ser louras, porque tinham de ter cabelos negros e feições orientais?

Ao tocar com os lábios a cabeça de Elijah e sentir o gosto das lágrimas da criança, sentiu um desejo esmagador de protegê-la e ao irmão. Nesse momento, amou-o como um filho próprio. Manteve-o nos braços até ele adormecer, e depois, com relutância, destrançou os dedos dos dele, beijou-lhe as pálpebras e ia descer ao encontro dos homens. Voltou-se na porta e murmurou aos dois adormecidos que tudo ia dar certo, embora soubesse que não.

Na cinzenta madrugada, Manadorata voltou a pé a Saronno. Não precisava das estrelas agonizantes para orientá-lo, pois um negro sudário de fumaça erguia-se em negra coluna da rua dos judeus. Ao se aproximar de casa, viu não mais que tocos de dentes calcinados, abertos e sem teto sob o céu. As enegrecidas escadas subiam para parte alguma. Ele fez todas as preces que sabia para que Rebecca houvesse escapado às chamas antes que a alcançassem. Cobriu o rosto e juntou-se à malta de saqueadores que pisoteava seu lar, como gralhas bicando uma carniça. Viu um homem, o padeiro de olho branco, cuspir na caixa de filigranas de sua mãe e esfregá-la até a prata brilhar em meio à fuligem, antes de guardá-la no bolso. Manadorata teve vontade de matá-lo.

Buscou entre os destroços até avistar o que desejava. Uma mão que parecia uma aranha enegrecida erguia-se para o céu sob um caibro calcinado. Usava um anel de ouro com a Estrela de Davi, o presente que ele lhe dera em Toledo no dia do noivado. Caiu de joelhos então, pois as pernas compridas não o sustentavam. Tocou as cinzas quentes uma vez. O padeiro bateu-lhe no ombro, quase o derrubando sobre as cinzas.

— Seu patife de sorte. É um prêmio de fato raro, bom demais para uma rameira judia. Quisera eu tê-lo visto primeiro — disse.

Depois prosseguiu na busca, movendo-se desajeitado entre as coisas que a família amara. Manadorata ficou com os olhos turvos e esqueceu de respirar quando a raiva ferveu por dentro. Teria derrubado o homem, se não tivesse lembrado dos filhos — filhos de Rebecca — e enfiou o anel no dedo mínimo e afastou-se rápido, cabisbaixo, de volta a Castello.

Subiu a trilha entre os renques de amendoeiras. As flores choravam-lhe flores, e ele se lembrou do sonho. Encontrou e agachou-se no pé da planta mais robusta e de mais belo aspecto. Abriu um pequeno buraco no vão entre duas grandes raízes e enterrou o anel na terra fria. Disse as *tehillim*, e o vento açoitou as palavras hebraicas que lhe saíam da boca e espalhou-as pelas colinas. Depois, segundo o costume, pegou uma pedra redonda e colocou-a na cova de Rebecca.

Foi para casa então. Dois dos colhedores judeus ergueram a mão numa saudação, porém não disseram *shalom* quando viram o rosto dele, que olhos de sílex e sem lágrimas, mas o coração negro, tão negro quando sua casa calcinada, negros como os ossos de Rebecca, negros como a terra onde jazia o anel, de ódio pelo cardeal de Milão.

31

O anjo das velas

Bernardino sonhara com Elijah, o menino com a pomba na mão. Não sabia por que a lembrança o perturbava agora. Sonhava apenas com o tempo passado em Saronno, mas sobretudo que dormia nos braços de Simonetta. Não sonhava com os quadros nem com as amizades que fizera. Apenas com ela. Após esse problemático e antecipado despertar, deixou a cela ao amanhece e atravessou o claustro, pensando no menino agarrado a ele, quando o afastara de qualquer dano. Jamais tivera ligação com uma criança antes, mas aquela o atingira no coração. Embora fosse ainda o amanhecer, ouvia o canto das irmãs no salão das freiras e maravilhava-se com firmeza daquela devoção. Então sorriu para si mesmo, pois não se levantara cedo para seguir sua própria religião?

Entrou direto no salão dos crentes e pegou os pincéis. Enquanto misturava as tintas, tornou a lembrar, quando o sonho acabava, o rosto de Elijah. A cabeça à escovinha e os olhos sorridente quando o pegava soltando um palavrão que não devia ter dito. Bernardino sentiu arrepios ao afastar o rosto da memória. Esperava que o menino não estivesse morto, pois bem sabia que os mortos faziam visitas em sonhos. Morto ou ferido. Se estivesse, aquele seria o seu memorial. As linhas de carvão transformaram-se num anjo, asas brotaram dos ombros, e formou-se um amorável *putto* [anjo] — não um vistoso querubim de rosto celestial para integrar as fabulosas fileiras dos serafins, mas uma criança humana, com uma expressão humana. O artista trabalhou até a tarde, dando forma e cor. Pôs duas longas velas cerimoniais brancas nas mãos do pequeno, onde pesavam como a balança da justiça. Por último, o mesmo branco círeo proporcionou destaques para polir os cachos dourados. Bernardino recuou e apoiou o queixo na mão dolorida. Lembrou-se de quando conhecera Elijah, o menino instintivamente confiara nele e lhe dissera seu verdadeiro nome antes de corrigir-se com a versão "evangelista" cristã. Isso o fizera parar. O garoto era judeu. Teria o artista o direito de pintá-lo ali, entre os santos cristãos, sob os olhos de um Deus que não era o dele? Sem saber muito bem por quê, misturou uma gota de vermelho sangue e adornou as penas das asas até ficarem de um rubro brilhante. Se a posteridade questionasse, as asas vermelhas o marcariam — um anjo à parte.

32

Mão, coração e boca

Amaria e Selvaggio entraram no bosque. Assim que chegaram sob a copa das árvores, deram-se as mãos, como faziam quando ninguém da cidade via. Nesse dia ela sentiu o puxão quando ele seguiu na frente.
— Aonde vamos? — perguntou.
O rapaz deslizou os olhos verdes para o lado e sorriu.
— Você vai ver.
A moça não fez mais perguntas. Sentia-se feliz, segurando a mão dele, indo aonde ele queria. De vez em quando, olhava-o — aquele rosto amado e sério pintalgado pelas folhas sob o sol.
Selvaggio voltou-se, e regozijou-se com sua beleza. Nesse luminoso dia, ela parecia uma só com a chegada da primavera — podia ser a própria *Primavera*. A pele fulgia de saúde, os cabelos brilhavam nas voltas e espirais feitas com todo cuidado acima das orelhas e do pescoço, cravejados agora, em reverência à estação, com os olhos brancos e amarelos do dia. O vestido era do mesmo verde da terra, cortado de uma peça de tecido que ele comprara com os brincos, costurado antes diante da lareira de Nonna. Os olhos escuros da jovem faisca-

vam de animação e promessa. Tão *viva,* tão fecunda. O rapaz a via deitada abaixo e acima dele. Imaginava-a grávida de seu filho, seus filhos — as curvas do corpo crescendo em amplitude com o passar dos meses. Manchas de sol dançavam nos olhos dele, e o desejo batia-lhe no coração com tanta força que o faz temer perder a consciência. Desejara-a tanto, não apenas como amante, mas como raiz da família. Ela o trouxera de volta da morte e devolvera-lhe a vida. Era como uma vinha frutífera, e ele queria viver para ver os filhos de seus filhos.

Atravessaram as clareiras na floresta, seguindo o cristalino arroio até chegarem ao *pozzo di marito.* Quando viu os olhos d'água e ouviu o espadano das cascatas, Amaria arquejou de prazer.

— Foi onde nos conhecemos! — disse.

Selvaggio sorriu, e levou-a ao poço mais próximo, onde um peixe saltou e caiu num súbito lampejo de prata. Quando a superfície tornou a assentar-se, brilhante como um espelho, os dois olharam juntos a água, as mãos dele nos ombros dela.

— Sabe o que dizem deste lugar?

A moça corou.

— Dizem que... se a gente olha dentro do poço, vê o rosto do... marido.

Falou hesitante, como num sonho.

— E é verdade?

Amaria olhou-o bem, consciente da provocação. Mas ele tinha o rosto sério, e ela viu que não fazia um jogo.

— Diga-me você.

— Acho que é. — Selvaggio voltou o rosto dela para o seu, e o coração da jovem também deu um salto, como o peixe que tinham visto. — Amo você, Amaria. — Ele disse as palavras que ela lhe ensinara. — *Mano* — tomou-lhe a mão — *cuore* — levou-a ao coração — *bocca* — e beijou-a com carinho, na boca.

Quando por fim se separaram, tinham os olhos cheios de lágrimas. Ela era muito bonita quando ria de pura alegria.

— Venha para casa — disse. — Devemos contar a Nonna.

Voltaram a cruzar o bosque e o arroio, e dessa vez Amaria segurou a mão de Selvaggio por todo o caminho na cidade, para que todos vissem, como se jamais fosse soltá-la.

33

Santa Úrsula e as flechas

Bernardino passou uma noite agitada. Torcia-se na enxerga de palha e ao abrir os olhos tinha horríveis visões que marchavam pelo teto da cela. Fogo, gritos e Simonetta em perigo. Acabou por dormir, mas as visões continuaram mesmo então por trás dos olhos, e ele acordou para o dia cinzento com as faces molhadas, em vexatório pânico por não mais lembrar a face da amada. Dirigiu-se à sala dos leigos para começar a trabalhar, e quando ouviu as freiras terminarem os cantos da Terça, esperou escutar os passos da irmã Bianca. Sabia que ela viria, como sempre vinha antes de iniciar os ofícios do dia. A irmã levava as ordens a sério, e ele precisava da companhia, agora mais que nunca, pois receava ficar sozinho com seus pressentimentos.

Acabou por saber que ela chegara, embora a religiosa entrasse com pés silenciosos; e a sentiu, mais que ouviu, sentar-se atrás. E soube que se voltaria e a veria com as mãos cruzadas em atitude pia, olhando maravilhada o infiel pintar uma cena santa como se acreditasse em cada história e símbolo. Ele sentiu o conforto dessa presença, não como uma figura materna, nem tampouco como irmã, mas como uma coisa à parte de toda mulher que já conhecera. Jamais sentira tal indiferença à figura feminina, e apesar disso tão cálida amizade, sem as dificuldades e desafios que em geral assediam homens e mulheres nos diálogos. Sua mãe, muitas vezes cansada ou ausente com outro amante, pouco tempo tivera para ele. A Simonetta, amara de todo coração e ela o mandara embora em nome de seu Deus. A irmã Bianca, porém, nada lhe pedia, mas dava tempo, e conhecimento, conforto e consolação.

— O tema de hoje? — ouviu o tom delicado da freira.
— Santa Úrsula.
— Ah, Santa Úrsula.
— Diga-me. Eu só sei que a pintam com flechas. Eu gostaria de saber por quê.

Ela contou-lhe, como uma mãe que conta uma história aos filhos, o que a dele jamais fizera. Como nas melhores histórias, havia felicidade, mas também mágoa, e também o bem e o mal. A irmã Bianca não lhe poupou nada.

— Uma vez, na terra da Bretanha, vivia um bom rei que se chamava Theonotus. Ele tinha uma filha que era o sol em seu céu. Deu-lhe bom ensino, e a menina logo sabia tudo que se podia saber sobre as terras do planeta, os elementos que continha, ela conhecia os nomes de cada flor e pássaro, cada corpo celeste, e que países havia no sopro dos quatro ventos. A princesa tornou-se tão bela quanto sábia, e logo foi procurada para casamento por Conan, filho do rei da Inglaterra do outro lado do mar, na época um país pagão que não aceitara a fé cristã.

Como antes, quando a abadessa falava, Bernardino via as cenas descritas aparecerem no painel em branco que ia pintar. Não entendia o que lhe acontecera para fazê-lo ver assim, que agora era irmão dos grandes visionários, rabdomantes ou leitores da sorte do mundo pagão, ou mesmo dos místicos religiosos do mundo santo. Sabia apenas que o que lhe acontecia era real. Via agora a princesa dourada, de crescente beleza e cultura, ajoelhar-se para beijar a seca face do pai de barba grisalha.

— O rei ficou triste porque a filha ia deixá-lo — prosseguiu a abadessa —, mas a moça concordou em casar-se sob três condições.

Bernardino via a cena em que Úrsula se levantava para falar aos emissários do rei da Inglaterra, altos e retos como uma vara de salgueiro.

"Eu gostaria que o príncipe me mandasse dez das mais nobres damas de sua terra para serem minhas companheiras e amigas; e para cada uma dessas damas e eu mesma, mil criadas que cuidem de nós", contou a freira. "Segundo, ele deve me conceder três anos antes da data do casamento, para que eu e essas donzelas tenhamos tempo de afirmar nossa fé com visitas aos santuários dos santos em terras distantes. E terceiro, peço que o príncipe Conan aceite a verdadeira fé e seja batizado cristão. Não posso desposar mesmo um tão grande e perfeito príncipe se ele não for um perfeito cristão."

Bernardino sorriu consigo mesmo da decidida natureza da jovem que agora via. Baixou a voz, como se Úrsula estivesse de fato ali.

— Quer dizer que ela negou sua pessoa para que ele se convertesse.

— Na verdade, acreditava que as condições seriam demasiadas para Conan e ficaria livre — respondeu a irmã. — Mas Úrsula era mais loura que qualquer dama em todo o mundo, uma pele de pérola, os cabelos de ouro, e os olhos azuis como o manto da Virgem.

O pintor engoliu em seco ao lembrar-se de Simonetta, pois ela tinha olhos que podiam ser descritos assim. Mais uma vez, esforçou-se para ver com tanta clareza quanto a santa à sua frente. Não precisava de tal descrição, pois via bem nítida a princesa na parede; começou o rosto da santa enquanto Úrsula falava, com pinceladas rápidas e precisas.

— O inglês mandou cartas a todos os pontos das ilhas, Irlanda, Escócia e Gales, convidando todos os cavaleiros e nobres a enviar as filhas à corte, com as criadas que as serviam, as mais louras e nobres da terra. Úrsula reuniu as onze mil virgens, e num grande prado com um riacho prateado as batizou, todas que não haviam aceitado Deus. Partiram para Roma para visitar os santuários, e tiveram uma viagem tão difícil pelas montanhas geladas que Nosso Senhor Deus mandou seis anjos as onze mil no caminho. Elas acabaram por chegar à Itália e passaram pelos grandes lagos de nossa querida Lombardia, onde as montanhas brancas olham suas gêmeas no espelho d'água. Por fim alcançaram a Cidade santa e ali Conan as seguiu, para reunir-se à sua dama ao cabo de três anos, e ser abençoado pelo próprio papa. Grande foi o júbilo do par na reunião, pois, apesar da relutância inicial, Úrsula passara a amar o noivo. Ele recebera instrução sobre a fé cristã e se fez batizar, e quando se curvou à vontade da jovem e cumpriu as condições, ela o aceitou de todo coração à vista de Deus.

Mais uma vez, os olhos de Bernardino foram tomados por uma visão, e a parede ganhou vida. Enquanto via a cena transfigurada, sabia que tal felicidade convidava à condenação, a condenação que vira no sonho. Toda doçura desfez-se em desespero e morte, como ocorrera ao seu amor por Simonetta. Sabia que Conan e Úrsula não permaneceriam unidos, e ao ver o casal ajoelhar-se nos fabulosos escrínios sentiu um arrepio de piedade.

— Eles rezaram nos santuários de Pedro e Paulo e depois partiram para Colônia, onde continuariam a peregrinação. Mas os bárbaros hunos que sitiavam aquela cidade ficaram perturbados com a visita. Sabiam que tal companhia de belas peregrinas louras na certa se instalaria ali e em pouco tempo se casariam todas e converteriam os maridos... e depois toda a região... ao cristianismo. Portanto caíram sobre os indefesos fiéis e voltaram os arcos mortais contra eles. O príncipe Conan foi o primeiro a tombar, varado por uma flecha, aos pés de sua princesa. Depois os selvagens soldados lançaram-se sobre as gentis donzelas como uma alcatéia de lobos, e as onze mil ovelhinhas brancas foram massacradas, cada uma.

Mais uma vez, o artista viu a carnificina trazida pela doce voz da freira. Procurou Úrsula entre os caídos. Sabia que ela devia estar ali, mas precisava conhecer a sorte da donzela.

— Úrsula manteve-se valente e firme até o fim, com coragem e força moral. Sua beleza e bravura brilharam com tanta força que os bárbaros a pouparam. E quando só restou ela entre os mortos eles a levaram ao rei dos hunos. Ele ficou tão impressionado com a beleza e coragem da cativa que lhe propôs casamento. A jovem recusou com tal desdém e censura que ele curvou o arco, disparou três flechas no coração da princesa Úrsula e matou-a na mesma hora. Mas Úrsula e suas onze mil virgens derrotaram a morte, pois se tornaram famosas no martírio, e ela, ao perder a coroa terrena, atingiu a coroa do céu. Ainda é a santa intercessora de todos os que morrem pela flecha; uma pobre companhia, receio, nestes tempos.

A freira calou-se, sem dúvida na esperança de que Bernardino refletisse sobre o que acabara de contar.

Ele cerrou os punhos. Esforçou-se para resistir à piedade da história, a fácil conclusão do martírio inevitável. Que tolo fora ao ter esperança, pensar que Úrsula poderia sobreviver, pois cada capela da cristandade tinha pintado o seu fim. Mas então se lembrou de Simonetta, da coragem dela; não na batalha, mas na vida diária, na forma como lhe viera, queixo erguido, pedir dinheiro para salvar a casa e a fortuna, quando sua gente a censurara na igreja, como o forçara e mandara fugir quando tudo, menos a lei de Deus, gritava que ficassem juntos. Recordou os tempos em que ela lhe falara das caçadas diárias com o arco, como aperfeiçoara a mira dia a dia, lembrando-se dos espanhóis que haviam matado seu marido. Conheceria ela essa história? Rezaria à santa padroeira das flechas? Agora punha em Úrsula uma veste de ouro e branco, e um manto vermelho e púrpura. A mártir tinha os cabelos torcidos para trás, mas cachos ruivos continuavam a emoldurar a bela face. Bernardino continuou a trabalhar muito tempo depois de a irmã Bianca ter ido embora, até Úrsula segurar um feixe de flechas numa das mãos e uma palma na outra. O pincel fazia-a baixar os olhos para o anjo de asas vermelhas no painel abaixo, e ele concluiu a pintura com uma cruel e mortal farpa que se projetava do peito da santa. Os olhos serenos com pálpebras lombardas abaixadas permaneciam impávidos apesar da flecha projetada; curvada sobre Elijah, como se a agonizante visse o futuro da criança. Por fim, misturou os brancos e dourados e pôs uma coroa celeste na cabeça, uma coroa de filigrana feito de fino tecido, com flores de lis e pequenos círculos de prata e dourado. Perguntava-se se também Simonetta mostraria tal coragem diante do verdadeiro conflito entre vida e morte. Não conseguiu livrar-se da sensação de escuridão iminente, como se a noite caísse em volta como acontecia do lado de fora. Desceu da plataforma e, numa canhestra genuflexão, ajoelhou-se na pedra fria. Pôs-se a rezar pela primeira vez em anos, numa linguagem hesitante, num tom em desuso. Não se dirigia a ninguém, santo ou divindade, nem Pai, Filho ou Espírito Santo. Apenas pediu com fervor que jamais chegasse o dia de exigir tanto de Simonetta.

34

A árvore de Rebecca

Manadorata, por insistência de Simonetta, hospedou-se com os dois filhos no Castello. A viúva fez da casa uma morada para eles, usando a recém-descoberta riqueza para mobiliar os quartos com artefatos castelhanos encontrados em Pávia, Como e Lodi, outras feiras que frequentara com o licor *Amaretto*. Ele nem uma vez falou de Rebecca, e ela tampouco lhe perguntara a respeito, mas sabia que na segunda vez que o banqueiro viera à sua casa, naquele dia fatídico em que perdera a esposa, Jovaphet, jovem demais para entender, pedia todo dia a mãe, mas consolava-se facilmente com um confeito e um abraço. Elijah, calado e taciturno, encharcava a cama toda noite, e acordava febril e gritando. A dona da casa via que o pai parecia demasiado machucado para reconfortar os meninos, e por isso tomara a si a tarefa. Começara a deitar-se na cama com os meninos, de modo que o mais velho encontrasse sua mão à noite, e voltasse a dormir sem saber, naquele estado de sono, que ela não era Rebecca.

Com o verão, o menino começou a degelar-se, voltaram-lhe os sorrisos, e ela o ouvia rir ao correr atrás de Jovaphet entre as amendoeiras. Simonetta sentia-se feliz mas preocupada com o amigo. Manadorata parecia concentrar-se apenas na produção e venda do *Amaretto*, e nem uma vez olhava dentro do próprio coração. Noite após noite, nas noites amenas dos dias de canícula, sentavam-se como amigos diante da lareira. Nesses momentos, a castelã achava que talvez ele lhe falasse do que perdera. Mas o banqueiro não o fazia, nem ela falava de Bernardino, ali sentados, os dois atados pelo amor; pombas de asas aparadas, condenadas a não voar.

Na vez seguinte em que Simonetta e Verônica foram à feira em Pávia, foram abordadas por um homem de trajes preto e branco. Ele cumprimentou a segunda em hebraico e perguntou se Manadorata ia bem. Temendo uma armadilha, a viúva olhou a outra, em cujo sensato julgamento passara a confiar. A muda fez que sim com a cabeça e ela respondeu ao desconhecido tudo que podia sobre o amigo e filhos. O judeu perguntou mais algumas coisas, curvou-se e disse:

— Por favor, diga a ele que Isaac, filho de Abiathar de Toledo, lhe quer bem. Um dia tive a sorte de chamá-lo amigo.

Simonetta tornou a olhar o veneziano, à espera de confirmação, e respondeu:

— Por que não perguntar a ele o senhor mesmo? É bem-vindo, *signor*, a voltar à minha casa, onde ele agora mora.

Isaac voltou com elas, dizendo à castelã no caminho a dívida que ele e seu falecido pai tinham com Manadorata, e ao ouvir a complicada história de usura e salvação da bancarrota, mais uma vez maravilhou-se com a solidariedade do povo judeu. Quando precisara, nenhum cristão quisera ajudá-la, só um judeu a socorrera, e dera-lhe amizade.

Ela sabia que tinha bons instintos quando as duas se abraçaram na *loggia* em casa. Retirou-se cedo e deixou os homens conversarem. Esperava que Manadorata encontrasse alívio num velho amigo, e talvez acabasse por falar de Rebecca.

Isaac não mais deixou o Castello. Simonetta notou o *status* de intelectual do velho e contratou-o como tutor dos meninos, julgando adequado que tivessem uma boa educação e um completo conhecimento dos textos sagrados judeus. O conhecimento dela cresceu com o deles quando Elijah começou a contar-lhe histórias e fábulas. Tornou a maravilhar-se ao ver como eram diferentes, e no entanto semelhantes, as religiões. Quando o verão se ruborizou em outono, também a família se aqueceu. Manadorata parecia mais feliz e amadurecido com as estações. Ela viu com alegria que começava a florescer uma amizade entre Isaac e Verônica, com promessa de mais. Depois, chegou o dia inesquecível em que o menino mais velho entrou correndo na cozinha e mostrou-lhe um lagarto vermelho do jardim. Trazia a criatura, que jazia imóvel na mão, a língua do animal tremulando como um minúsculo dragão, e na excitação chamou-a de "mãe". A viúva não fez comentários, e advertiu-o sobre a lama nos sapatos, mas tinha o coração emocionado ao dar-lhe um abraço forte e feroz; Elijah logo passou a usar o nome, e Jovaphet o seguiu. Simonetta olhava ansiosa para Manadorata quando os pequenos a chamavam assim; ele mantinha os olhos inescrutáveis, mas não reprovava, e tampouco os corrigia. Ela deliciava-se com esse novo amor que lhe chegara. Não sabia que as crianças podiam significar tanto para ela, que seu amor por eles precisava dos ilimitados recursos de um coração devastado. Sempre pensara em encher aquelas paredes com uma família que se amasse reciprocamente. Sempre pensara apenas que seriam carne de sua própria carne. Aprendia agora que a família significava mais que as linhagens, muito mais.

Tudo ia bem até o padeiro de Saronno trazer pão e massas à casa. Sinal da nova prosperidade, Simonetta encomendara petiscos para os meninos comemorarem a segunda colheita de amêndoas. Fazia um ano completo que haviam chegado à casa, e ela desejava que encontrassem felicidade num dia que podia trazer más recordações. Manadorata, trabalhando na plantação, logo passou a conhecer os olhos pequenos e o nariz bulboso do padeiro, e olhava uma fração de segundo a mais. Como da última vez vira o patife cuspindo nas cinzas de Rebecca, não resistiu a um olhar gélido à cara do homem. Depois se maldisse pelo fato de o sujeito virar a mula e partir. Ele próprio não usava peles nem veludos, mas o chapéu vermelho e a túnica de pernas azuis dos colhedores, e a mão de ouro enluvada, porém sabia que fora visto.

No dia seguinte, eles vieram.

A noite caía e as estrelas começavam a espetar o céu. Manadorata achava-se na grande amendoeira, a que em particular chamava "Árvore de Rebecca", e colhia as últimas frutas dos galhos. A seus pés, os meninos brincavam de "clamidas quentes"; usavam túnicas negras pela mãe, em forte contraste com o traje vermelho e azul de colhedor do pai, mas pareciam muito felizes. Revezavam-se, um punha uma venda improvisada, e o outro o cutucava com um chicote. Rindo e tonto, o cego tentava pegar o atacante que permanecia, de uma forma tantálica, fora de alcance e crocitava "clamidas quentes!". Manadorata sentiu-se abalado pela imagem, e de repente lembrou-se da sinagoga, personificação simbólica feminina do judaísmo. Sempre se representava judia na arte usando uma venda, para indicar suas práticas ignorantes, e pior ainda, segurando a cabeça de um bode que simbolizava o Diabo.

O banqueiro vira uma imagem dessas antes, a dolorida cabeça caída da personagem Sinagoga, petrificada em estatuária, no alto nicho na catedral de Estrasburgo. Nesse dia dera as costas, enojado, pensando que tal preconceito tinha tudo a ver consigo. Mas agora lembrava e sabia que esse preconceito, ao contrário, tinha tudo a ver. Levara-lhe a mão e a esposa, e mais uma vez sentiu o mau cheiro da premonição. Quando o sol caía, o tempo esfriou, os olhinhos de Jovaphet começaram a fechar-se sob a venda, e o pai soube que devia levá-los para dentro. Virou-se para dar a notícia, quando o crepúsculo lhe chamou a atenção — uma leve calidez na trilha, depois outra, depois outra.

Tochas.

O fogo sempre significara encrenca, para ele e os seus. O banqueiro agarrou os pequenos e correu trilha acima em direção à *loggia*, mas ali encontrou, a cara feia e olhar de parede do padeiro iluminados, o padeiro.

Levaram-no então, e amarraram-no à árvore de Rebecca, com cordas que lhe envolviam o peito até ele mal respirar. Manadorata gritou aos meninos que corressem, mas eles estavam estonteados demais e os pegaram. Ao ver que não podiam escapar, murmurou aos filhos que se tratava apenas de uma brincadeira, mas nada detinha os gritos deles quando o amarraram ao pai, um em cada perna, e puseram-lhes aparas negras aos pés. Agora lutavam e davam joelhadas como coelhos apanhados numa armadilha, e tentavam agarrar as pernas, as lágrimas pingando nas roupas matinais. O banqueiro sentia as mãozinhas que tentavam tocar-lhe as pernas, os ombros que roçavam as coxas. Nada podia fazer. Os filhos achavam-se nas mãos de Deus, e Deus, parecia, virara o rosto. Ele vasculhou as caras feias em busca de uma expressão simpática, alguém que recuasse, sem saber o que fazia; alguém com quem argumentar. Se ao menos encontrasse um homem hesitante na multidão, não imploraria pela própria vida, mas imploraria até o fim para que soltassem os meninos. Viu todos os rostos, porém, endurecidos, todo olho mau, e toda boca a cuspir os feios epítetos dos quais passara a vida tentando proteger aos ouvidos de Elijah e Jovaphet. Ergueu os olhos para as gordas estrelas que pendiam do céu negro, e a negra escada que a multidão trouxera para colher gravetos, e logo compreendeu. Não havia como escapar. Aquela hora já fora escrita pelo destino; ele sabia que o sonho viera buscá-lo. Via-se ali, no quadro do pesadelo. Amarrado a uma estaca, os filhos amarrados a ele, uma trindade de mártires à espera do fogo da morte. Dez homens os cercavam, seis riam num desagradável nó de gente que aguardavam o padeiro, e quatro montados. Como no sonho, cavalgavam um cavalo pálido, um cavalo branco, um cavalo preto e um cor de açafrão, dos cavaleiros do Apocalipse. O céu negro como o fim do mundo, e veio-lhe a constatação de que acabara. Baixou o olhar para as cabeças louras dos pequenos, e torceu a corda até cortar as mãos; sabia que não podia livrar-se, mas queria pôr as mãos naqueles louros cabelos uma última vez. Tão cálidos, tão macios.

— Amo vocês — sussurrou.

Jamais lhes dissera isso antes, e jamais diria.

O padeiro parou com a tocha e cuspiu uma suja gosma no rosto de Manadorata. Ele não se encolheu, nem virou a outra face como dizia o Velho Testamento. O homem deixou cair a cabeça, desconcertado, e por vingança enfiou a tocha na pilha de lenha aos pés do pai. Xingou e cuspiu quando as aparas recusaram-se a pegar fogo. O banqueiro bateu os pés impotente, mas sem necessidade, pois o fogo não pegava. De repente, sentiu a pedra memorial de Rebecca, redonda e dura, sob o pé. Nesse momento, soube que ela o acompanhava. Uma pequena chama de esperança saltou no coração, logo apagada quando o padeiro encharcou as cordas no peito dele com azeite de oliva e ateou-lhes chamas com um tição em brasa. Quando o fogo queimou a pele *ele* soube que estava liquidado, mas a chama alcançou acima das cordas, longe das cabeças dos pequenos. Talvez Deus visse aquilo e os salvasse, se solicitado. Manadorata fechou os ouvidos às zombarias da turba e às lágrimas do filho. Ergueu os olhos para o céu e pôs-se a falar em hebraico. O cérebro febril, confuso e fervendo com a dor incrível, não encontrou as preces certas de súplica. Fixou-se apenas nas palavras que Elijah dissera, na última oração da noite antes da morte de Rebecca.

— Deitai-nos para dormir, *Adonai,* nosso Deus, em paz; acordai-nos eretos, nosso rei, para a vida, e espalhai sobre nós o abrigo de vossa paz.

Antes de chegar ao Amém, o fogo tomou-lhe a garganta.

Atraída à janela pela conflagração, Simonetta pensou que um incêndio na floresta viera tomar as amendoeiras. Mas registrou com olhos horrorizados a figura amarrada no círculo formado pela luz das tochas, e os homens e cavalos reunidos em torno da grande árvore. Não hesitou quanto a armas novas e velhas — pouco sabia do arcabuz, nem como segurá-lo ou dispará-lo, e via que as crianças haviam sido amarradas junto ao pai. Pegou rápido o arco de caça, e num segundo pôs uma flecha na corda. Não havia tempo. Estreitou o olho da mira sobre o padeiro, que parecia chefiar a multidão, mas o rosto do amigo acima das chamas a fez parar. Forçou-se a olhá-lo — ele não demonstrava dor enquanto o peito ardia, mas olhava-a direto, olhos de aço brilhantes na face esturricada, olhos fixos nela, depois balançou devagar a cabeça e fechou-os para sempre. Ela sabia que ele estava perdido. Sabia o que devia fazer, e quando viu uma língua de fogo começou a iluminar a barba, disparou uma vez, com precisão, no peito onde as cordas o prendiam. Sabia que varara o coração, pois a cabeça logo pendeu. Tudo se fez num instante. Trêmula, a viúva desceu às pressas a escada, empurrando da entrada Isaac, que acorrera a ajudar. Verônica aprontava em silêncio as facas maltesas para a vingança, mas a senhora balançou a cabeça.

— Fique dentro de casa — sibilou —, eles são muitos; vão pegar você também.

Ao sair, limpou as lágrimas com um piscar de olhos e obrigou-se a erguer o queixo. Agarrava o arco numa das mãos e um feixe de flechas na outra, para deter o tremor. Usava um novo vestido dourado, debruado de veiro branco. Era Santa Úrsula ressussitada. Sabia que o teste ainda viria. Parecia-lhe que o mundo acabara e na verdade as estrelas começavam a cair, quando entrou na multidão. O cérebro febril mal registrava alguma coisa, mas quando as frias flores lhe tocaram o rosto soube que eram flocos de neve. Em setembro, ocorria o Apocalipse e os céus choravam.

Simonetta enfrentou o padeiro enquanto o fogo queimava o corpo do amigo, com o hediondo odor de carne estrangeira calcinada. Óleo queimado pingava da cabeça dos meninos em pranto, e ela temeu que o fogo atingisse os cabelos, mas obrigou-se a desviar os olhos e enfrentar a malta com um sorriso cruel.

— Belo tiro, minha dama — disse o padeiro, a deferência nascida da surpresa.

Ouvira dizer que a prostituta de Saronno abrigava judeus e deixava-os trabalhar para ela. Ao que parecia, não.

— É direito matar infiéis que invadem minha terra — forçou-se a dizer a proprietária.

Ouviu-se um murmúrio de aprovação.

— Eu também gostaria de ter atirado nesses moleques judeus — ela continuou. — Mas vejo que a neve molhou os gravetos.

O que, por milagre, apagara mesmo.

— É — respondeu o líder. — Tivemos de encharcar as cordas. O azeite de oliva pegou uma fagulha, e ele sofreu mais porque o coração ardeu primeiro.

Simonetta bloqueou os ouvidos à ciência do fim de seu mais fiel amigo e encaminhou-se à árvore em meio à neve que caía. Pegou o rosto de Elijah e obrigou-o a erguer o queixo, até os olhos encontrarem os dela.

— Confie em mim — formou as palavras com a boca, ocultando o rosto para a multidão. E voltou-se decidida. — Minha boa gente. Tenham vocês a bondade de deixar esses filhotes infiéis comigo. Dou-lhes minha palavra que serão criados como cristãos. São jovens demais para terem se contagiado com os hebreus. Deus sorrirá para nós por salvarmos dois cordeiros perdidos.

A multidão tornou a murmurar, e a viúva não se atreveu a respirar.

— É verdade — disse por fim um perdoador. — É o que diz a Escritura.

— Sim — concordou o taberneiro. — Eu mesmo tenho dois filhos pequenos. É melhor que esses sejam poupados. O pai pagou os pecados.

Simonetta não pôde olhar o corpo carbonizado do amigo. Mas pegou a faca de caça e soltou os meninos, a pele espetada de medo de que a turba a detivesse. Abaixou-se para abraçá-los, mas isso podia esperar — segurou firme cada um pelo pulso, fazendo-os dobrar-se e gritar.

A malta começou a desfazer-se, mas o padeiro demorou-se, os olhos brilhantes como os das pegas com a ideia da mão de ouro que o fogo não tocara.

— Que os corvos o biquem — ela disse, num gesto de descarte, mas o homem ainda se demorou um pouco.

A castelã obrigou-o a fazer a pergunta.

E a mão?

Simonetta pensou rápido.

— Vou dá-la ao padre Anselmo. O ouro do infiel terá um uso divino.

— Ela tem razão — disse o perdoador, seu maior defensor. — Por que deveria você ficar com a mão? Se for dada à Igreja, vai beneficiar a todos, não apenas à sua bolsa gananciosa.

Arrastou o amigo, mas os dois fizeram um esboço de deferência à dama antes de partirem, sinal do recém-descoberto respeito.

Ela, nauseada pela admiração de tais homens, deu um gracioso sorriso. Para não ser vista, enfiou os dois meninos dentro de casa, e ao transpor a soleira sentiu as pernas cederem e desabou aos pés de Isaac e Verônica. Agarrou-se ao braço do velho.

— Agora você pode ajudá-lo — disse. — Espere um instante, para ter certeza de que eles se foram. Mas depois corte as cordas, deite-o e conceda-lhe os direitos que sua fé exige. Ele merecia uma melhor morte, mas tudo se fará da forma certa agora que se foi.

Deixou Verônica ajudá-la a tomar banho e instalar os meninos pálidos e mudos. Lembrou-se da época depois que a mãe deles morrera, e sabia que levaria tempo acalmá-los. Mas o choque dos acontecimentos da noite havia cobrado seu preço. Ela os beijou nos olhos fechados e desta vez não lhe deu garantias de que tudo ia dar certo. Dessa vez fez uma promessa que sabia não poder cumprir.

— Eu vou cuidar de vocês.

Simonetta desceu para juntar-se a Isaac e Verônica na grande árvore, e ele já cavara uma vala para o cadáver, negro na terra branca. Ela tremia de frio e emoção, a mente lutava para enfrentar o que acontecera. Como podia seu melhor amigo estar ali num momento e haver partido num piscar de olhos? E pela mão dela própria? Manadorata jazia agora no manto cor de gralha do velho, à espera do enterro. Pela trama do tecido, a viúva via que haviam tirado a flecha do peito. Sentia-se feliz por Isaac haver assumido esse encargo; por não ter de ver a haste projetada de sua própria lavra. Maldisse a si mesma pela covardia, e ficou olhando enquanto a neve transformava o manto negro em puro branco.

— É adequado — disse o velho.

Ela piscou para livrar-se da neve.

— O quê?

Nada parecia adequado nessa noite; o mundo virara de cabeça para baixo. A neve dava a ilusão de estrelas que caíam do céu, e ela julgou-se em queda no espaço infinito.

— Que é que é adequado?

Isaac apontou o corpo do amigo.

— O sudário ficou branco. A cor certa de um *tachrihim*, o envoltório fúnebre de meu povo. Deus age.

Sem uma palavra, Simonetta di Saronno arregaçou as mangas e pegou a segunda pá. Sentia-se comovida por Isaac haver pensado em Deus em tal hora, quando Ele parecia ter desertado o fiel servidor, tirando-o dos filhos inocentes. De repente, viu com o olho da mente a imagem que Manadorata descrevera quando conversaram de fato pela primeira vez, ali sob aquelas árvores. O coração em chamas e perfurado que Santo Agostinho segurava na mão, o santo que culpara os judeus pela morte de Cristo. A imagem parecia agora ter enorme impacto, e importância, mas a mente em rodopios da viúva não a entendia. Ela sabia apenas que, quando tornasse a vê-la, conheceria o coração em chamas, penetrado por sua própria flecha, que batia na mão do santo. Saberia que era o coração do amigo.

Manteve o ritmo e trabalharam juntos, logo auxiliados por Verônica. Juntos, cavaram sob a neve que caía. Uma coisa metálica tiniu sob a pá de Simonetta e a terra revelou um anel de ouro. Ela esfregou-o no vestido e o objeto surgiu nítido na branca noite de lua, uma estrela de seis pontas.

— De Rebecca — disse o velho.

Ao balançar a cabeça, a senhora sentiu o aperto de um soluço na garganta como uma mão dura. Acabaram por fim e deitaram o corpo na terra fria. Isaac entoou as últimas palavras e os salmos *tehilim*, como fizera um dia Manadorata ali pela esposa morta. A viúva não descobriu o cadáver, mas antes de começarem a despejar a terra ajoelhou-se e apalpou embaixo do sudário, à procura da mão de ouro. Enfiou o anel de Rebecca no frio metal e sentiu-o logo quente ao toque, quase como se ele continuasse vivo. Lágrimas quentes começaram a escorrer-lhe dos olhos. Embora a carne fosse perecer com o tempo, os dois símbolos de ouro do marido e da esposa ficariam na terra para sempre. Ela jurou, ali e então, que aquela cova, sob aquela árvore, era o mais próximo que a mão algum dia chegaria dos cofres de Anselmo, e sabia que o padre aprovaria.

Encheram a cova, e o negro monte ficou branco num instante com a neve que caía implacável. Verônica tomou o braço de Simonetta a fim de levá-la para dentro, fazendo um gesto de que deviam deixar o velho só. O tutor balançou por um instante a cabeça para a senhora e tocou-lhe o trêmulo ombro uma vez.

— Entre, senhora — disse. — Na ausência da família dele, eu devo ser o *shomrim*, o guardião dos mortos. Ficarei algum tempo aqui de vigia e rezarei.

A castelã assentiu. Sentia de repente um cansaço mortal, mas, sem saber se tornaria a dormir após o que vira. Andou até a casa de braço dado com a criada — amiga — e subiu a escada para repousar com os meninos, a fim de que eles não sentissem sua falta durante a noite.

Também se sentia despedaçada física e mentalmente pelo que fizera. As mãos tremiam e os dentes batiam apesar do calor do quarto. Joelhos trêmulos a cada passo, o estômago revirado, a garganta ameaçando vômito; se chamada agora a pôr a flecha no arco, não poderia tê-lo feito. E, no entanto, num momento de fria presteza, uma curta hora antes, um instante de rápidos pensamento e execução, matara alguém. Disparara a flecha num coração em chamas, e o fato de o coração agonizar não pareceu mitigar nem um pouco as ações. Seria aquilo que Lorenzo de fato faria, no dia-a-dia, quando longe nas extensas campanhas. Ela tirara uma vida por piedade, mas ele o fazia pela glória, a vitória e o ganho político; todas, motivações muito mais tênues que as suas. Num ato que a surpreendera, juntou as mãos trêmulas, dobrou os fracos joelhos e moveu os dentes em prece. Era uma estranha a Deus já fazia alguns meses, e após os acontecimentos chocantes e nojentos, admirara a firme fé de Isaac sem entendê-la. Não rezava desde a partida de Bernardino. Sabia que não precisava perdão por haver tirado uma vida, pois o fizera para poupar dor a Manadorata e salvar as crianças. Por isso não rezava para pedir perdão, nem mesmo pela alma do amigo. Isso podia ficar para depois. Não, Simonetta de repente sentiu que tinha de dar graças por um milagre; pois a inesperada neve apagara os gravetos que iam fazer o fogo da morte para os pequenos. Voltaram-lhe as doutrinas das Escrituras, fazendo-a lembrar que Santa Luzia fora salva do fogo porque os gravetos não deram lume. Lembrou-se também de Santa Apolônia, que por vontade própria se entregara às chamas, como fizera o amigo. Tinha de repente as histórias nas pontas dos dedos, parecendo à espera — pouco além do alcance da memória — para ser recebidas de volta e convidadas a seus aposentos como um viajante havia muito perdido. Olhou pela janela a lua e as estrelas e falou, mãos juntas, às santas; uma que vivia no Paraíso sem olhos e outra sem dentes:

— Obrigada.

35

A condessa de Challant

Bernardino acostumou-se ao ritmo das horas canônicas. Matinas, Laudas, Primas, Terças, Sextas, Nonas, Vésperas, Completas. Soavam como passadas; o passo firme da sílaba — Laudas, Primas, Terças, Sextas, Nonas — entrava num trote de duplas — Vésperas, Completas — ao final do santo dia. Corrida do sol ao cair, corrida para amontoar as orações antes do fim da noite e de começarem as preces no início do dia com a madrugada. E no entanto, jamais havia qualquer corrida ali, nem pressa, nem urgência. O pintor sabia quanto tempo ia levar em cada peça apenas pelas rezas que as irmãs cantavam. Habituou-se ao silêncio do lugar; as conscienciosas freiras andando nos jardins, ou colhendo as ervas, ou lendo as Escrituras em voz alta. Ele habitava um mundo onde não havia palavras ásperas, paixões canhestras. Ali não se ouvia fala mais alta que uma prece, barulho acima do farfalhar de um longo hábito no pavimento, ataque aos ouvidos além dos modos e cadências do simples canto. O artista sentia o bálsamo da amizade com Bianca como um avanço natural, uma continuação natural da amizade com o irmão dela, a sequência benigna de um sinistro nascimento. Dava um sorriso secreto ao pensar como duas barras da linhagem se assemelhavam uma à outra, como o legítimo e o ilegítimo partilhavam muito do pai.

Bernardino partiu para mais um dia de decoração desse mundo silencioso, mais um dia em que a osmose da religiosidade em torno se introduziria em sua pele. Como rezara na noite passada, começara, hesitante, a falar com Deus quando Bianca se ausentava. Por isso ao procurar a amiga nesse dia, o dia em que ia iniciar o painel de Santa Catarina, sentia-se imbuído por uma sensação de paz. E quietude. Assim, surpreendeu-se ao encontrar a abadessa a andar de um lado para outro, agitada. Ela quebrou o ovo de calmaria dele e levou-o de uma vez ao outro mundo, um mundo de violência, paixão e morte.

— Que foi?

— Preciso de sua ajuda. Você virá?

O tom de Bianca tinha uma urgência e direção que ele desconhecia.

— Que foi que houve? — perguntou, perplexo.

— Temos pouco tempo — respondeu a abadessa. — Um amigo corre grave perigo. É bom o senhor usar o manto de nossos irmãos leigos. Assim vestido, estará a salvo na multidão.

— Que multidão?

Bernardino sentiu-se grato pelo disfarce; pusera o pé na cidade pouquíssimas vezes nos últimos meses: excursões necessárias apenas para encontrar o cliente e comprar pigmentos, pois sabia que o cardeal ainda podia procurá-lo. Como um eco desses pensamentos, a religiosa disse:

— Sei que o senhor arrisca a vida se deixar estas paredes. Eu não pediria isso levianamente. Vem ou não?

Ele pensou apenas um instante. Tinha certa quantidade de coragem moral, mas muita curiosidade natural, e de repente ficou galvanizado pelo desejo de ver o que acontecera em Milão.

— Por certo — respondeu.

Sem mais explicação, a irmã Bianca levou-o pelo herbário e saiu do portão na velha torre do circo. Desceram devagar o *Corso Magenta*, pois a rua se achava apinhada de gente, e as pessoas que passavam em volta faziam o zumbido nervoso de mil abelhas. Bernardino de repente virou-se para olhar a frente do mosteiro, com a fachada de pedra Omavasso e moldes de mármore, como uma criança ansiaria por ficar em casa ao rastejar, como uma cobra, para a escola. Teve uma estranha sensação de vulnerabilidade, agora que saíra do porto seguro das paredes do convento. O sol mal saíra de trás de uma doentia pálpebra de nuvem amarelo cinza e brilhava como o baço losango laranja de um cometa que pressagia contágio ou guerra. O pintor puxou o capuz para o rosto e deu as costas aos feios rostos que pareciam escarnecer, após as calmas e divinas faces das irmãs. Pegou a manga da abadessa.

— Que rebuliço é esse? Aonde vão todos? Aonde vamos nós?

— Ver uma execução. Vamos, talvez cheguemos tarde demais.

— Conte-me enquanto andamos, então. Quem vai ser executado?

Bianca parecia em visível agonia, e ele mordeu o lábio à frívola escolha de palavras.

— A condessa de Challant, uma grande amiga minha e de minha família.

— Do seu pai? Então sem dúvida ele talvez interceda.

— Posso ter ido longe demais para isso. O povo exige a morte dela.

— O povo? Por quê?

— Eles tomaram uma posição moral contra mulher conhecida por ser libertina. Uma mulher cujo pecado foi ter mais de um homem; na verdade, mais de dois.

Um sino tocou no peito do artista. Ali, então, estava a prova da censura à espera das mulheres que amavam com liberdade. O seu rival pela disputa do coração de Simonetta morrera, e no entanto o fantasma bastava para dividi-los eternamente. O povo de Saronno escarnecia dela, e ali em Milão as paixões de uma dama podiam valer-lhe a morte.

— Como aconteceu?

A abadessa contou a história, enquanto andavam pelas ruas, guiados como folhas na corrente com a multidão que passava pelo *Duomo*.

— A condessa Di Challant era filha única de um rico usurário que morava no Casal Monferrato. Tinha mãe grega, e era moça de tão perfeita beleza que, apesar da origem humilde, tornara-se esposa do nobre Ermes Visconti aos dezesseis anos.

Bernardino soubera de tal casamento.

— Que idade tinha o marido?

A freira sorriu, e desapareceram as rugas na testa, para logo retornarem.

— Velho o suficiente para ser avô da menina. Ele a levou consigo para Milão, onde ela frequentava a casa de meu pai, mas nenhuma outra. Brincava comigo quando criança com muita bondade e alegria, mas escondida de outras companhias. O velho marido contou a meu amigo Matteo Bandello que sabia do mau gênio dela o bastante para não fazer visitas com a liberdade das damas milanesas. Com a morte de Ermes, quando a viúva ainda tinha menos de vinte anos, a condessa retirou-se para Casale e levou uma vida alegre entre muitos amantes. Um desses, o conde de Challant no Val d'Aosta, tornou-se o segundo marido. Foi conquistado pela extraordinária beleza da moça, mas os dois não combinavam. Ela deixou-o e estabeleceu-se em Pávia. Rica em virtude da riqueza herdada do pai e do primeiro marido, e ainda bonita na meia idade, entregou-se então a uma vida de desavergonhada dissolução. Teve inúmeros amantes.

Sacudido pela multidão, o pintor achou que a condessa descobrira a vida ideal, mas sentiu um ferrão na história. Precisou segurar a manga do hábito da abadessa para não se separarem e ouvir o resto.

— Devo citar dois dos amantes. Ardizzino Valperga, conde de Masino, e o siciliano Don Pietro di Cardona. Ela se cansou de Masino, mas Don Pietro a amou com a insana paixão de um rapaz muito jovem. O que ela desejava, ele prometia fazer cegamente; e ela o mandou assassinar o preferido anterior.

Bernardino ficou chocado pelo fato de a libertina haver-se tornado assassina. Não sabia das intenções da abadessa, mas tinha de gritar as perguntas.

— Mas irmã Bianca, parece que essa dama deveras exerce uma má influência. Pode a senhora, uma serva de Deus, defender tal mulher? Pode esperar interceder por ela?

— Somos todos pecadores, Bernardino. Mas ninguém tem o direito de tirar vida, só Deus. Se a matarem agora, o duque Sforza não é melhor que o assassino Don Pietro.

— Então ele foi preso? Que aconteceu?

— Nessa época ela vivia em Milão. Don Pietro atacou o conde Masino, que se atrasou uma noite na ceia. O conde foi assassinado; mas pegaram Don Pietro. Ele revelou a atrocidade da amante, e mandaram-na para a prisão. Está sendo guardada agora na fortaleza de *Porta Giova*, o castelo dos Sforza, aguardando a execução esta manhã mesma.

— Então que pode fazer a senhora?

— Espero comprar a liberdade dela. Embora tenha agido errado, creio que expiou o crime e dói-me saber que pode pagar pelo ato de outro. Embora use hábito, ainda sou mulher, e arde-me o coração uma mulher ser morta pelo que fez um homem, pois mais forte que o tenha influenciado. Espero apelar para que minha amiga se torne uma das irmãs, viva no arrependimento no círculo do nosso claustro. — A multidão parou um instante e ela voltou-se para ele. — Como vê, Bernardino, quando penso na condessa não vejo uma libertina, nem mesmo uma assassina. Vejo a gentil dama que brincava e ria com uma criança solitária na casa do meu pai.

A turba reduziu o passo no *Duomo*, onde os ambulantes buscavam vender aos incautos. Viam-se imagens da condessa, famosa beldade de cabelos amarelos e rosto lindo. Os dois baixaram a cabeça para varar o aperto das pessoas. Os mascates vendiam água benta para limpar o corpo e os mais empreendedores empurravam punhados de crina de cavalo nos capuzes, dizendo serem cabelos da condessa. Num palco de madeira, atores com máscaras grotescas reencenavam a história de luxúria e assassinato, os dois amantes ostentando imensos falos de papier-machê nas virilhas. Um deles, com uma comprida peruca amarela, alisava-os em pura lascívia, antes de o trigueiro duque siciliano matar o napolitano, que jogava rolos de fita vermelha na multidão para imitar sangue. No final, um enorme machado de prata caía sobre o branco pescoço da condessa e seguia-se mais sangueira.

A multidão atingiu um auge da excitação ao mesmo tempo repugnante e desorientador para o artista, após meses de paz. Ele bem sabia porque a abadessa quisera proteção nesse dia, pois os casais se imprensavam abertamente um no outro em libidinosa manifestação de erotismo, e viu uma solitária jovem lutar contra um círculo de homens que soltavam miados e puxavam-lhe as roupas. Bernardino ergueu os olhos para o céu e viu os santos de pé em cima dos pináculos góticos do *Duomo*, com uma expressão de sofrimento, eles próprios atores sobre o doentio fundo açafrão do firmamento. Também ele começou a sentir-se inquieto pelo fato de uma dama bem-nascida ir ser assassinada pelos pecados dos amantes, e avançou à força com urgência.

Aproximaram-se das rampas da grande *Porta Giova*, cujas ameias pareciam milhares de guardas de mil chaves usadas para manter os Sforza e a cidade isolados. Mas não nesse dia. Nesse dia os grandes portões da *Torre del Filarete* se abriam, e a turba passava, sob o olhar tristonho da enroscada serpente Sforza que adornava as armas do castelo. Pronta para atacar, pensou Bernardino, pronta para matar. Nesse dia, os guardas *paghe de vida*, soldados assalariados usados para proteger o castelo, descruzaram as lanças e deixaram passar a multidão. Dentro, o grande pátio de desfile da *Piazza d'Armi* ficou entupido de cidadãos, todos se sacudindo em busca de posição. A irmã Bianca tomou o braço do amigo e puxou-o para a periferia da massa humana, levando-o a um lance de degraus de pedra na muralha da *Ghirlanda*. Ali, demorava-se uma figura vestida de seda azul, à espera. O homem curvou-se ao ver a abadessa e beijou o anel de sinete.

— Saudações, Matteo — disse a freira. — Não fora um dia sombrio, este seria deveras um encontro de mentes. Matteo Bandello, grande escritor, este é Bernardino Luini, grande pintor.

Os dois homens curvaram-se e olharam-se com curiosidade. Um estranho usava o hábito de irmão, porém mais bonito que qualquer monge tinha direito a ser. O outro, feio e mal favorecido, era na verdade monge, mas usava as mais finas roupas que algum dia enfeitaram um cortesão. Os olhos do escritor brilhavam vivos de animada inteligência.

— Espero que tenhamos oportunidade de falar-nos depois, pois admiro as obras suas que vi, *signor* — disse Bandello.

O pintor, que jamais fora um grande leitor, não pôde corresponder com os mesmos elogios refulgentes às novelas do outro. Mas o sujeito já seguira em frente; a mente veloz trabalhava, as mãos gesticulavam, quando ele retomou a urgência do dia.

— Conseguiu tudo? — perguntou à abadessa.
— Consegui. Quinze mil coroas.
— Do *mosteiro*?

Mesmo num momento desses, ela sorriu.

— Dificilmente. De alguém que conhece a condessa e deseja-lhe o bem.

Bandello balançou a cabeça.

— Alessandro Bentivoglio. Seu pai sempre foi um autêntico nobre, tal largueza é típica da generosidade dele.

A irmã Bianca deu seu meio sorriso estranho e sussurrou de volta e rápido:

— Um diplomata, ele sabe, que deve agir em seu nome neste caso, pois de nada adiantaria ser visto como partidário. A condessa ofendeu muito o povo, e meu pai não pode se permitir fazer o mesmo. Tampouco pode o duque, que está aqui.

O escritor balançou a cabeça.

— Ele, não. Francesco Sforza não vai arriscar o pescoço no meio da multidão, apesar de todas as campanhas em tempo de guerra. Mas pode ter certeza de que vigia, da segurança da *Rochetta*. — Como explicação indicou com um aceno a parte segura e com janelas do castelo. — Só se chega lá pela ponte retrátil, que como vêem foi recolhida. Esperemos que o nome do fosso atravessado por ela não seja profético.

— *Fossato Morto* — O fosso dos mortos.

Bandello deu um sorriso vampiresco e recebeu a pesada bolsa de couro da abadessa.

— Bem, vamos ver o que se pode fazer com esta bolsa. Espere aqui. Eu volto.

Viram a figura azul subir a rampa e desaparecer na grande torre redonda com o nome de Bona de Saboia, a castelã morta muito tempo atrás. Abaixo do muro da taberna, a turba ficara nervosa e os cantos começaram a revezar-se no pátio — canções de taberna enquanto as pessoas esperavam o prometido derramamento de sangue. Bianca fechou os olhos para a cena e moveu os lábios numa prece. Bernardino sentiu-se perturbado o suficiente para interromper essa devoção.

— Não se pode tentar uma fuga? — sussurrou.

A abadessa não abriu os olhos.

— Já tentaram. Muitas passagens levam desse castelo a um lugar seguro, um deles na reserva de caça do Barco, e de lá para o campo; o outro conduz ao mosteiro de Santa Maria Grazie.
— Santa Maria della Grazie?
Então ela abriu os olhos.
— Conhece?
— Sim, a obra-prima de meu mestre, o *Cenacolo*, está lá.
A freira balançou a cabeça.
— A *Última Ceia*. Eu jamais a vi. Mas há um passadiço coberto secreto que liga a fortaleza a esse lugar; foi construído pelo próprio Ludovico il Moro, quase fazia viagens noturnas para visitar o corpo da esposa morta na capela. Diz-se que ainda se ouvem os soluços do velho duque no passadiço à noite.
— A abadessa corrigiu-se. — Sete noites atrás, a condessa tentou fugir para o mosteiro por essa rota, mas foi traída. A bolsa é nossa única esperança agora.

Ela fechou os olhos e pôs-se a correr os dedos pelas contas do rosário preso à cintura.

Bernardino calou-se. Vasculhava com os olhos a multidão, recolhendo as expressões feias, e registrou na memória os detalhes das caras zombeteiras. Lembrou-se do livro deixado na cela junto à Bíblia, o *Libricciolo* feito por Leonardo dos grotescos que lhe interessavam, mas a cabeça do discípulo era uma biblioteca de tais personagens. Muitas na multidão nesse dia se veriam imortalizadas nas paredes de San Maurizio, quando ele pintasse a "Zombaria a Cristo". Um frade com os trajes cor de gralha dos dominicanos subiu no bloco do pátio que coroava as rampas e iniciou, com um zumbido anasalado, uma diatribe em latim contra os males das mulheres, começando com Eva e persistindo por todas as épocas até os dias atuais. Os sentimentos do homem iam da aprovação pela multidão — o culto que sabia latim e concordava com as opiniões expostas, e o ignorante que apenas encontrava vazão para o coro de roucos

"Sim". O frade levou uns bons momentos no discurso, antes que o pintor percebesse o bloco onde ele se achava, e sentiu frio apesar da lã do hábito.

Bandello acabou por retornar. Trazia a bolsa e balançava a cabeça ao descer.

— Ninguém quis — informou. — Mesmo nesta época de corrupção, não ousam tapear a multidão e roubar-lhe o momento. Ela está condenada.

Tornou a balançar a cabeça em solene aceitação e os três viram a cena desenrolar-se. Da *Torra de Bona di Savoia*, surgiu o sargento d'armas, seguido por uma figura de cabelos cor de cobre. Ao passarem entre as rampas, Bernardino adivinhou que a condessa era uma ampla figura vestindo um traje dourado pespontado de prata. A multidão zombou e assobiou quando o penoso desfile emergiu da sombra da grande torre, e atirou os legumes e esterco que trouxera dos catres. Retomaram-se os gritos de "Rameira", que ecoaram pela praça. Bernardino admirou a muda compostura da condenada diante de tal censura, mas espantou-se com o fato de tal mulher ter feito dois corações baterem tão forte que transformou ideias em assassinato. Ela deixara para trás anos, expandira-se na cintura e tinha a pele bronzeada de uma camponesa. O pintor notou que a natureza pouco tinha a ver com a dádiva dourada dos cabelos, mas era óbvio que ela usava artes e unguentos empregadas pelas venezianas para clarear as tranças. Depois a mulher voltou-se para a criada em prantos que lhe segurava a cauda do vestido, beijou-a na face e favoreceu-a com um sorriso de sardas, e o artista viu o rosto erguido na promessa de beleza e prazeres da cama. Depois abriu o rufo e deitou a cabeça no cepo, e o carrasco adiantou-se. Quando a viu baixar a cabeça, notou da posição privilegiada em que se encontrava um vasto espectro de emoções escritas no rosto, medo abjeto, sofrimento, o prazer de uma vida bem vivida, uma lembrança do que significava amar e ser amada, o gosto do bom vinho, orgulho e dignidade, e a vontade de deixar o mundo com nobreza na qual nascera. Bernardino sentiu as lágrimas lhe espetarem os olhos ao registrarem a realidade do que ela sentia; não havia ali santa de gesso, mas uma mulher de verdade à sombra do machado. Tudo correu tão rápido que ele só acreditou no que se passava quando acabou. A lâmina caiu com uma varrida de foice e o sol doentio beijou a arma numa despedida ao cair. Fitas e sangue escorreram na multidão, e o ato consumou-se. Ergueram alto a cabeça da condessa, os olhos rolados para trás até se verem apenas as escleróticas; as sardas não mais pingariam.

O artista soube que a irmã Bianca sofria naquele instante, e passou-lhe o braço nos ombros.

Bandello tomou a mão da abadessa e disse:

— Eu escreverei a história da condessa. Mas agora tenho de ir, antes que meus mestres deem por minha falta.

Com outro beijo no anel e um aceno de cabeça ao pintor, fundiu-se na multidão.

Os menestréis atacaram e a turba dançou num ondulante dragão gordo de sangue e saciado, de volta à praça do *Duomo* para farrear pelo resto do dia.

— Fique aqui — disse de repente a irmã. — Preciso ver o sargento d'armas. Tenho de fazer mais alguma coisa por ela.

Ele esperou, com o sol a subir mais alto, e o castelo emudeceu. As pedras vermelhas aqueceram-se e o sangue secou nas paredes, mergulhado na memória daquele e outros assassinatos, mas protestando inocência, enquanto a luz mostrava a fineza da arquitetura; o empuxo das paredes, a volta de uma escada, o alcance da torre redonda no céu laranja.

Irmã Bianca voltou com a bolsa de couro, não mais tinindo mas cheia e arredondada e escura na base. Com um nó no estômago, Bernardino soube o que havia dentro, e as quinze mil coroas, não suficientes para comprar uma vida, fora-o para comprar aquela.

— Vamos — disse a freira. — Por fim vamos testemunhar os ritos.

Apenas Bernardino e a abadessa sabiam que a cabeça da condessa de Challant repousava no jardim de ervas do mosteiro de San Maurício. Apesar dos pecados, haviam-na admitido no claustro consagrado, e na verdade ficara entre as freiras; embora não como a boa freira pensara. A irmã Bianca colocara-a sob as flores brancas espalhadas do pé de valeriana, erva conhecida como "cura tudo", que protege contra o ego e traz paz e calma. Quando os sinos dobravam para a Prima, a sombra da torre do circo caiu sobre o terreno como um duende, e o pintor sentiu o significado daquele jardim outrora o centro de árida areia da arena da morte. Aquele parque de diversão Imperador Máximo vira muitas coisas. Mais de uma cabeça, ou membro, teria jazido ali — ainda jazia, talvez — e o sangue escurecia todo dia a areia embaixo da turfa. Também pulsava na cabeça de Bernardino ao ouvir a multidão rugir na *cavea*, ele viu o sanguinário imperador acenar da *metae*.

— A alegria do povo — dissera Ausônio, *populique voluptas circus*.

Por Deus, ele o vira nesse dia. A multidão uivante e a sede de sangue. Bernardino soube então: a paz do claustro que sentira apenas nessa manhã não passava de ilusão. Quando por fim entraram no salão dos crentes, era apenas meio-dia, embora a ele parecesse que se passara um ano desde que cruzara o claustro no silêncio e contemplação matinais. O pintor pegou os pincéis, mas não conseguiu pensar em nada além das cenas da manhã. Ao esboçar a abençoada Catarina, não pôde deixar de desenhar a face doméstica da condessa, e imbuí-la não com as tórridas paixões da vida, mas a tranquila e digna maneira como ela morrera. Traçou o vestido dourado bordado de prata, a nobre cabeça curvada diante da espada do assassino:

— Santa Catarina — disse à irmã Bianca. — Que aconteceu com ela?

Mais uma vez, a abadessa contou-lhe a vida da santa, mas dessa vez tinha a voz trêmula, o tom cheio de mágoa, e a história sempre interrompida, impregnada do significado que os dois tinham visto.

— Catarina foi nobre e valente, pois aos dezoito anos apresentou-se ao imperador Máximo, que perseguia com violência os cristãos, e censurou-o pela crueldade.

Bernardino ergueu o olhar que pousava nas tintas.

— Máximo de novo?

— Até ele. Catarina saiu do debate vitoriosa. Vários adversários, conquistados por sua eloquência, declararam-se cristãos e foram na mesma hora executados. Mas ela realizou tantas conversões mesmo a partir da cela, incluindo a da esposa do imperador, que a condenaram a morrer na roda, mas, quando a tocou, o instrumento de tortura acabou destruído como por milagre.

Bernardino continuou a desenhar, tomado de fúria. Mas agora a mente do artista não pintava apenas cenas de santidade na parede para depois copiá-las. Agora via apenas a condessa, e o fim da dama. Desenhou as rodas nas quais a quebrariam no sentido metafórico e físico, e explodiu-os com o poder dos anjos, até as engrenagens e dentes soltarem-se. Então balançou a cabeça para desenho mecânico do mestre Leonardo, não Deus na máquina, mas a máquina em Deus, e imaginou de novo as torturas que a humanidade preparava por si mesma. Ouviu a voz da amiga estalar atrás, quando ela encerrou a história:

— O imperador, furioso além de todo controle, mandou decapitá-la, e os anjos levaram o corpo para o Monte Sinai, onde depois se ergueram uma igreja e um mosteiro em homenagem a ela.

A abadessa afundou num genuflexório e cobriu os olhos para rezar, ou chorar, ele não sabia o quê. Viu-a, sem mexer-se, lamentar o que perdera — muito mais que uma amiga de infância. Também a inocência dela se fora. Quando ela ergueu a cabeça, as lágrimas escorriam-lhe pelas faces.

De repente o martírio tinha uma face humana, como os dois haviam testemunhado pela primeira vez em duas vidas protegidas, um ser humano morto por outro.

— É bom termos visto o que vimos — disse por fim a irmã. — Já lhe contei muitas histórias, de santos e pecadores, mártires e os melhores homens. Sento-me aqui, pregando-lhe essas homilias superficiais dos canonizados e dos horrores que suportaram. Como posso *eu* ter a presunção de fazer do *senhor* uma pessoa melhor, trazer o *senhor* para a fé; — era arrogância. Ela se levantou e pôs-se a andar de um lado para outro, agitada. — Mas até hoje eu não sabia o que falava. Não conhecia a verdadeira coragem diante da morte. Tenho aqui um ministério abrigado, uma vida de silenciosa contemplação. Fui criada na riqueza e jamais prestei socorro aos doentes nem estive entre os agonizantes. Aqui, damos esmolas aos pobres; trazem aqui os respeitáveis e fisicamente capazes, e jogamos moedas aos pés deles. Aqueles que sofrem de varíola e os aleijados sem braços ou pernas, devorados pela lepra, esperam do lado de fora do salão dos crentes. Todos têm fé ardente, mas não são admitidos, para que as irmãs não se contagiem. Jamais fui ao encontro da doença ou perigo de morte. Aqui nos escondemos; chamamo-nos esposas de Cristo, mas somos virgens, jamais conhecemos o calor de um leito ou o que o leito leva o coração humano a fazer. Nada sabemos do amor ou do que é dar à luz, ou qualquer das provações das mulheres mortais. Daqui para diante, vou mudar meu ministério — afirmou, socando com o punho a outra mão. — Minha fé assumirá uma natureza mais prática. Eu e minhas irmãs devemos sair para o mundo, levar nosso ministério ao povo desta cidade, tornar a vida suportável para os desafortunados deste lugar.

Bernardino ficou comovido com a mudança na freira. Em troca, reconheceu em si próprio alguma coisa dessa mudança. Deixou o banco e tomou a mão com o anel do ofício.

— Eu também — disse. — Jamais vi uma coisa assim. Jamais fui soldado, e sofri zombarias por isso. — Repetiu as palavras de Gregório, que não esquecia. — Quando os rapazes jovens morrem, eu os *pinto* morrendo. Quando sangram no campo de batalha, tento encontrar o carmim certo para pintar o sangue. Todo rosto que crio acaba em calma aceitação de um destino horrível, mas trata-se apenas de um tropo, minha concepção do que pode ser o momento da morte. A condessa de Challant pode me ensinar muita coisa sobre a face humana do sacrifício.

— Então, se a pintar aqui, faça-lhe justiça. Deus nos cria a todos diferentes. Seu talento não é um jogo de esgrima ou batalha, o senhor na certa morreria na primeira escaramuça — ele deu um sorriso triste —, mas pinta como um anjo. Talvez este dia nos mude aos dois. Ambos cruzamos o Rubicão — ela reconheceu — e jamais poderemos voltar. É para lá de estranho que a morte de um pecador e não de um santo nos tenha assim alterado. E se o senhor pinta o real, o humano, tanto quanto o divino, não terá igual, e minha amiga não haverá morrido em vão.

Foi o que fez o artista. E outro homem que também havia mudado nesse mesmo dia fatídico manteve a palavra e escreveu uma novela sobre a vida da condessa de Challant. E no fim da obra Matteo Bandello acrescentou:

"E assim a pobre mulher acabou decapitada; tal foi o fim de seus irrefreados desejos, e aquele que gostaria de vê-la pintada de acordo com a vida, que vá à igreja do Monistero Maggiore, que lá contemplará o retrato da dama."

36

O pombal

Selvaggio acabara. Aplainara, lixara e polira, e agora o pombal ficara perfeito, erguido altivo e branco como um osso, a madeira brilhando à fraca luz do sol. Depois enterrara a robusta estaca no chão, a casinha redonda de teto em forma de chapéu branco e duas entradas em arco para os moradores. A pequena torre instigava-lhe a memória enquanto a fazia, lembrando a imagem das ameias envoltas em nuvens de Camelot, mas a cena desaparecera tão logo lhe ocorrera. Ele recuou e examinou a obra, orgulhoso. Era o palácio dos pombais. O carpinteiro trabalhara incansável na casa de aves como se fosse um presente para alguém a quem muito queria no dia do patronímico desse alguém.

Fazia quase um ano que combatera os mercenários suíços em defesa de Amaria. Ela e Nonna tinham ido à feira, pois ainda tinham frescas na memória as lembranças do dia do santo no ano anterior, e agora a moça não ia sozinha a lugar algum. Avó e neta tinham ido comprar mantimentos para o banquete; iam ter *Zuppa alla Pavese*, ensopado de carne com ovos, pão e manteiga, transformados em ceia para o real prisioneiro Francis I. Por insistência da moça, também queriam procurar a dama de vermelho que vendia o famoso licor conhecido como *Amaretto*, e ver se alguns magros cêntimos compravam uma pequena dose para um brinde a Santo Ambrósio. A menção ao santo levou os pensamentos de volta ao fatídico dia, um ano atrás, em que ele matara três suíços, mas lembrava apenas que tivera Amaria nos braços pela primeira vez.

Houvera outras vezes desde então, momentos roubados diante do resto de fogo na lareira antes de Nonna retirar-se para a cama. Haviam permanecido castos, mas Selvaggio sabia que não podia aguentar a paixão por muito tempo. Queria-a para si, mas tinha o direito de torná-la esposa, quando o passado dele continuava a ser um espaço em branco para ela?

Um adejo aos pés chamou-lhe a atenção e ele sorriu para o que restava do presente ganho. Numa cesta trançada no chão gelado, duas pombas brancas como a neve saltavam contra as barras da prisão. Ele as pegou com as mãos da experiência e as pôs nas portas em arco do pombal. Devia ter aparado as asas para que não voassem, mas elas pareciam contentes em ficar, e assim o carpinteiro terminou desistindo por um momento, sem desejar manchar aquela felicidade. Enquanto as duas roçavam os bicos e ajeitavam as penas, ele pensou em nomes para o presente, e a memória surpreendeu-o mais uma vez, quando começou a lembrar histórias como se as lesse diante dos olhos. Hércules e Megara? Tristão e Isolda? Troilo e Cresilda? Ou aquela da qual mais gostava, o amor condenado de Lancelot e Guinevere, cujo culpado abraço testemunhou o traído Arthur?

Não, porque todos esses amores haviam tido fins tristes: queria que as pombas recebessem nomes de um casal cuja história acabasse num fim feliz. Ah. Já sabia. Sorriu quando lhe veio o par ideal de nomes — de onde, não sabia.

Perfeito!

37

O cardeal recebe um presente

    Gabriel Sólis González, cardeal de Milão, já se acostumara a tais presentinhos que o rebanho gostava de dar-lhe. Uma vida de indigência e autonegação não o atraía. Sentia-se muito feliz em pregar no *Duomo* sobre camelos e olhos de agulha, mas não via necessidade de ficar pobre para entrar no Céu. Achava que já assegurara um lugar no Paraíso com o expurgo da ameaça judia. Por isso não ficou de todo surpreso quando lhe entregaram uma garrafa de licor que parecia interessante. Tinha a cor de açúcar queimado, e quando ele tirou a tampa — vidro veneziano, notou com apreciação — sentiu o cheiro de amêndoas. Não se surpreendeu, mas o criado que o trouxera não foi o camareiro de sempre. Aquele era pequeno e feio.

    — Onde está Niccolò? — perguntou, num tom imperioso, após uma pequena pausa para lembrar o nome do homem.

    — Adoeceu, vossa eminência. Febre aquática.

    O cardeal cheirou com um ar de fastio. Melhor substituir Niccolò então, pois não desejava também contrair as gripes. Assim recompensava muitos anos de dedicado serviço.

    — Como você se chama?

    — Ambrósio, sua graça.

— Huumm. Um bom nome milanês. — Mas aquele homem não servia, muita coisa na cara lembrava o judeu. Seria demitido também, mas seria melhor no dia seguinte. Sentiu-se tentado pelo licor. — Quem trouxe isto? Não tem endereço.

O criado mexeu os pés.

— Eu não sei, sua eminência. Acho que veio de sua excelência o duque, pois o criado dos Sforza esteve aqui ainda há pouco.

O cardeal fez um fraco muxoxo diante da incompetência do sujeito. Dispensou-o com um aceno da mão.

Na ausência de Niccolò ou de um substituto capaz, ele próprio extinguiu as velas e subiu na aveludada cama de quatro colunas com a touca e a camisola. Pegou um cálice na mesinha de cabeceira e tomou um gole enquanto lia um livro de homilias sobre as excrescências dos judeus na língua espanhola. Desfrutou de tais sentimentos e do licor juntos, e bebeu até esvaziar a garrafa. Na verdade, achava bastante delicioso o sabor das amêndoas. Por fim, o livro caiu-lhe das mãos e veio o sono.

Não dormiu, por certo. Estava morto. O que o cardeal não sabia era que outro líquido com o cheiro de amêndoas é o letal composto ácido prússico. O pó, extraído das folhas da cereja, revela-se tão mortal que o envenenador responsável pela venda, nas pequenas ruas atrás da catedral de Mântua, sentiu-se levado a avisar sobre os efeitos à compradora. Ela balançara rápido a cabeça e tomara na mão branca o vidrinho, ele notara, com os três dedos do meio com o mesmo comprimento.

O mais novo e último criado do cardeal desceu às pressas a escada do palácio do amo morto. Só parou para jogar uma capa sobre a libré e esconder a garrafa vazia que tomara da mesa de cabeceira do senhor. Correu até o cavalo, parado em silêncio atrás de uma sebe de teixo. Cavalgou muito até chegar ao campo aberto. O rio parecia uma fita de prata a serpear na noite. Ele jogou longe a garrafa, e ouviu acima da batida dos cascos do cavalo o espadanar quando as águas acolheram o receptáculo de cristal e dele apropriou-se. O homem chegou à vila de Castello ao amanhecer e viu a senhora que o olhava da janela, enquanto o céu empalidecia. Ela desceu logo ao seu encontro, porém ele estava exausto demais para fazer mais que jogar as rédeas sobre o pombal e deixar o cavalo pastar na grama e quase cair no chão.

— Você o viu?
— Vi.
— Está feito?
— Está.

Ela respirou de alívio.

— Eu o dispenso das atividades de tutor hoje. Vá dormir um pouco.

Quando ele entrou pela porta, a dama chamou-o de volta.

— Isaac?
— Sim, minha senhora.

A jovem vasculhou a mente em busca de palavras.

— Seu Deus se orgulharia de você.

Ele deu o sorriso que constituía sua única beleza e esboçou um *shalom* com a mão.

— O seu também, minha senhora.

38

Um batismo

— Não posso ficar. Santa Catarina não foi a última. Eu preciso ir. Se o dia de ontem me ensinou alguma coisa, é que não há nada mais importante do que viver a vida que recebemos, mesmo em pecado. Fiz de Deus um amigo enquanto vivi aqui. Sei agora que ele é real, quando antes não o julgava assim. Acho que ele também me ama, apesar de muitas falhas. Sei, finalmente, pintar. Aprendi ontem. E agora tenho de ir, e viver a vida que devo, mesmo que acabe condenado por isso.

— Quem é ela?

A abadessa tinha os olhos abertos e francos.

Bernardino sentiu-se apanhado de guarda baixa.

— Quem?

— A dama.

— Que dama?

O pintor percorreu na mente o discurso que fizera, sem saber onde aparecera o nome de Simonetta. Bianca afastou-se e apontou a pintura de Santa Úrsula.

— Essa — disse, depois se encaminhou até o painel e escolheu a dama de vestido vermelho no fundo. — E esta. — As saias negras varreram o chão quando a freira se voltou para apontar. — E Santa Ágata, e Santa Luzia, e Santa Apolônia. E mesmo... — indicou a última — Santa Catarina. Aqui, em sua própria capela, ela tem de fato a aparência da condessa de Challant. Mas aqui neste painel, onde está ao lado de Santa Ágata, é a tal dama secreta de novo. Aparece em toda parte neste lugar, e o senhor nem uma vez falou dela. Mesmo em minha mãe — mostrou o espectro de branco que se ajoelhava na luneta acima de Santa Catarina e Santa Ágata. — Era deveras uma beldade, mas o senhor a lisonjeou com um rosto superior. Até eu, que muito a amei, tenho de admitir.

Bernardino deu um sorriso triste e apoiou a cabeça nas mãos. Riu.

— A senhora é que lisonjeia meus talentos como pintor.

A abadessa sentou-se no banco junto a ele.

— Bernardino, o senhor sabe o alto conceito em que tenho sua obra. Mas olhe de novo. Há diferenças sutis, mas todas essas damas pertencem em grande parte a um mesmo tipo.

Ele esfregou os olhos como se quisesse desalojá-los das órbitas, e quando os abriu, olhou de novo o seu trabalho. Bianca tinha razão. Pintara Simonetta repetidas vezes desde que chegara. Pintara-a como Santa Úrsula olhando um anjo de asas vermelhas abaixo, Elijah. Pintara-a, com grandes detalhes, num vestido vermelho que nunca a vira usar, assistindo à dedicação da igreja de São Maurício. Lá estava ela, resplendente no luxo do vestido escarlate cruzado com ouro, os cabelos presos numa rede de joias salpicada de pérolas. Grandes coisas aconteciam nesse quadro, em que o santo fundava sua igreja sobre os mortos; mas era a dama de vermelho, as estranhas mãos cruzadas em prece, que atraía o olhar e puxava o espectador para dentro da cena. Eu sou uma de vocês, ela parecia dizer. Sou uma testemunha desse dia. E — ele quase riu — quase a pintara de pé diante de casa, na vila mesma com paredes de gesso cor-de-rosa e pórtico elegante que só vira uma vez, ao dar-lhe adeus.

Pintara até a janela onde ela ficara nesse dia da despedida, e pusera-a numa figura com cabelos ruivos dourados na altura dos ombros e uma túnica de caça masculina parda.

    E tinha mais. O pintor voltou-se quando sua maior obra revolveu em torno dele. Cada mulher que pintara desde a chegada tinha alguma coisa dela, na forma ou figura, rosto ou mãos. Não sabia se a sensação que sentia borbulhar no peito acabaria em riso ou lágrimas. E a julgara esquecida! E jazera acordado na cela desesperado para lembrar aquele rosto! A moça estava ali em frente, multiplicada cem vezes, mais real na pintura que quando a pintara ao vivo em Saronno. Depois, cativado pela pessoa, não conseguira como de fato era. Ali, separado não apenas pela distância, o coração negado lembrara-a em cada detalhe, e as mãos fiéis haviam desenhado o rosto a cada dia. Só duas damas não eram Simonetta naquele lugar; Santa Escolástica e uma chorosa acólita no Enterro de Cristo. Ambas usavam o hábito negro de freira, e com a face simples e bondosa da irmã Bianca.

    — Então? — perguntou a freira.

    — Tem razão. Há alguém. Você é uma mulher esperta, para ter visto tanto quando eu não disse palavra alguma.

    — Essas damas me disseram muita coisa, por certo. Mas eu tive outra pista, a seguinte. — Ela tornou a dirigir-se à parede e encontrou um pequeno símbolo no painel de afresco, tão pequeno que teria cabido numa missiva capaz de ser amassada na mão; um pedaço de velino que deixava um amante. Um coração com uma flor de lis feita de folhas por dentro. — Como a dama, este símbolo está em toda parte. Aqui no xale de Santa Catarina. No corpete de Santa Úrsula. E com mais frequência na capa de Madalena, quando testemunha a morte do Senhor amante, e quando ele lhe estende a mão do além-túmulo. — No salão das freiras, apontou a capa vermelho sangue, coberta nos corações cheios de folhas e engrinaldando na abatida e apaixonada mulher que Cristo amara acima de todas. — Quando vi isso, soube que você fora cativado. — Voltou-se e sorriu. — E então pintou a bela carcereira repetidas vezes.

A abadessa tornou a sentar-se ao lado dele, com um olhar de atenta interrogação.

— Quem é essa dama de cabelos ruivos e pele branca, e olhos ovais como amêndoas? Quem é ela que se move com tal graça, que inclina a cabeça como uma santa e tem um porte de rainha? Deve ser de fato uma rara beldade.

— É uma rara beldade — admitiu Bernardino, exalando um suspiro de derrota. — Mas não santa. Chama-se Simonetta di Saronno. É humana; apenas uma mulher como as outras. E por causa do nosso pecado eu me encontro aqui. Mas agora sei que não posso ficar sem ela, e os acontecimentos de ontem mostraram-me que talvez nosso pecado não tenha sido tão grande assim.

— Pode contar-me?

A pergunta saiu delicada, como a uma criança que errara.

— Nós nos amamos cedo demais após a morte do marido, e no lugar errado. Ela posou com modelo para mim, para a Santa Virgem, em Saronno, e nos abraçamos na igreja. Fomos vistos e denunciados. Ela temendo a Deus me mandou embora. E eu fui, mais pela minha dama que por mim mesmo, porém sei que não posso ficar distante. A vida não é vida sem ela. Nada mais importa para mim.

Irmã Bianca balançou a cabeça e olhou os afrescos.

— Acho que você vai pintá-la pelo resto da vida.

O rapaz deu de ombros, como se fosse fácil jogar fora o talento.

— Acho que a História já se fartou de meus quadros. O melhor do que fiz está aqui. Meu mestre tinha razão.

— Seu mestre?

— Mestre Leonardo disse que eu só poderia pintar quando aprendesse a sentir. E tinha razão. O que pintei na igreja branca de Saronno era simples confeitaria. Enfeitei as paredes brancas como se embelezasse um bolo. Aqui, entrei numa cela negra e transformei-a num estojo de joias. Sei que jamais farei nada melhor, e a história me julgará com base neste lugar.

Num largo gesto, abrangeu todo o salão e as muitas capelas, agora povoadas de inúmeras figuras. Agora via que os afrescos nada continham das encenadas atitudes clássicas da obra feita em Saronno, nem dos desfibrados tropos antigos da anterior. Não eram mais refinadas, aristocráticas e cortesãs. Ali as figuras viviam com um vibrante naturalismo; o difuso *chiaroscuro* com que imitara Leonardo ganhava um foco mais real, definido e vivo. Bernardino não mais se deixava limitar pela moderação. A paixão o libertara; a pincelada tornara-se carne.

Via também agora que a obra acompanhara a crescente fé; a luz da devoção brilhava de dentro das figuras, não de fora. Sentiu que falava a um colóquio de santas figuras reunidas para ouvi-lo. Os mortos havia muito e os vivos juntavam-se: Alessandro Bentivoglio, pai da irmã Bianca, ajoelhado com o esplêndido manto branco, cinza, preto e dourado, e atrás Santo Estêvão com as pedras que o mataram espalhadas aos pés. A mãe morta da abadessa, Ippolita, ajoelhava-se acima das santas Ágata e Luzia, as três exibindo o rosto e a forma de Simonetta di Saronno. E também a própria Bianca e o irmão Anselmo, retratados como os gêmeos Santa Escolástica e São Benedito, que sorriam em beatitude nas pilastras. Nos trajes de gloriosa cor, preciosos pigmentos de lápis-lazúli, madrepérola e malacacheta, passado e presente brilhavam a partir dos arcos e tímpanos, dos óculos e lunetas. O colorido e drapejado dos tecidos eram espetaculares; o *sottinsu* ou perspectiva das figuras tão maravilhosos que todos pareciam curvar-se para conceder ao mundo embaixo a sua graça. Da ilusão, Bernardino criara realidade — o mármore e os nichos fictícios que pintara pareciam tão reais como se talhados por um pedreiro, mostrados em sombras e formas que não lhes eram próprias. Ele sabia que se tratava de sua obra-prima.

— Não é mais por admiração que anseio, porém. — Disse, quase como para si mesmo, em resposta a uma pergunta não feita. — Quero apenas ela, e viveremos em pecado, se pecado é, se ela me aceitar. Viverei nos degraus da casa dela e a importunarei todos os dias, se preciso for.

A abadessa pensou um instante antes de responder.

— Meu caro Bernardino. Já pensou que tal passo talvez seja necessário? Você se tornou amigo de Deus, segundo diz. Ele na verdade o ama, apesar de suas faltas, pois ama todos os filhos. Não seria possível seguir no caminho d'Ele?

— Que quer dizer?

— Quero dizer casamento. Um dos sacramentos, um estado muito amado por Deus.

— Casamento?

O artista repetiu a palavra como se a dissesse pela primeira vez.

— Decerto. — A irmã deu meio sorriso. — Não pensou nisso antes?

— Nunca... como é possível?

A irmã Bianca riu.

— Eu pouco conheço do mundo, é verdade, mas acho que se costuma perguntar à dama e esperar que ela diga sim — respondeu, zombando delicadamente dele.

— Mas...

— Você já está aqui há quase dois anos. Quando morreu o marido?

— Em Pávia. Um ano antes de eu vir para cá.

— Então a pobre alma já partiu há três anos, que Deus lhe dê repouso. Ela teve bastante tempo para prantéá-lo. Os mortos merecem respeito, mas os jovens devem viver sua vida, não desperdiçá-la em luto. A Igreja e a lei canônica permitem à viúva tornar a casar-se após um certo tempo, e esse tempo já passou. Ela é sua e o aceitará.

Bernardino sentiu o coração começar a bater forte, os olhos a arderem. Casamento. Jamais pensara que Simonetta e ele pudessem ter uma união legítima aos olhos de Deus. Mas se os escrúpulos dela deixassem, se ele já houvesse expiado bastante, era possível. Não havia impedimento na Igreja nem na lei, só o escândalo que os perseguira desde o início, e todos os escândalos um dia morrem.

— Mas eu nada sei da vida que ela viveu desde que parti. Já a tinha dado como perdida. Nem mesmo sei se ainda mora em Castello. Ou mesmo se encontrou outro.

— Alguns desses fatos parecem prováveis? Ela parece ligada à casa?

— Muito. Na verdade, veio posar para mim a fim de preservar a casa em honra ao marido morto.

A abadessa balançou a cabeça em aprovação.

— E ela parecia volúvel? Alguém que formaria outra ligação?

— Não. Tenho certeza que me amava, e isso a torturava, por sentir o mesmo desrespeito ao primeiro amor.

— Então vá procurá-la. Por que não? Só pode tentar. — Ela levantou-se antes que ele protestasse. — Só é necessária mais uma coisa. E se pode alcançá-la esta noite, nas Vésperas.

Quando as Vésperas soaram sobre a última noite de Bernardino no mosteiro de São Maurício, o jovem se achava de cabeça descoberta junto à fonte. Usava uma camisa branca e segurava uma vela. A capela enchera-se das irmãs que o haviam favorecido com amizade naquele ano passado no claustro, no herbário ou na biblioteca. O pintor sabia apenas um punhado de nomes, mas eram todas suas amigas. E à frente delas uma que ele passara a amar como irmã de sangue. Ela despejou-lhe água benta na cabeça e o fez arquejar com o choque, a pureza do frio.

Ao beber da taça da primeira comunhão, e olhar as vermelhas profundezas carmelitas do receptáculo, ergueu os olhos para o painel que pintara da Mãe das Dores. Jesus jazia caído, esguichando o sangue vital no santo graal, o sangue mesmo que ele agora bebia, e achou estranhíssimo que, em todo conhecimento adquirido sobre a vida dos santos, jamais até então se lembrasse do último sofrimento do solitário e magoado Cristo. "*Noli me tangere*", de fato — Não é comigo — pintara-o assim também, ali naquele salão. Ergueu os olhos para a luneta pintada, e então uma grande revelação, uma compreensão, explodiu-lhe em cima. Ali, no painel, uma mão estendia-se entre os entes queridos, para tocar outra, mas o rapaz pintara o oposto do tradicional quadro do *Noli me tangere*. Ali, agora, o Cristo Ressuscitado estendia a mão para acolher Madalena, como Simonetta um dia lhe estendera, por dó da separação. Ele se dispunha a tocar e ser tocado, e sabia por quê. O corpo do Filho de Deus era sustentado pelos que o amavam; Madalena, Maria sua mãe e São João curvavam-se sobre ele na última hora — não estava só naquele terrível destino. Nesse momento, Bernardino decidiu que não ia morrer só. Queria que uma esposa, e filhos saídos do seu corpo, estivessem presentes. Lágrimas não derramadas encheram-lhe os olhos com essa ideia, mas logo transbordaram quando as irmãs cantaram "*Glória, Glória!*" em crescente júbilo. O pintor olhou os anjos — *seus* anjos — que pairavam acima, em volteios no espaço celestial. Naquele momento, não eram os serafins que pintara, mas reais. Tinham vindo dar testemunho de sua aceitação de Deus por fim, ali no salão dos crentes onde era o lugar dessa ovelha perdida, antes de voltarem aos nichos no céu azul escuro de estrelas douradas.

Ao despedir-se do portão do circo, Bernardino curvou-se e beijou as mãos da abadessa. Não olhou as joias do anel como fizera quando se conheceram, mas fechou os olhos e beijou a pele áspera com verdadeiro afeto. Também ela notou a deferência e disse:

— Você me fez um grande cumprimento, pois quando fechamos os olhos ao beijar, seja a cabeça de uma criança, os pés de um santo ou os lábios do ser amado, esse beijo significa tudo. Só então fechamos o mundo e nos lembramos de sentir.

Quando o pintor ergueu o rosto para os olhos tão semelhantes aos de Anselmo, teve um súbito momento de decisão. No dia anterior os dois haviam mudado, perdido a inocência, e ela professara o desejo de conhecer mais o mundo. Tinham professado o desejo de aproveitar cada dia de vida de formas diferentes. Bernardino não desejava que ela deixasse o mundo sem saber que o irmão nele vivia.

— Preciso ir — disse. — Mas você deve vir comigo. Um homem, um grande homem, o melhor amigo que existe no mundo... teria prazer em conhecê-la, embora ainda não seja seu irmão, é filho de seu pai.

39

Um casamento

Selvaggio e Amaria casaram-se em Pávia, na igreja de São Pedro do Céu Dourado. Teto folheado a ouro arqueava-se acima, o solene latim do padre rolou no brilhante firmamento e refletiu-se sobre seus filhos na terra. Jamais houve duas pessoas mais felizes que aqueles ali unidos, e o ícone de Santo Ambrósio testemunhou a cena, e ficou contente.

Nonna sentou-se na frente da igreja, renda negra sobre cabelos brancos. Apoiara a testa nas mãos juntas enquanto rezava. Sabia que o padre Matteo oficiaria a cerimônia, pois ele conhecia a noiva como passara a conhecer o noivo. O sacerdote não hesitou em juntar os dois do mesmo nome — Selvaggio casou-se com o nome de Santo Ambrósio, também —, pois não era a primeira vez que unia dois órfãos do santo. Sabia a história do rapaz e sentia-se à vontade com o fato de não haver consanguinidade no caso.

Quando o bondoso padre entoou a lição que os nubentes haviam escolhido por motivos especiais próprios, Nonna achou as palavras imbuídas de novo significado, ao ver os dois filhos queridos travarem olhos e mãos.

Abençoados todos os que temem o Senhor, que seguem seus caminhos.
Pois comereis o labor de vossas mãos. Sereis felizes e isso será bom para vós.
Vossa esposa será como uma vinha frutífera, nas mais íntimas partes de vossa casa; vossos filhos como oliveiras, em torno de vossa mesa.
Vede, eis o homem abençoado que teme o Senhor.
Que o Senhor em Sião vos abençoe, e vejais o bem de Jerusalém todos os dias de vossa vida.
Que vejais os filhos de vossos filhos. A paz esteja com Israel.

As palavras pareciam escritas para eles, e a família que se haviam tornado, a família que talvez um dia teriam. Durante as preces, Nonna fechou os ouvidos ao texto e deu graças a Deus à sua maneira, com sinceridade e reverência. Jamais fora devota, mesmo nos dias negros da morte de Filippo. Mas agora se vira levada a ver com outros olhos a praça onde ele fora queimado. Deus lhe dera Amaria, e agora Selvaggio, e os filhos deles cresceriam como oliveiras em torno da sua mesa. Tinha o coração cheio.

A noiva e o noivo pareciam luminosos com os santos que os observavam das paredes. Ela no verde novo das folhas da primavera, os cabelos negros entrelaçados com pérolas que Nonna arrancara das ostras da ceia. A antiga amiga de Amaria, Silvana, de pé ao lado de uma criada, com uma expressão tão azeda quanto alegre era a da noiva. Quem diria que uma órfã dos bosques a teria precedido no altar?

Selvaggio vestia o gibão vermelho escuro dos dias de festa do próprio Filippo, e embora ficasse um pouco apertado, ninguém ia notar, tão bonitão parecia o rapaz de barba aparada e cabelos brilhantes. Sim, Amaria parecia a rainha de maio, e tinha o noivo como rei. Nada, nem o amarrar das mãos dos dois com fitas prateadas, nem a aposição das mãos no Livro Sagrado, nem mesmo a cadência latina da lição lida sempre pelo padre nas cerimônias de casamento, penetrou a memória do noivo para levá-lo a lembrar que fizera tudo aquilo antes.

40

Fílis e demofonte

Fazia um dia de verão ímpar quando a abadessa e o pintor chegaram ao Castello. Bianca reconheceu o lugar pelo afresco da dedicação de São Maurício, pois Bernardo pintara aquela mesma casa até a última janela e portão, o último ladrilho e pedra. O róseo mel do tijolo, os umbrosos arcos da *loggia*, tudo ali diante dos olhos dela; do mesmo modo como apareciam no painel do salão dos crentes, oferecendo um pano de fundo perfeito para a história do padroeiro. Quadrada, elegante e com um intenso distanciamento, a casa mostrava-se ao mesmo tempo acolhedora e proibitiva.

Bernardino, que vinha nervoso na estrada poucas horas antes, ficou parado no portão quase da mesma forma quando ali estivera havia dois anos, no dia em que Simonetta lhe dera as costas com o desenho dele na mão. O rapaz achou o lugar muito mudado.

A sebe de rosas onde ele se despedira de Simonetta agora estava verde, com folhas brilhantes e numa explosão de botões coral. Os renques de amendoeiras haviam sido podados e colocados em filas ordenadas, e os pés de frutas bem esteados nos muros do pomar. Até os antigos jardins de ócio surgiam restaurados, e lagos de trutas refletiam o céu. A própria casa fora melhorada, os arcos da *loggia* consertados, a velha hera desfolhada e o desbotado lilás das glicínias subiam enroscadas o frontão. Os novos portões tinham vidro e as novas colunas bandeiras em forma de diamante. O pintor notou essa nova prosperidade e sentiu o coração afundar. Seria um novo marido que trouxera nova vida ao lugar? Irmã Bianca pousou-lhe uma das mãos no braço para acalmá-lo, mas ele afastou-a e subiu a trilha, incapaz de suportar o suspense por mais um instante. Tinha de vê-la, mesmo que fosse pela última vez.

A abadessa seguiu atrás e viu-a ao mesmo tempo que o amigo. Milagre dos milagres; ela usava o vestido vermelho do quadro, entremeado de fio dourado e cravejado de pérolas. Trazia os cabelos presos numa rede de pérolas e com o fulgor rubro das camélias. Mas parecia tão viva, tão animal. Não era um quadro. Tinha o rosto branco corado pelo riso, e cachos ruivos escapavam da rede e enroscavam-se no pescoço e orelhas. As saias folgadas na cintura esvoaçaram quando ela contornou correndo a maior árvore do renque numa cena de felicidade doméstica. Mas não havia marido no caso; apenas duas crianças que riam e tropeçavam, com um ramo de flores de amêndoa verde e branco, correndo atrás da dama. Davam cortes e estocadas com espadas inofensivas. Ela acabava por pegar outra e beijar as bochechinhas ou pescoços num quadro de amor materno.

Bernardino sentiu uma profunda emoção — a senhora podia ser mãe dos dois, não fossem duas coisas; as idades tornavam isso impossível, e o mais velho ele reconheceu. Seria verdade?

Era Elijah, o menino judeu para quem pintara a pomba e comprara a bola de gude. Evangelista, o anjo de asas vermelhas, a vela que vivia para sempre nas paredes de San Maurizio.

O rapaz maravilhou-se com a nova Simonetta, a mulher sorridente e viva, não dilacerada pelas dores de amor ou luto, deslealdade e desgraça. Não havia penúria, nem orgulho, como quando ela procurara sua ajuda metida nas roupas do marido. Não fria e distante como quando posara para ele pintar a Rainha do Céu, tão acima das paixões mortais quanto a própria lua. Também mudara, e o rapaz jamais a quisera tanto. A irmã Bianca também viu — o bom coração excitado pela cena, ao reconhecer Santa Úrsula brincando com o anjo da vela, mas receou pelo amigo — como poderia Bernardino esquecer uma mulher daquela? Não era a dama distante e orgulhosa que ela imaginara? A fria castelã que torturava o amante. Achava-se ali uma bela e cálida criatura que podia tornar um paraíso na terra a vida de um homem. Que faria o pintor se a amada não o aceitasse?

Simonetta acabou por cansar-se da brincadeira e caiu entre as raízes da Árvore de Rebecca. no gramado verde acima da cova de Manadorata. Recostou-se, exausta, no tronco onde o amigo exalara o último suspiro, e os filhos caíram no colo dela. Cuidara que eles brincassem ali, banira a superstição e transformara o lugar num pátio de recreio, e falava-lhes sem rodeios dos pais mortos, até os meninos também o fazerem.

Abraçou-os com força, um em cada ombro, e fechou os olhos. O sol brilhava tão forte que ela ainda poderia ver as folhas da amendoeira moverem-se acima como peixes negros que serpeiam de um lado para outro na corrente. Quando tornou a abri-los, acho que pegara uma cegueira solar, pois ali estava Bernardino Luini.

As dúvidas da irmã Bianca desapareceram quando Simonetta se levantou perplexa e tomou-o nos braços, os dois rindo e chorando. Repetiam sem parar o nome um do outro e agradeciam a Deus haverem conhecido cada um por si os dias difíceis da separação. As bocas encontraram-se num longe e forte beijo, os olhos fechados enquanto se absorviam, agradecidos, com uma gratidão profunda, por tudo antes errado agora haver-se consertado. A abadessa, apenas humana afinal, esforçou-se para escutar o que diziam, mas não entendeu o que veio a seguir. Pois entre os beijos, Bernardino chamou Simonetta de "*Phyllis*", e ela, rindo, como se completasse uma senha, respondeu "*Demophon*". A freira talvez ficasse chocada se soubesse que os dois enamorados invocavam um mito pagão da Grécia antiga, em que uma mulher, julgando haver perdido o amado, foi transformada numa amendoeira, mas acabou salva pelo retorno dele, e floresceu em seus braços quando o rapaz a trouxe de volta à vida e ao amor. Mas a irmã Bianca não entendeu a referência, e tampouco se achava em clima de censura.

— Podem me mostrar a brincadeira que faziam ainda há pouco? — perguntou. — Eu gostaria muito de aprender.

Assim, enquanto Bernardino e Simonetta juravam o noivado sob as amendoeiras e as flores lhes caíam nos lábios e sobrancelhas, a abadessa de San Maurizio ergueu o hábito acima dos joelhos, expondo as pálidas pernas peludas ao sol pela primeira vez em anos, e correu em torno da árvore, perseguida pelos dois pequenos judeus, rindo feito um papagaio e rodopiando feito um dervixe.

Simonetta di Saronno e Bernardino Luini casaram-se no Santuário de Santa Maria dei Miracoli, na cidade, na Igreja dos Milagres. Ela decidiu enfrentar o passado e fazer a união na igreja, para começar a nova vida às claras. Numa mudança para o primeiro casamento, porém, a cerimônia não se realizou no altar principal, mas na Capela da Senhora, onde a noiva se via nas paredes — olhando lá do alto, dos afrescos pintados pelo noivo. Assistiram-nos um irmão e irmã em Cristo, e outros em carne e osso, pois Alessandra e Anselmo Bentivoglio conheceram-se e formaram logo uma amizade; o laço do mesmo caráter e do mesmo pai mais que compensou a divisão das mães e criações diferentes.

Até a gente da cidade abençoou o casamento — o licor *Amaretto* trouxera grande prosperidade à área, e a senhora do Castello era uma rica protetora do vinhateiro, do açougueiro e de todos os fornecedores de alimentos locais. Não do padeiro, porém — ele morrera de modo misterioso algumas semanas antes; e só o padre Anselmo, ao ministrar os últimos sacramentos, notara a perversa faca em forma de cruz de Malta enterrada fundo no peito do homem. Mas o sacerdote mantivera-se em paz, e o mesmo fizera Simonetta; e se sabia que grande parte de sua popularidade vinha de a conhecerem como a antissemita que despachara pessoalmente o vil judeu Manadorata, não a questionava. Melhor ser tida como tal e manter em segurança a pequena família.

Pois foi ali, com a família, que o verdadeiro casamento ocorreu. Sob a árvore de Rebecca, fizeram de novo os votos, com os meninos a segurarem um arco de flores sobre o casal. Bernardino e Simonetta trocaram uma amêndoa, e desta vez ela a esmagou com os dentes, mastigou-a bem e engoliu-a, saboreando logo o doce gosto da fruta. Outra diferença: brindaram a união com *Amaretto*, a bebida que ela criara para ele. Beberam pelos dois lados da mesma taça de prata, e o pintor maravilhou-se com o licor mais que fino feito pela nova esposa.

— Que acha? — ela perguntou, uma pequena ruga de ansiedade acima da testa.

Ele sorriu.

— Acho que não se encontra a verdadeira arte apenas nas paredes das igrejas — respondeu.

Banquetearam-se ali, sob as árvores, até os meninos deixarem cair as douradas cabeças. Um estranho banquete deveras — acompanhado por uma freira que se sentava como se fosse uma cantoneira de livros, para todos os modernos Benedito e Escolástica. Também compareceram, bebendo da mesma jarra, um tutor judeu e sua respectiva dama — uma convertida muda de Taormina — que apesar disso riram e cantaram com a mesma disposição do resto. Pois o banquete deles era uma mistura de pratos cristãos e judeus, e as músicas que cantaram, à medida que corria o *Amaretto,* vinham dos quatro cantos da bússola; canções populares da Lombardia, hinos nupciais de Milão, cânticos hebreus com oriente e áreas camponesas de Taormina e do quente sul.

Por fim Verônica pôs os meninos na cama, e Anselmo e a abadessa despediram-se, para voltar à casa do padre na cidade. Bianca tirara uma folga sabática de sete noites do mosteiro, deixando os assuntos do lugar nas mãos da subprioresa de confiança. Pretendia passar a semana como hóspede do irmão, em prece, contemplação e alegres conversas para preencher os anos perdidos entre eles. Depois voltaria de boa vontade para casa, renovada e pronta para fazer as mudanças em seu ministério sobre as quais se decidira no dia da morte da condessa de Challant. Esperava consigo mesma poder convencer Anselmo a acompanhá-la numa curta temporada em Milão e na reunião com o pai.

Os recém-casados continuaram sentados quando as mariposas começaram a brilhar e adejar acima. A noite era outro país, e a conversa dos dois mudou com o território. Desaparecera a frivolidade do dia. A alegria permaneceu, entranhada até os ossos, mas falaram com nova sobriedade de tudo que se passara nos últimos dois anos. Simonetta falou a Bernardino da destilaria, e contou a história terrível de Manadorata e Rebecca.

Ele por sua vez contou as histórias de santos aos quais dera o rosto dela, e a morte pavorosa e significativa da condessa de Challant, fato que o mudara para sempre. Calaram-se por fim e ficaram imóveis, apenas abraçando-se, felizes por haverem descoberto o caminho de onde tinham estado para casa.

— Isso precisava acontecer — perguntou o pintor dali a pouco. — Teremos desperdiçado esses dois anos? Não poderíamos ter iniciado nossa jornada naquele tempo?

Ela encostou a cabeça no peito dele e escutou o coração do amado bater enquanto falava. Bernardino sentiu-a balançar a cabeça.

— Não. Não foram um desperdício. E sua jornada começou naquele tempo, começou no dia em que nos conhecemos. Precisávamos apenas trilhar nossas estradas sozinhos por algum tempo.

— Por quê? A mim, que sou mais velho que você, me resta menos tempo. Não devíamos ter continuado juntos?

Simonetta assustou-se ao ouvir as batidas do coração; sabiam que tinham um número finito, e mexeu a cabeça para não mais escutar a contagem regressiva. Mas manteve a posição.

— Eu não poderia tê-lo aceitado então. Havia muita coisa a fazer, a expiar. Agora já se passou bastante tempo, os dois expiamos o que fizemos, e chegamos por fim à fé. Eu, educada na religião, dei as costas a ela por algum tempo, quando julguei que Deus me havia esquecido. Mas ele continuou ali o tempo todo, olhando. Devolveu-me à mim mesma e à minha casa, salvou os meninos, e mais uma vez retornei a Ele.

— E eu — disse o pintor — um pagão sem fé, sem estômago para a religião, encontrei o verdadeiro caminho em San Maurizio. Você retornou a ela, e eu a encontrei.

— Como é estranho que o contato com os de outra fé me haja levado para mais perto de Deus, não mais longe. Aprendi, por fim, que Deus é Deus; o mesmo para todos nós, apenas nosso culto difere.

Bernardino fechou as mãos sobre as dela, aprisionando-as. Os longos dedos da esposa curvaram-se ali dentro, uma prece dentro de outra prece.

— Não podíamos ter aprendido isso juntos?
Simonetta balançou a luminosa cabeça.
— Acho que não. Precisávamos da cura, para ficar inteiros antes de nos unir. E dessa lamentável separação vieram coisas boas: você fez o melhor trabalho de sua vida, que será admirado durante gerações.
— E você inventou o *Amaretto*, que será apreciado durante o mesmo tempo!
A voz do artista era provocadora, e a jovem esposa sorriu; mas logo voltou a ficar séria.
— Mas essas coisas não foram o melhor, e sim os amigos que fizemos e perdemos.
Lembrou-se de Manadorata, e ele do luto da irmã Bianca.
— E dos amigos que fizemos e perdemos.
— E dos meninos.
Bernardino deu um sorriso carinhoso.
A moça enterneceu-se ao lembrar-se dos filhos, e como eles haviam aceitado de pronto e sem questionar a presença dele. Elijah, que já conhecia o homem que um dia pintara sua mão, notara, com a brilhante inteligência, como a mãe ficara feliz desde a volta do artista para eles. Sentiam demasiado a falta do próprio pai para ansiar por uma substituição, mas havia muita novidade. O novo marido tinha um humor vivo e uma inteligência rápida e provocadora que faltavam a Manadorata — excelente pai em muitos aspectos. A acessibilidade e senso brincalhão de ridículo do pintor, as características mesmas em que diferia de forma tão louca do pai morto, serviam apenas para fazer as crianças gostarem dele. Por sua vez, o rapaz decidiu conquistar a amizade dos pequenos. Quando via os três brincarem — para todos como se não houvesse diferença nas idades — ela pensava nas histórias que ele lhe contara da infância solitária. A moça sentia agora que o marido se dispunha tanto a amá-los, tão maduro para isso. As portas da comporta

se haviam aberto e o afeto despejara-se para fora. Simonetta sabia que ele pretendia amá-los como nunca amara quando menino, e sentia um sincero prazer com isso. Notou que, no breve tempo em que ele se achava no Castello, beijara e segurara as crianças mais do que ela jamais vira Manadorata fazer em anos. Viu-o olhá-los com um ar de revelação; e as palavras seguintes do pintor ecoaram seus pensamentos.

— Os meninos acima de tudo. — O marido tirou o braço dos ombros dela e esfregou a própria nuca, como perplexo. — Parece-me estranho. Jamais ansiei por crianças, sempre me julguei egoísta demais para me alegrar com elas. Achava que jamais poderia ser mais feliz do que se a possuísse por fim. — Abraçou-a forte mais uma vez. — E no entanto eis-me aqui não apenas com a mulher do meu coração, mas com uma família prontinha que adoro.

— E agora eles serão felizes — ela completou. — A gente da cidade vai nos deixar em paz. Seremos famosos; você por sua arte, eu pelo *Amaretto*, e os meninos terão segurança.

Calaram-se por algum tempo, perdidos no passado e no futuro. O céu escurecera ou as estrelas se iluminaram, e o vento murmurava por entre as folhas das amendoeiras, lembrando à loura dama uma coisa que esquecera. Ao lembrar, Simonetta tirou um pequeno pedaço de velino do corpete. Entregou-o ao marido, amassado por tê-lo trazido consigo todos os dias desde que ele se fora, quente por ter vivido próximo do seu coração.

— Lembra-se disso? — perguntou com um meio sorriso.

Ele recebeu o pergaminho.

— Decerto. Eu o pintei no dia mais infeliz da minha vida, no dia em que julguei ter perdido você para sempre. E tornei a pintar, dezenas, centenas de vezes nas paredes de San Maurizio. Cada Madalena e a maioria das santas usam esse emblema em alguma parte das vestes. Era o código secreto de meu amor por você... ao mesmo tempo sem esperança e esperançoso... e só Bianca encontrou a chave. — Traçou o símbolo, que tão bem conhecia, com as pontas dos dedos. — E agora, meu querido coração, já conhece o significado da runa, você para quem a desenhei?

Ela repousou a cabeça entre o pescoço e o ombro dele, e sussurrou junto à pele:

— Acho que sim. Não soube durante muito tempo, mas aprendi muito em sua ausência.

— Continue.

Ela apontou o conhecimento, as mãos pálidas ao luar.

— Há um coração, sem dúvida, e dentro dele uma trindade de flores, como a flor de lis. — Sentiu-o balançar a cabeça.

— Que tipo de folhas?

— Da amendoeira.

— E há outras? — ele incitou-a com delicadeza.

— Não, não há descrição de caroço ou fruta. Só as folhas no centro.

— Por quê?

Simonetta sentiu a urgência na voz do marido; escurecera demais agora para ver o rosto querido, mas de repente pareceu de uma importância terrível saber a resposta do enigma.

— Porque não estávamos juntos; e sem nossa união não pode haver frutos. A árvore ficaria estéril. Sem flores nem colheita; só artifício e ornamento. Beleza sem fecundidade. Fílis só floresceu quando Demofonte voltou e libertou-a da desolação.

Bernardino exalou um suspiro de alívio, e puxou-a para um longo beijo. Ficaram assim até sentirem gotas de chuva quentes caírem no rosto.

— Venha — ele convidou. — Tenho uma nova esposa. E à luz dessa lua acho que já é a noite de núpcias. — Levantou-a com um leve riso de antecipação, mas quando atravessaram os perfumados renques escuros, começou de novo a falar. — Estranho — disse — que em Saronno, onde nos conhecemos, vi você como a Virgem e pintei-a como a Madona repetidas vezes. Mas em San Maurizio não a pintei como a Rainha do Céu, e sim como santas e mártires, mulheres mortais; e a outra Maria, a Madalena.

A moça tomou o braço dele, e a voz tremeu-lhe quando falou.

— Talvez me visse então como uma decaída, como me chamou o fidalgo Gregório; uma mulher que com lascívia beijou você nos degraus da igreja.

Ficou espantada ao ver como agora era fácil fazer pouco daquele acontecimento dilacerante.

Ele não sorriu.

— Talvez. Talvez eu tenha idealizado você, feito de você um ícone da perfeição feminina, a personificação da Madona. Esposa, mãe e tudo que é amável e bom. — Falava sério e entrecortado enquanto tateava no labirinto, num esforço para descobrir a verdade. — Depois aprendi sozinho a desprezá-la após possuí-la, desprezar o fato de que eu mesmo a pus tão baixo. Talvez tivesse mais a ver com minha mãe, e a maneira como me negou amor, e também a maneira como você se vestia. Pois ela era uma Madalena sem dúvida, as duas até tinham a mesma profissão.

Agora sorria, mas mesmo no escuro ela via que a mágoa não desaparecera. Ansiava por tirá-la, amá-lo como ele merecia pelo resto da vida.

Então deixaram para trás a folhuda alameda e subiram os degraus da *loggia*, e foi ela quem falou primeiro.

— E se você pintar de novo, meu marido, que serei eu então?

O marido virou-a para si e tomou-lhe o rosto nas mãos. Banhava-a a luz âmbar da casa, a alquimia da luz de velas que a transformava em ouro. Mas não era ícone nem estátua, e sim *real*, e sua esposa. Ele sentiu o coração falhar.

— Eu a pintarei como é, mas ainda posso pintá-la como a Virgem mais uma vez. Pois em San Maurizio, em todas as histórias que me contaram, aprendi que todas as mulheres, mesmo santas, são humanas, e os homens também.

Beijou-a, para mostrar o que desejava dizer, e entraram. Arrastaram-se escada acima até o solar, seguindo a trilha de flores de amêndoa que Verônica espalhara para indicar o caminho. Bernardino ia calado, e Simonetta esperou.

— Mas uma coisa antes de acabarmos esta conversa — ele disse por fim. — Lembra-se que uma vez, na igreja de Saronno, você estendeu a mão para mim e eu dei as costas?

Ela voltou-se na escada e olhou-o de cima. *Noli me tangere.* Viu um rosto tão cru e vulnerável. Amou-o tanto nesse momento que não pôde falar. Balançou a cabeça.

— Não faço de novo — ele disse, numa voz tão baixa que saiu quase como um sussurro.

A moça estendeu-lhe a mão, ele pegou-a e juntos acabaram de subir a escada.

O forte corpo dele permanecia em cima do suave corpo dela, e beijaram-se cem, mil vezes até Simonetta ficar com os lábios e as faces raladas pelo roçar dos pelos de barba do marido. Ele tinha as mãos em toda parte, mapeando a paisagem do corpo da amada; nos seios, entre as pernas, em todos os lugares pelos quais ela sabia ter ansiado. Às vezes, agarrava-a com tanta força que quase causava dor, às vezes arranhando a carne de forma tão suave e insuportável que a deixava desavergonhada, guiando as mãos dele e forçando o toque. E então sentiu penetrá-la. Bernardino imobilizou-se um longo instante, dentro dela, acima dela; olhos cinza de lobo travaram-se com outros azuis como um lago, olhando fundo, bem fundo nas profundezas. Esse momento de união, que a moça não sabia ter imaginado durante três longos anos, inundou-a com tal prazer que ela teve de morder o lábio para impedir-se de gritar. Maravilhava-se ao ver como era diferente; aquele ato animal, como ele parecia diferente; aquele novo marido, do velho. Ele encaixou-se, inundou-a. Com Lorenzo, a castelã era moça, uma menina, nova e não testada, uma meia mulher que precisava metade de um homem — um menino brincando de soldado — para completá-la. Com Bernardino, sentia-se como se duas pessoas, que haviam sofrido e aprendido a sobreviver separadas, se houvessem por fim juntado e formado um casal. Um par; igual no amor, na vida e nos separados empreendimentos. Não era o amor dos jovens, mas o da mocidade e maturidade; das paixões adultas, tão mais reais e satisfatórias que as posturas corteses da união na adolescência. Tão bom, e tão *correto*, que a jovem mal aguentava. O pintor começou afinal a mexer-se. E ela esqueceu Lorenzo.

Horas depois, Bernardino levantou-se para fechar a janela contra uma súbita brisa fria. Viu escuras nuvens de tempestade que rolavam pela planície verde garrafa vindas dos lados de Pávia. Viriam trovões e raios nessa noite, mas ele pouco ligava. Não podia desperdiçar mais um instante com a vista quando um panorama mais bonito o esperava dentro do solar. A nova esposa; mais bela que nunca, embolada, dourada e abandonada na cama. A união fora mais, muito mais que jamais sonhara. Como se sentia agradecido agora que ela não se entregara como mulher barata, todos aqueles anos atrás; que pudessem agora viver com honestidade, marido e mulher, sem a tortura da consciência na roda do escândalo. Tinha o coração cheio — sentiu-se logo inteiramente feliz e nada podia pedir ou ansiar. E deslizou sob a coberta e sentiu os braços da amada envolverem-no, sentiu que nada jamais voltaria a dividi-los.

41

O despertar de Selvaggio

A tempestade acordou Selvaggio no meio da noite de núpcias, e ele tinha o coração demasiado tomado pela felicidade para poder dormir de novo. Voltou-se de lado para a querida Amaria, e sentiu na mão o negro leque dos cabelos dela encharcados pela chuva que entrava como garoa pela janela aberta. Sorriu — fora ele quem a abrira afinal, depois de possuí-la pela primeira vez, uma consumação doce, breve e quente para Deus e a Lei, antes de passarem as horas seguintes em mútuas explorações. O amor deixara-os cobertos de suor, por isso abrira a janela e o ar frio precipitara-se para dentro com um choque. Agora se levantava pé ante pé para não perturbar a nova esposa e Nonna, que dormia na cama de rodízios no térreo. Ele fechou a janela contra a chuva e ameaça de trovão. Olhou em volta à procura de alguma coisa para secar os cabelos de Amaria, mas não se acostumara ao quarto. A cama diante da lareira, onde nessa noite repousava a velha, em geral pertencia a ele. Por isso ao buscar um pano quente ou roupa para enxugar a chuva da coberta, julgou que a arca aos pés do leito parecia um lugar provável. E era mesmo; encontrou logo um pano dobrado, azul ao luar. Meio sujo, mas desdobrou-o assim mesmo. O raio estalou e iluminou o tecido com um brilho diurno apenas durante uma batida do coração, mas foi o bastante. Selvaggio correu o dedo pelos três ovais de prata, que os ancestrais pretendiam que fossem amêndoas, e caiu de joelhos. Sentiu abrir-se na mente uma janela e para dentro precipitaram-se frias lembranças.

E ele soube de tudo, tudo mesmo, naquele instante.

42

A Igreja dos Milagres

Eu sou Lorenzo Giovanni Battista Castello de Saronno.

Lembro-me de tudo agora. E a lembrança traz a indesejada irmã, incompreensão. Sei que devo partir.
Beijo-a uma vez antes de ir embora. Amaria, aquela a quem amo mas não posso mais chamar de esposa. Juro que ela sorri no sono, e sinto o coração estalar. Enfraqueço e aproximo-me para despertá-la. Endureço-me para não fazê-lo. Como explicar que já sou casado, e assim a desonrei com o pecado duplo do adultério e da fornicação? Melhor deixá-la pensar o pior de mim — melhor um marido infiel incompetente e um desertor que um bígamo. Melhor que me esqueça, e quando a igreja liberá-la, poderá voltar a amar. Por que essa ideia é a mais dolorosa?
E Simonetta, o amor de minha juventude, que direi a você de nossa união sem alegria? Seu nome um dia foi poesia para mim, mas agora não consigo dizê-lo. Agora você não passa de um sonho, ou uma pintura de duas dimensões numa parede, mas sem capacidade neste novo mundo meu. Pobre dama inocente, como posso devolver seu amor agora que este outro me

veio ao encontro? E no entanto devo. Somos casados, e serei seu marido até eu morrer de verdade, como quase morri.

Levo apenas a bandeira azul e a capa. Arrasto-me para baixo como o adúltero que sou, passo por Nonna, que tira um leve cochilo. Mais que uma mãe para mim, eu gostaria de beijá-la também, e dizer-lhe que cuide de minha Amaria. Mas disso não há necessidade.

Levo mais de sete noites para andar até Saronno, mendigando como um peregrino e descansando onde posso sob as estrelas. Vou à igreja Santuário de Santa Maria dei Miracoli, onde ocorreu aquele primeiro encontro de sonhos. Penso encontrar lá o bom padre Anselmo; sei agora que é a pregação dele certa vez ouvida que ecoa na memória. A voz do bom sacerdote guiava a minha quando eu lia em voz alta as Escrituras para Amaria, lembrando as mil missas que um dia ouvi, ali naquela igreja. Talvez ele saiba como vai minha senhora Simonetta, e como a afetará o choque desta chegada. Não vou direto ao Castello, para que o aparecimento do Lázaro Lorenzo não a arrase.

O lugar mudou muito — o que era antes uma simples igreja branca é hoje uma gruta de etíope, uma arca do tesouro, um arco-íris — os afrescos cobrem cada centímetro. Veem-se pinturas por toda parte, estes olhos entraram no paraíso, embora o coração arda no inferno. Apesar da visão, sinto na pele o calor da agonia pela perda, como meu patronímico São Lorenzo. A não ser pela multidão de santos, não há ninguém, exceto um único sujeito pendurado no alto dos caibros, que raspa uma imagem com o pincel. O rosto que ele pinta logo me prende, pois vejo Simonetta di Saronno, tão certo como se a visse de pé ali. Exatamente como a recordo; bela como o dia, mas agora sem substância. Tal beleza não mais me pode tocar. Para mim, a verdadeira beleza exibe um rosto mais trigueiro — tem a quente pele da oliva e os cabelos negros como o corvo de Amaria.

Encontro por fim a voz:

— Foi você quem fez isso?

O homem volta-se nas cordas, como se esperasse outra pessoa.

— Foi — responde. — Uma longa estrada, mas finalmente acabou. Este rosto é o último, e o melhor, muito atrasado.

Sorri, como de uma piada particular.

— É de fato maravilhoso — respondo, dizendo a verdade. — Se os milagres acontecem deveras, esse é sem dúvida o maior.

Ele desce, satisfeito com o elogio.

— Eu lhe agradeço — diz ao encontrar os pés.

É um palmo maior que eu, e, mais de perto, bem mais velho. Mas esbelto e bastante bonito.

— Era bela, a sua modelo.

O pintor sorri, e de repente tem a minha idade. Parece o dono do mundo e sente uma perfeita felicidade com isso. Eu o invejo.

— Agrada-me que pense assim — responde. — É minha esposa.

Um martelo golpeia-me o peito, e julgo que os ouvidos me enganaram.

— Sua... esposa?

— De fato. Sou Bernardino Luini, o pintor — na verdade julgo ter ouvido falar — e esta é Simonetta, antes Simonetta di Saronno, agora Simonetta Luini. — Pronuncia o nome com orgulho. — Foi minha modelo para a Santa Virgem, como vê. Os afrescos serão inaugurados amanhã, na verdade, no dia de Santo Ambrósio.

Balanço a cabeça, estonteado. Conhecia bem o dia do santo. Vínhamos à procissão todo ano de nosso casamento, Simonetta e eu. Mas o que lembro agora é que, nessa mesma época no ano passado, tomara Amaria nos braços pela primeira vez, e arrebatara-a dos mercenários suíços.

Meu novo amigo e rival olha-me com atenção, portanto sabe Deus o que vê escrito em meu rosto. Tento brincar:

— Ainda há festa, e a procissão do relicário?
— Há, sim. Compareçem o cardeal, de quem gostamos mais que do antigo, que Deus lhe faça apodrecer os ossos. — O artista estreitou os olhos. — Conhece estas bandas?
— Conhecia.
O sujeito bateu-me no ombro.
— Então deve comparecer — disse, claro que num humor de ser amigo do mundo inteiro. — Vou estar presente com minha esposa.
Era visível que ansiava por mostrar tal prêmio.
Sufoquei na lembrança de que, apenas uma semana atrás, fora o mesmo noivo feliz e orgulhoso, querendo mostrar minha Amaria a todo o mundo.
— Até amanhã então. Você deve conhecê-la — disse Luini.
Amanhã. Eu ia ver Simonetta no dia seguinte. Ela que fora minha esposa, e continuava a ser, até que a morte nos separasse. Havíamo-nos casado ali, à vista de Deus, e a lei de Deus ainda nos atava. Tomei a mão que ele me oferecia. Pobre sujeito. Não sabia que eu viera tirar o seu mundo, que eu era o Artur do seu Lancelot e ia reclamar minha Guinevere. Tive pena por saber que ele ia logo sentir como eu me sentia agora.
— Com todo prazer — respondi.

43

A bandeira

A princípio Amaria não acreditou que Selvaggio se fora. Procurou por toda parte — foi a todos os lugares onde haviam estado juntos, em Pávia. Os poços onde se encontraram, e ele lhe pediu que fosse sua. San Pietro, onde ele lhe salvou a vida, e depois a salvara de novo desposando-a. A todos os bosques e trilhas, pontes e cascatas onde passaram os momentos mais felizes, ela tornou a voltar, pelo receio de que o marido houvesse de novo perdido a memória e se achasse em algum local, estonteado, à espera de que a mulher o tomasse nos braços e consertasse tudo outra vez. Perguntou a todos a quem via se o tinham visto. A maioria o conhecia, pois sempre os viam, indo a toda parte juntos aos pares, como as criaturas da Arca. Mas ninguém vira o homem desde o casamento.

Com o passar dos dias, Amaria foi ficando magra e calada. Não conseguia comer. Reduzira-se a uma sombra. Nonna, também abatida, não sabia o que fazer para ajudar a neta. As duas giravam em torno uma da outra, incapazes de se olharem no rosto, tão grande a dor ali escrita.

À medida que os dias se tornavam semanas, ela começou a passar longas horas no pombal que Selvaggio lhe fizera. Começou a cuidar de forma obsessiva do casal de pombas brancas que ele lhe dera de presente, como se fossem filhos que deixara. Tomava-os nas mãos com carinho, arrulhando como as próprias aves e alisando-lhe as penas. O marido dera-lhes os nomes de Fílis e Demofonte, mas disse não saber por quê. Ela os chamava assim, nomes que lhe pareciam estranhos, mas que se devia manter porque fora ele que os batizara. Uma semana após a partida dele, ela descobrira que Demofonte, o macho, voara do pombal à noite. Tomara Fílis nas mãos e beijara-lhe a cabeça. Não sentia simpatia pela enviuvada ave, que virava a cabeça para um lado, em busca do companheiro errante. Em vez disso, pegara a faca de esfolar coelhos e fizera o que a paixão por aqueles pássaros a impedira de fazer no dia das núpcias — abrira a asa como um leque e aparara as duas penas primas. O sangue cobrira-lhe as mãos. A ave debatera-se em protesto mas a dona não hesitara. Lembrou-se de repente do dia em que matara a galinha para o marido sem um momento de vacilação. Nesse dia, sentiu que havia crescido e virara mulher, pois agora tinha alguém de quem cuidar, alguém para amar. A dor da perda pareceu de súbito tão ruim que ela mal pôde aguentar. Pôs Fílis de volta no pombal, sozinha.

— Pronto — disse em triunfo. — Agora você não pode fugir. Deve ficar aqui, com Nonna e eu. Três velhas solteironas juntas.

Vindo de parte alguma, o riso fez tremerem-lhe as costelas e ela balançou, crocitando de alegria feito uma louca, até os arrepios tornarem-se engulho e fazerem-na vomitar violentamente na palha. As galinhas vieram bicar os seus restos, pois ela de repente se sentiu assustada. Não posso viver sem ele, pensou. Isso vai me matar.

Enquanto isso Nonna, sentada, balançava-se na cadeira que Selvaggio fizera para ela, como se acostumara a fazer a velha. Pela segunda vez na vida, cedeu às lágrimas. Como era maior essa perda na vida do que quando vira Filippo morto? Pois agora Amaria, sua querida criança, também sofria.

E ainda viriam mais alegria e dor, pois Nonna vivera no mundo e sabia porque a neta vomitava. Lamentava que a moça estivesse condenada a repetir sua vida, e despejava todo amor na criança abandonada pelo marido. Essa criança ia crescer como uma oliveira em torno da mesa, não, agora, como parte de uma família feliz, mas como uma muleta para duas mulheres abandonadas. Uma crianças que lhes lembrava, todo dia, daquele que se fora.

Fora-se. Uma negra ideia a fez parar de balançar-se e levou-a ao dormitório no andar de cima. Teria Selvaggio achado a bandeira azul, dobrada e guardada? Nonna abriu a arca aos pés da cama. Desaparecera.

Ele não tornara a perder a memória. Encontrara-a.

Nonna culpou-se com amargura. Escondera a bandeira, dobrara-a e guardara-a, dizendo a si mesma que a mostraria a ele um dia. Devia tê-la queimado, para ficarem em segurança, ou então mostrado logo, no dia em que Selvaggio acordou com os ferimentos, para que ele começasse a lembrar logo, antes daquele grande amor que nascera entre os dois. Mas escondera a coisa, e nada dissera, porque desejava vê-lo ficar. E agora trazia uma dor imensurável e assassina, no sofrimento da moça a quem mais amava no mundo.

Sentou-se com todo peso na cama, uma das mãos numa das quatro robustas colunas que ele fizera. Uma fria mão cinzenta apertou-lhe o coração e ela arquejou de dor. E, coisa mais incomum em alma tão ativa, sentiu que precisava deitar-se. Só um instante. A fria mão espremia de novo o coração, e ela deixou fecharem-se os olhos. Suportara uma grande perda na vida e sobrevivera. Sabia que não conseguiria de novo.

44

A festa de Santo Ambrósio

Percorro as bem trilhadas ruas de Saronno e maravilho-me por haver esquecido tanta coisa. Como pôde minha mente perder os anos em que aqui vivi, amei e me casei? E agora, ao misturar-me à multidão no dia de festa em trajes de peregrino, tenho o coração na boca com a ideia de que tornarei a ver minha esposa, a esposa que não quero ou amo, e separá-la de sua nova vida. Mas é a Lei de Deus. Perdoe-me, Simonetta!

Ando pelas ruas com os muitos, e espero a procissão do relicário do santo. Muitas das boas pessoas de Saronno já parecem meio bêbedas, embora ainda sejam apenas as Terças. Vasculho com os olhos a multidão em busca de minha mulher, e do marido a quem já conheci, mas não os encontro. Logo saberei por quê. Um aplauso sobe e eu me viro com a turba; ei-la, sentada num caramanchão de flores, na sacada da casa do prefeito — linda deveras, e sorri de um jeito que jamais vi. Simonetta. Fomos mesmo casados um dia? Parece toda uma era atrás, outra vida na verdade. Há alguma coisa nela. Cabelos um pouco mais curtos, as feições mais arredondadas. Alguma coisa nova. Mas acima de tudo, parece ter luzes de tochas que brilham por dentro. Pode o homem ao lado, o artista de cabelos negros que também acena para a multidão, ser o motivo dessa transformação? Ele a segura firme, possessivamente, enquanto o povo saúda a Rainha do Céu, o modelo dos afrescos que logo serão inaugurados.

Mais um mistério. Quanto a minha esposa, a cidade desconhecia Simonetta — éramos pessoas privadas. Como teria ela conquistado essa adulação? Como modelo de pintor? Suponho que isso traz honra nas *Comunnes* de Saronno. Ou prestou à cidade algum serviço em minha ausência? Quando passam a procissão e os serviçais a caráter, esforço-me para manter o casal à vista em meio às variedades librés da cidade. Mergulho sob um dos cavalos para ter acesso ao outro lado da rua, ganhando um xingamento do *signor* local. Eu o conheço, vendi-lhe a mesma égua que agora dança acima de mim.

Aproximo-me. As duas cabeças — uma ruiva, outra negra, juntas. Beijando-se? Não. Sussurram e borbulham com risos. Meu estômago dá voltas. Assim fui eu um dia com Amaria, até a memória trazer-me de volta ao dever. Olho com mais atenção pela fantasiosa talha aberta da sacada, para ver se têm as mãos trançadas. Mas vejo outra coisa.

Duas crianças de cabeças douradas — meninos, sentados embaixo da talha, olham o espetáculo — o mais velho divide doces e brinquedos com o irmão, numa demonstração de afeto e decência que me comove. E agora vejo que o casal se dá de fato as mãos como amantes. Mas cada um repousa a outra mão na cabeça dourada de uma criança e acaricia os cachos com amor.

Sinto a cabeça girar. Como pode? Não fiquei fora tanto tempo! Fixo os olhos nas mais belas donzelas que passam com arcos de flores de amêndoas nas mãos — minhas flores de amêndoa — e tento firmar os pensamentos. Por certo. As crianças devem ser dele. Tem alguns anos a mais que ela — talvez a esposa tenha morrido e os filhos agora chamem de mãe a minha esposa.

Olho a cena familiar e lamento interrompê-la, mas é preciso. Aproximo-me, pois chegou a hora de revelar-me, e sou levado para longe desse quadro doméstico pelo aperto da multidão. As moças com os galhos de amendoeira passam alguma coisa entre a turba. Chego mais perto e vejo que elas enchem pequenas taças com as jarras que carregam — como náiades que destilam a própria seiva, o líquido âmbar esguicha e a malta suga com tanta vontade que, mal as donzelas acabam de encher as jarras, vêem-nas estendidas para receber mais. Esfrego as mãos nos olhos, e quando as tiro, eis a resposta à minha frente. Pois é Santo Ambrósio quem passa, na gloriosa liteira dourada do relicário, e pelos painéis de cristal do caixão vejo os pequenos ossos embranquecidos. Sinto o coração congelar-se uma fração de segundo quando olho a cabeça mumificada e as órbitas mortas dos olhos que me olham de frente. O santo de Amaria, meu santo, Santo Ambrósio, tenta me dizer alguma coisa. Rezo-lhe pedindo orientação, avançando à força entre as pessoas para manter olhos nos olhos. Nada diz para orientar-me, e de repente vejo. Ele está mudo; também devo ficar. Não pode ser vontade de Deus que eu separe duas famílias e cause dor, quando todos já sofremos tanto. O santo me deu aprovação, decidiu-me, absolveu-me. Vou romper o sacramento de um casamento para manter outros dois. Empurram-me uma taça na mão e eu bebo. A bebida é doce, com o gosto das amêndoas de minha casa. Um sabor maravilhoso. Aquece-me o peito e me dá coragem. É hora. Mas outro aplauso se antecipa a mim; esse entusiasmo tem alguma coisa a ver com Simonetta, pois com dificuldade ela se levanta e eu quase caio. Pois alguma coisa me faz parar de fato.

Ela está grávida.

Agora preciso sentar-me na calçada, entre o esterco de cavalo e as flores de amendoeira, pois o licor e a visão me faz girar os sentidos. Simonetta e o pintor vão ter um filho. Como posso separá-los agora? Torno os dois adúlteros, a criança bastarda, e os dois meninos dourados órfãos.

Lorenzo Giovanni Battista Castello di Saronno morreu. Que descanse em paz.

Cubro mais a cabeça com o capuz e lanço um último olhar à minha esposa antes de dar as costas. Beleza e abundância, vejo o motivo da mudança no inchaço por baixo do vestido. Abençoo-a antes de virar-me, abençoo-os a todos, sob o olhar do santo.

Agora devo apressar-me. Estou barbado, encapuzado, e muito mudado, mas aqui vivem pessoas que me viram crescer. Deixo a multidão e enfio-me numa rua estreita. Em segurança. Um sujeito tromba com meu ombro, vê a roupa de peregrino e murmura um pedido de desculpa. Um bafo de *grappa*, não amêndoas. Ergo a cabeça para ele, um erro fatal, e os olhos dos dois se arregalam. É Gregório.

Ele cai de joelhos e beija-me a mão, e diz o nome que já quase esqueci.

— *Signor* Lorenzo! É um milagre! O santo o trouxe de volta!

Praguejo com todas as palavras que conheço acima dele. O homem ficou inchado e barbudo também, mas ainda o escudeiro que eu amava como um irmão. Liberto a mão e mudo de voz o máximo possível, afetando o falar arrastado da Lombardia.

— Posso ajudá-lo, meu filho?

Gregório ergue o olhar, intrigado. Embriagou-se, é visível uma tendência da juventude que se apoderou do homem na velhice.

— Você não é... Decerto que não.

Não se sente mais seguro, e aproveito a vantagem. Sinto-me como o abençoado Pedro, que negou conhecer o Senhor.

— Filho, sou um estranho nesta cidade.
Ele junta as pesadas sobrancelhas ao afastar-se.
— Perdão... eu procuro... Não é o *signor* Lorenzo di Saronno?
Balanço a cabeça e decido de uma vez por todas. Três vezes negado, o galo canta.
— Não, eu me chamo Selvaggio Santo Ambrósio.
Viro-me e parto, logo sentido por havê-lo arrasado. Sei o que lhe devo, e o que fomos um dia um para o outro. Sei também que, se ele contar essa história pela cidade, será demitido como bêbedo, e o mexerico não prejudicará a família dourada que deixei. Gregório grita por mim, e sinto o sangue congelar-se.
— Peregrino! Pelo menos espere um pouco e tome uma bebida, pelo amor de Cristo! Pois se parece com meu antigo amo, que eu muito amava.
Continuo andando, sabendo que estou salvo, e eles também. O escudeiro torna a gritar, agora tão baixo que mal escuto.
— Peregrino! Aonde vai?
Não me volto, mas grito-lhe a palavra que me aquece o coração.
— Para casa — respondo, e por fim me permito um sorriso.

45

Selvaggio volta para casa

Levo menos tempo para ir de Saronno à Pávia que de Pávia a Saronno. Então tinha os passos perseguidos pela relutância, e o coração pesado. Agora trago-o leve, o passo rápido. Só descanso quando as pernas cedem, e então durmo apenas algumas horas antes de acordar pensando nela. Amaria. Se ao menos você me perdoar, tudo dará certo!

Sei onde ela estará. Cruzo o bosque nos arredores da cidade, até chegar ao *pozzo di marito*. Quando vejo as nascentes e ouço o espadanar das cachoeiras, procuro-a. Ei-la, sentada, o olhar na água onde juramos o noivado. Minha amada parece tão magra, tão pálida e triste, que sinto o coração retorcido. A forma arredondada reduziu-se a nada; o vestido verde do noivado agora lhe cai solto. Os cabelos pendem em chumaços lanosos, os olhos baços e mortos. Que fiz eu a ela?

Então compreendo. Tirei-lhe a vida, é hora de devolvê-la.

Encaminho-me devagar por trás, os passos macios na grama orvalhada. Na água, meu rosto aparece ao lado dela, e seus olhos acolhem os meus, arregalados de choque e na mesma hora cercados de lágrimas. Quero tomá-la nos braços logo, mas preciso fazer a pergunta. Ponho as mãos nos ombros de Amaria.

— Sabe o que dizem deste lugar?

— Dizem que... se olharmos dentro do poço, veremos o rosto do... nosso marido — ela responde, admirada, como num sonho.

— E é verdade?

Minha amada olha-me, e então as lágrimas transbordam, e sei o que sofreu na última semana.

— Diga-me você.

— Acho que é. — Viro-a para que me encare. — Amo você, Amaria Santo Ambrósio. — Digo as palavras que ela me ensinou. — *Mano* — falo, e tomo-lhe a mão. *Cuore* — quando a levo ao coração. — *Bocca* — e beijo-a com todo carinho na boca.

Ela me beija com mais força que na última vez, e retribuo sem parar, sussurrando em meio às nossas lágrimas que jamais voltarei a deixá-la, meu amor, minha esposa. Retornam-lhe a cor e a beleza, e vejo-a rir de pura alegria. Sei o que dirá a seguir.

— Volte para casa. Devemos contar a Nonna. — Mas desta vez acrescenta outras palavras, palavras que me dobram no peito como um toque de finados. — Ela ficou muito doente.

Corremos para lá, enquanto ela explica o que se passou, e apresso os passos mais ainda, esporeado pelo temor de chegarmos tarde demais.

46

Simonetta fecha uma porta

Simonetta ficou sozinha no campo de batalha.

Verônica de Taormina, por insistência de Bernardino, trouxera a ama de Pávia numa carruagem — uma das vantagens de um próspero negócio — pois ela não mais podia cavalgar. A criada ficou atrás num riacho próximo, acariciando os cavalos e esperando paciente pela senhora. Alisava os focinhos aveludados deles e trauteava músicas napolitanas em suas orelhas que se retorciam para acalmá-los. Os animais não haveriam cruzado as águas até a acidentada planície mesmo que ela mandasse. Sabiam o que acontecera ali. Sentiam o cheiro dos mortos, ouviam os gritos de batalha espectrais, recuavam e assustavam-se a cada brisa. Verônica estreitou os olhos contra o açoite do vento e o olhar que longe via na empresária. Simonetta percorrera a pé uma longa distância.

A moça de Taormina sabia o que a dama tinha a fazer, pois também perdera um marido. Como a outra, encontrara um segundo e maior amor, em Isaac; mas sabia que às vezes a memória levava a prestar respeitos à primeira ligação. Também sabia que se devem realizar tais ritos a sós. Porém jamais permitiu o olhar vacilar enquanto observava Simonetta, mesmo quando a senhora se afastou mais, até o centro mesmo do grande terreno. Era um alvo fácil, pois além das enormes peles de urso que usava, tinha o corpo cheio e abundante; estava grávida, e muito próxima da hora.

Simonetta enterrou-se na pele de urso contra o vento cruel que eriçava os pelos. As rajadas agarravam-lhe os cabelos e puxavam as polidas tranças por debaixo do capuz, e as mudanças do sol davam aos fios uma breve e luminosa cor acobreada. A capa tinha um fraco e doce cheiro de sândalo. Ela viu-se de repente esburacada pela perda. Reprimia as lágrimas com piscadas e quase ria de si mesma. Viera lamentar a morte de um homem e prantear outro. Jamais lamentara o próprio pai, quando a peste o levara, mas agora reconhecia que Manadorata também fora um pai, que jamais soubera querer, cuja falta jamais sentiu. Fora um guia e amigo quando a castelã mais precisara dele, e ela sentia a sua falta todo santo dia. Sentia-se feliz por vê-lo continuar vivo em Elijah e Jovaphet; filhos dela também, e agora de Bernardino.

Era a primeira vez que os deixava sós, seus três rapazes. O pintor encorajara-a a partir: feliz além da conta, ele nada lhe negava, nem mesmo aquilo. Desde a festa de Santo Ambrósio, quando Simonetta se sentara com a família e fora festejada pela multidão, sentira uma crescente inquietação — não infeliz, nunca, nunca mais. Bernardino provocara-a, dizendo-a uma mamãe pássara que construía o ninho, e tais sentimentos eram comuns a uma mulher próxima ao confinamento. Mas a moça sabia que não era assim — alguma coisa mudara nela naquele dia, uma coisa cutucara-lhe a consciência, lembrando-lhe uma tarefa inacabada, uma obra inconclusa. Aos poucos, ocorrera-lhe o que faltava, o que se precisava, e ali viera com a bênção do marido. A única preocupação dele fora o preço da extensão da viagem sobre a esposa e o bebê, mas fora amolecido pela concordância em levar Verônica e andar na carruagem forrada de lã. Ela os deixara na grande cozinha, o que, apesar da recém-descoberta riqueza familiar, continuava como o coração da vila Castello. Com o coração satisfeito ao lembrar a cena que deixara — ele cobrira a grande mesa com todos os preciosos carvões e pigmentos, e estendera velino para os meninos enfeitarem.

— Vou ensinar-lhes a pintar — declarara com a costumeira confiança — pois é o que farão quando crescerem.

Simonetta dera um sorriso carinhoso.

— Os *dois* vão ser pintores?

Ele apontara a barriga dela.

— Todos três.

Ela os beijara a todos, esperando lágrimas dos pequenos, mas compreendera com uma sacudida de satisfação que se sentiam felizes com o novo pai. Elijah já era escravo de Bernardino devido ao episódio com a pomba, mas até o pequeno Jovaphet instalara-se feliz para as atividades do dia. Quando a moça se fora, vira os três mais enfeitados que o velino, o pai mais que os filhos. Simonetta sorrira, não censurara. Não se importava de voltar e encontrar a vila coberta de afrescos como a igreja de Saronno. Iniciara-se um processo que lhe agradava.

Agora, sentia-se muitas léguas distante do fulgor daquele lugar. Ali fazia frio e calor, deixando-a em absoluta solidão, e não em companhia de alguém, e andando entre os mortos, não a glória dos vivos. Inspirou o ar gélido e voltou-se num círculo completo. A escuridão e a luz cobriam a planície, e nuvens prenhas corriam pelo sol, interrompendo-o. A terra jazia, plana, quieta e inocente, sem dar coisa alguma em troca. Ao norte, a cidade de Pávia estendia-se como um dragão escarlate agachado, as casas amontoadas como escamas, tendo as torres por espinhas nas costas. Por longos trechos ela caminhou pelo campo de batalha. Jamais encontraria o lugar certo — jamais saberia onde ele caíra. Sabia apenas que fazia quatro longos anos exatos desde que o campo aceitara o corpo e as libações de sangue dele. Durante quatro anos. E que lições aprendera? Só alguns meses atrás Simonetta ouvira dizer em Saronno que o o exército francês em Landriano, sob o marechal St Pol, sofrera uma derrota decisiva frente às forças espanholas de Antonio di Leyva, governador de Milão. O ciclo recomeçara. E se esse ciclo, como as rodas do grande sítio que destruiu o corpo de Santa Catarina, tornara a girar para trazer a guerra àquela terra, o ciclo da ignorância e as rodas de prece do preconceito também giraram. Também chegaram a Saronno notícias de que trinta judeus haviam sido queimados vivos em Bazin, na Hungria, naquele mesmo ano de 1529, pelo assassinato ritual de uma criança mais tarde encontrada viva. Simonetta balançou a cabeça. Aquele era o crime do qual vira exposta na porta estrelada de Manadorata.

E no entanto, ali em Pávia o solo escalavrado havia muito se curara, e o duro mato brotava do culpado chão; mesmo as flores pontilhavam agora a faixa. Se o mundo vivia em círculos, também a natureza girava e fazer despontarem brotos de esperança e saúde, por mais manchado que fosse o solo. Nesse lugar, onde as flores silvestres cresciam e o mato brilhava com um pedaço de sol, a castelã se ajoelhou por fim e pôs a mão no chão. Sabia agora porque viera. Não fora pelo capricho irracional de mulher grávida. Precisara fechar a porta. Viera dizer adeus.

Em todos aqueles anos passados, quando a notícia e o sofrimento continuavam novos, a Comuna de Pávia proibira os "missionários" de virem procurar seus mortos, em meio ao risco de pestilência e à confusão de milhares de corpos estropiados. Simonetta jamais conseguira levar Lorenzo para casa. Não havia cova alguma que pudesse visitar todo ano, mitigar a dor com o passar das estações. Agora, ia consertar isso.

A moça chamou Verônica do outro lado do grande espaço, e a outra amarrou os cavalos e aproximou-se, com os dois fardos agora pesados demais para a ama. Trazia uma pá jogada nas costas, e nos braços dois compridos pacotes, envoltos em bandeiras prateadas e azul de Saronno, protegidos como bebês contra os quatro ventos. A criada largou a carga e cavou um fundo poço no duro chão, enquanto a senhora descansava. A castelã lia no rosto da amiga a lembrança do enterro do marido dela, e lamentava qualquer dor que a moça sentisse — esperava que ela também se beneficiasse daquele dia. O que parecera o fim para a muda fora também um princípio com a chegada de Isaac.

Por fim, Simonetta pôs os dois fardos compridos no chão. Mal os distinguia entre a faixa — longos, frios, aço — mas isso não importava. Os dois eram culpados, traziam a morte.

A espada e a arma de fogo.

Verônica espalhou a terra sobre as armas até fazê-las desaparecer.

A senhora tinha a mente tão vazia quanto o negro solo; não conseguia pensar em últimas palavras, nem preces ou canções de despedida, só uma arrasadora sensação de justeza. Não queria afastar a espada ancestral de Lorenzo das dolorosas lembranças das noites de inverno, nem entregá-la a um filho que não fosse dele.

Acabava ali.

O nome Di Saronno agora seria do comércio, não da guerra, e ela sentiria tanto orgulho dele hoje quanto os ancestrais haviam sentido no passado. O mundo girava, e as batalhas continuavam, mas a senhora não participaria delas. Achava-se ocupada em *criar* vida. Tampouco Bernardino matara ou estropiara; usava a vida para tornar a terra mais bela, e deixaria o mundo um melhor lugar do que aquele onde entrara. A paixão pelo trabalho retornara com o casamento, e ele iniciara uma última pintura tendo a esposa como modelo para a Virgem, fascinado pelas mudanças que a gravidez trouxera ao corpo e rosto dela; outra manifestação de sua imortal Madona. Esse painel, meio completo e encostado junto à lareira enquanto o vidro secava, mostrava-a arredondada e serena, cada parte da gordura e fulgor, a não ser pelas mãos pálidas. A mãe punha Elijah no berço, e Santa Bianca olhava com ar benévolo.

— Vou chamá-lo de *Virgem com Filho e Freira em Adoração* — anunciou o artista, num tributo à amiga que voltara ao ministério em San Maurizio.

A castelã acabara de posar e observou a falta de qualquer contexto no fundo da pintura. Ela, Elijah e Bianca pareciam flutuar no espaço, sem nada além da plana camada vidrada. O menino provocara o novo pai:

— Talvez sejamos espíritos, mãe; bicho-papão e gobelinos que pairam sobre as planícies da Lombardia.

E tivera de correr pela casa aos gritos de "Ôôô", fazendo caretas horríveis para assustar o irmãozinho. Bernardino sorrira mas mantivera a paz. Quando Simonetta o interrogou, o marido recusou-se a responder e deixá-la ver o que mais planejava para o fundo da pintura.

— É uma surpresa — explicou. Você o verá no dia do seu patronímico, dentro de um mês no máximo, quando fizer vinte e um anos.

Ela não fez mais perguntas, feliz com a gravidez e contente com os dois filhos. Sorriu um pouco com o lema adocicado que lhe ocorrera; um brasão adequado para as armas dos Luini. De repente ansiou por retornar a casa, mas ainda não acabara o que fora fazer. Dispensou de novo Verônica.

— Não demoro. — Tornou a baixar a mão, no solo que a outra aplainara, sob a qual jaziam a espada, o arcabuz e o sangue de Lorenzo. — Você foi o amor da minha vida — disse — mas eu já cresci. O mundo mudou e tirou-o de mim, e também eu mudei.

Então, por debaixo dos laços do corpete, tirou do seio um leite quente e branco como amêndoa, e espremeu-o no chão frio. Como o que derramara no dia do casamento. Cobriu toda a fruta, devolveu-a à terra como as oferendas dos romanos ao solo, para nutrir as colheitas e apaziguar os deuses. O seu Deus voltara para o céu, e ela deixara para trás os anos de espera. Sentia-se feliz. Chegara a hora de deixar Lorenzo.

— Adeus — disse.

Simonetta levantou-se com dificuldade, as mãos sob a barriga, gorda como uma abóbora. O bebê chutava-a por dentro, com uma força e urgência que ela não conhecera antes. A mãe arquejou de dor e prazer, incapaz de mexer-se por um instante. Viu Verônica aproximar-se com a preocupação estampada no rosto, mas a ama balançou a cabeça para a criada e sorriu. O movimento cessou e tudo ficou bem. Mais que bem. As nuvens abriram-se de repente e o sol queimou-a quando ela se dirigiu à carruagem sem olhar para trás. A castelã resolveu lembrar Lorenzo com alegria, e todo ano nessa mesma data tem mandado rezar um réquiem na igreja de Santa Maria dei Miracoli pela alma do falecido. Os ritos que se achavam embotados demais pela dor para dispensar-lhe seriam dele afinal.

Saronno. O coração girou quando ela sabia o que aconteceria quando voltasse à família dentro de poucas horas. Simonetta levou a mão ao rosto para conter os obstinados cachos e captou a luz do sol com um brilho. Ela estendeu os dedos estranhos e pálidos para admirar o desenho, orgulhosa como qualquer recém-casada com a aliança de noivado.

Bernardino mandara fazê-lo para ela; levara a encomenda até Florença e voltara por fim à cidade onde passara a juventude. Ali, ao longo da Ponte Vecchio, onde os melhores alquimistas do mundo lavraram sua alquimia, o melhor artesão entre os mais conceituados — o primeiro entre iguais — trabalhava numa humilde lojinha com a estrela de Seis Pontas acima da porta. Simonetta o mandara lá — sabia que os artesãos hebreus eram os que tinham feito a mão dourada do queridíssimo e perdido amigo. Ele precisava apenas cruzar a soleira e dizer o nome do morto para receber a melhor atenção. Ainda bem. Pois o desenho da aliança, concebido e desenhado pelo noivo, era difícil — não se devia confiá-lo a amadores. Tratava-se de um delicado coração trabalhado em caracóis de ouro. Dentro, abria-se uma flor de lis com três folhas de amêndoas douradas. Mas acima das folhas viam-se três amêndoas ovais das armas dos Saronno, representadas por uma refulgente trindade de pérolas de água doce. A roda da Fortuna também girara; um círculo completo, e as três tinham dado fruto.

Verônica aproximou-se e tomou a mão estendida com um de seus raros sorrisos. Quando ajudou a ama a subir na carruagem, começou a nevar; pequenas e delicadas flores que não ameaçariam a viagem.

Sem saber por que, Simonetta di Saronno voltou a cabeça e abriu a boca para deixar os flocos entrarem.

Epílogo

Lorenzo Giovanni Battista Castello di Saronno morreu em Pávia no dia vinte e quatro de fevereiro de 1525 do ano de Nosso Senhor. Mas Selvaggio Santo Ambrósio continua vivo. Sei porque sou o próprio. Instalei-me feliz em Nápoles; achei mais seguro o segredo se a família e eu nos afastássemos da Lombardia. Família? Sim, deixem-me falar das pessoas mais queridas que já conheci.

Nonna continua viva — tornou a viver no dia em que abriu os olhos e me viu acima da cama de doente, no dia em que reencontrei Amaria no *pozzo di marito*, o dia em que voltei de Saronno. A doença era no coração, e ela precisava apenas de meu retorno. Sinto-me humilde, e não mereço tal avó, tal amiga. Os quentes ventos do sul concordam sinceramente com a boa velha, e agora não creio que algum dia vá nos deixar.

Meu filho nasceu no verão e o chamamos de Gregório, nome de uma lembrança distante, de alguém que merece a honra. É o prazer destes olhos, e quando cresce, brinca no chão da oficina do pai, com as aparas de madeira. Devo dizer-lhes que agora sou um homem bastante próspero, um mui respeitado cidadão de Nápoles, com móveis que se vendem muito bem, e também pude comprar uma grande casa napolitana.

Como é estranho que o último da nobre linhagem dos Saronno se haja tornado carpinteiro e comerciante! Mas o trabalho me dá prazer, e eu amo a madeira; tem sentido, realidade e imediatismo a um mundo de distância do verniz das atividades cortesãs.

Só uma lembrança veio comigo de Pávia, uma coisa que fiz e da qual me orgulho: o pombal continua de pé no centro de nosso belo e novo quintal, e a pomba fez novos amigos que a deliciam, algo que por sua vez delicia minha esposa.

Ah, minha esposa. Ela tem o coração repleto de felicidade, e a prosperidade lhe cai bem, mas apesar de todas as finas sedas, continua a ser o mais bondoso coração de qualquer criatura viva. Agora cuida das crianças, como outrora cuidou do marido, e como um dia cuidará também de nossos filhos.

Às vezes recebo notícias de Saronno. Ouvi dizer que Simonetta e Bernardino também tiveram um filho, a quem chamaram de Aurélio. Pus-me a trabalhar e talhei toda uma Arca de Noé com minúsculos pares de animais, cada um não maior que a unha de um polegar, até com um barco de madeira para abrigá-los. Enviei um mensageiro à vila Castello, com o presente envolto num pacote de seda vermelha, e instruções severas para que me indiquem como benfeitor. Espero que tenham prazer. (Eu não sabia bem quanto naquele tempo — durante muitos anos depois Aurélio Luini seguiu as pegadas do pai ao mosteiro de San Maurizio em Milão e pintou um afresco milagroso da Arca, um digno herdeiro do talento paterno. Talvez vocês ainda o vejam lá hoje.)

Sei que Evangelista aprendeu a chamar de pai o homem que outrora pintou uma pomba na palma da sua mão, e Giovanni Pietro seguiu o exemplo do irmão.

E Simonetta. Sei que ela encontrou a verdadeira felicidade como esposa de Bernardino e mãe dos filhos dele. Jamais tornei a vê-la — mas vi uma imagem. Bernardino certa vez disse que a Lombardia é coberta de sangue e tinta; o sangue esvai-se, mas a tinta continua para sempre. Vocês verão a própria Simonetta se forem, como fizemos eu e Amaria, ao Museo Civico Filangieri, em Nápoles. Procurem uma pintura chamada *A Virgem com o Filho e a Freira em Adoração*, de Bernardino Luini.

Ali poderão ver a Virgem com o Filho sentada numa gruta, enquanto uma freira de rosto bondoso lê as Escrituras. No fundo, entre as árvores, caminha um homem. Um homem morto pela flecha de Manadorata naquele mesmo lugar, em nome da amizade. A criança nos braços da Virgem é o filho mais velho, órfão da guerra entre um Deus e outro. A Virgem tem mãos brancas, e o terceiro e o quarto dedos do mesmo tamanho. São as mãos da esposa do pintor e mãe de seus filhos.

São as mãos de Simonetta di Saronno, a Dama das Amêndoas.

Nota da autora

O Unicórnio na Arca

A ideia de *A Dama das amêndoas* me veio da lenda do bem-amado licor *Amaretto* di Saronno, hoje conhecido como DiSaronno Originale (marca registrada). A história fala de um caso de amor entre uma bela viúva e o pintor Bernardino Luini, da escola de Da Vinci. Supõe-se que ele a pintou como a Virgem na igreja Santuário de Saronno em 1525, e ela inventou a bebida para ele como um presente de amor. Embora essa narrativa forme o esqueleto do livro, deve-se deixar claro que o *Amaretto* mencionado nestas páginas não tem outra relação com a DiSaronno Originale nem com os ingredientes ou método de produção. Os segredos da firma permanecem sob a guarda da família Reina, em Saronno, como devem.

Seria fútil, porém, negar a existência de Bernardino Luini, hoje reverenciado como o maior artista da Lombardia no Renascimento, comparável até ao mestre Leonardo da Vinci. Na verdade, a presença dele no Mosteiro de São Maurício em Milão não era segredo, e a obra tão consumada que durante muitos anos os afrescos foram atribuídos ao próprio Leonardo.

Pouco se sabe da biografia de Bernardino, por isso tomei enormes liberdades com a história de sua vida, em particular a paternidade dos dois filhos mais velhos, Evangelista e Giovanni Pietro. A obra, no entanto, fala por si. Visitem por favor a bela igreja santuário de Santa Maria dei Miracoli, em Saronno (hoje chamada de Santuário Beata Vergine dei Miracoli), mas se quiserem ver o verdadeiro gênio do artista, cruzem a soleira do Mosteiro San Maurizio (antigo Monastério Maggiore) em

Milão, cuja decoração foi a maior realização de Luini. Os três filhos o seguiram na profissão, e todos, em diferentes momentos, aumentaram a obra do pai em San Maurizio.

Evangelista (Elijah) Luini tornou-se pintor famoso e instalou-se em Gênova, onde se sabe que pintou as armas cívicas do farol em 1544.

Giovanni Pietro (Jovaphet) pintou a famosa *Última Ceia* no Salão das Freiras no San Maurizio. O apóstolo João (que encosta a cabeça com carinho no ombro do Senhor) foi visivelmente retratado como mulher, e na verdade aparece em outros afrescos do artista na figura de Madalena.

Aurélio Luini, o mais novo e talentoso dos filhos de Bernardino, como tal herdou o fabuloso *Libricciolo*, livro de rascunhos das anomalias faciais humanas traçadas por Leonardo. Talvez por causa disso, tornou-se um talentoso pintor de grotescos. Sua contribuição à decoração de San Maurizio foi um belo afresco que detalha o "Dilúvio". Os observadores cuidadosos notarão que entre os casais de animais existentes entrando na Arca há um par de unicórnios.

E Simonetta di Saronno. Ela existe nas paredes de San Maurizio, nas faces de todas as santas e Madalenas, e em Saronno, onde todas as Virgens são a mesma dama. Muitas dessas santas senhoras usam o símbolo do coração com flores de amêndoa em algum ponto do corpo. Para mim é sugestivo que tal beleza de cabelos ruivos e mãos brancas, e olhos embuçados da Lombardia, haja vivido na época e no coração de Bernardino. Ou talvez jamais tenha existido. Há unicórnios na arca, e como no afresco de Aurélio, algumas partes deste livro são reais, outras não.

Este livro foi impresso pela Prol Editora Gráfica
para a Editora Prumo Ltda.